la danseuse à l'éventail

ERLE STANLEY GARDNER	*ŒUVRES*
SUR LA CORDE RAIDE	*J'ai Lu* 1502***
L'AVOCAT DU DIABLE	
LA JEUNE FILLE BOUDEUSE	*J'ai Lu* 1459***
LE MYSTÈRE DU CHAT	
L'ŒIL DE VERRE	*J'ai Lu* 1574**
JEU DE JAMBES	
LE CANARI BOITEUX	*J'ai Lu* 1632***
CERCLE VICIEUX	
CHANTAGE À L'ŒIL	
LES DOIGTS DE FLAMME	
CRIME EN DEUX TEMPS	
CRIMES À MARÉE HAUTE	
LA NYMPHE NÉGLIGENTE	
LA ROUSSE SE REMUE	
L'ÉVÊQUE BÈGUE	
L'HÔTESSE HÉSITANTE	
LE MARI FANTÔME	
LE MOUSTIQUE FLEMMARD	
LA NIÈCE DU SOMNAMBULE	*J'ai Lu* 1546***
LA ROSIÈRE ALLUMEUSE	
VISAGE DE RECHANGE	
LA DACTYLO DÉGOURDIE	
LE VISON MITÉ	
POISSON EN PÉRIL	
LA FEMME AU MASQUE	
LE PERROQUET FAUX TÉMOIN	
ÉCHEC AU MEURTRE	
LA BLONDE AU COQUARD	
L'ESCARPIN DE LA SOURIS	
LA VIERGE VAGABONDE	
L'AMANT PARESSEUX	
LA DANSEUSE À L'ÉVENTAIL	*J'ai Lu* 1688***
LA BRUNETTE BOUCLÉE	
LA PRUDENTE PIN-UP	
RISQUE À COURIR	
CŒURS À VENDRE	
LA LANGUE AU CHAT	
L'ÉPOUSE MAL RÉVEILLÉE	
L'AMOUREUX AGRESSIF	
LA PENDULE ENTERRÉE	
GARE AU GORILLE	
POKER PARTY	
LE CADAVRE CAVALEUR	
LA FEMME FUTÉE	
FLÉCHETTE SURPRISE	
LA NUDISTE NAVRÉE	
LE FANTÔME A DU SEX-APPEAL	
LA VAMP AUX YEUX VERTS	
L'ENTÔLEUSE ÉMOTIVE	
LE GRAND-PÈRE FUTÉ	
LA SÉDUISANTE SPÉCULATRICE	
LE CHAUFFARD CHANCEUX	
LES EMPREINTES EFFACÉES	
L'HÉRITAGE HASARDEUX	
LE MARI MENTEUR	
LA BOUGIE BANCALE	
UN FIEFFÉ FILOU	
LE CHINOIS CHICANEUR	
TROIS POUPÉES PERFIDES	
DING, DONG, DROGUE	
L'HORRIBLE HYPOTHÈSE	
PIC ET PIC ET DRÔLE DE DRAME	
PREUVE PAR DEUX	
LE MODÈLE MEURTRI	
LES SINGES SUBTILS	

ERLE STANLEY GARDNER

la danseuse à l'éventail

traduit de l'américain par Alice Le Bayon

Éditions J'ai Lu

Ce roman a paru sous le titre original :

THE CASE OF THE FAN-DANCER'S HORSE

1

Il faisait ce matin-là une chaleur d'étuve dans la vallée Impériale.

Une grosse conduite intérieure, filant à plus de cent vingt à l'heure, accéléra pour doubler Perry Mason. Le déplacement d'air fit osciller la voiture sur ses ressorts.

– Vous croyez que ses pneus tiendront le coup? demanda Mason à sa secrétaire Della Street. Ils doivent être en train de fondre!

Della Street était penchée en avant sur son siège pour faire sécher la sueur sur ses épaules.

– Il n'ira probablement pas très loin. Oh! il va se jeter sur cette voiture!

Instinctivement, Mason donna un coup de frein lorsque l'automobile qui le précédait appuya sur la gauche pour doubler. Une voiture venant en sens inverse obligea le conducteur de la conduite intérieure à se rabattre. Les pare-chocs semblaient ne s'être que légèrement effleurés, mais la voiture se dirigeant vers le nord ayant perdu tout contrôle se dressa sur deux roues et, après une embardée, quitta la route et roula dans le sable chaud.

Le nuage de poussière qui avait masqué l'accident n'était pas encore dissipé que Mason sautait de sa voiture.

Le véhicule retourné était un modèle ancien, dont la peinture avait presque disparu et auquel de hautes roues donnaient un aspect curieusement anachronique. Il gisait sur le sable du désert comme si, après avoir trop longtemps lutté contre les vicissitudes de la vie, ce dernier avatar l'eût achevé.

Une des portières tournées vers le ciel s'ouvrit lentement et, tandis que Mason s'approchait de la voiture, une Mexicaine s'efforça d'en sortir. Ses doigts raidis par l'âge tâtonnaient pour trouver un point d'appui.

Comme il aidait la vieille femme à se dégager de l'automobile, Mason remarqua qu'un de ses bras ballait, inerte. Elle fit une brusque grimace de douleur lorsque son membre brisé heurta la portière.

Pourtant sa voix était calme et, avec toute la politesse d'une race courtoise, elle le remercia :

– Gracias, señor.

– Souffrez-vous ailleurs qu'au bras? demanda Mason.

Les traits de la vieille Mexicaine exprimaient la placidité d'un être qui sait par expérience prendre la vie comme elle vient. Elle le regarda calmement.

– Pas parler anglais, fit-elle.

Le conducteur d'une autre voiture, qui s'était arrêté par pure curiosité, proposa :

– Peut-être puis-je vous être utile. J'ai vécu à la frontière. Je comprends les gens de ce pays. Mon nom est Newell. Une grande conduite intérieure m'a dépassé à plus de cent vingt. Je suppose qu'elle est responsable de cet accident...

– Oui. J'essaie de savoir si cette femme souffre.

Newell entama une sorte de soliloque en espagnol. Il le résuma pour Mason.

– Elle dit qu'elle ne souffre que du bras. Elle pense qu'il est cassé.

– Nous devrions nous mettre en quête d'un médecin, fit Mason. Comment s'appelle-t-elle?

– Maria Gonzales.

– Où demeure-t-elle?

– Elle dit : « Avec mon neveu. »

– Où?

De son bras valide, la femme fit un geste vague.

– Là, dans la Vallée, déclara Newell.

Mason sourit.

– Cela manque de précision. Si nous regardions son permis de conduire ?

– J'ai bien peur qu'il ne vous apprenne pas grand-chose, fit Newell. Ils ont une façon de vous écouter, d'être évasifs! Ce sont des gens très gentils, très courtois, mais qui se dérobent sans cesse.

– Pourquoi ne veut-elle pas que nous sachions où elle habite?

– Oh! ce n'est probablement pas ça. Elle n'aime pas qu'on la questionne, ou bien elle pense peut-être que vous allez causer des ennuis à quelqu'un. Une seconde, je vais tâcher d'avoir quelques précisions au sujet du permis de conduire.

Il l'interrogea en espagnol et sourit quand il traduisit la réponse.

– Voilà ce qu'elle a dit : « Mais je ne conduisais pas la voiture! »

– Comment? C'est pourtant bien elle qui tenait le volant! répliqua Mason.

Newell se mit à rire.

– Voilà son explication : « Avec un seul bras, monsieur, comment voulez-vous que je conduise? »

– Très bien, fit Mason. Il y a une plaque d'identité sur l'automobile, ça pourra vous servir! Où est le plus proche hôpital?

Une autre voiture se dirigeant vers le nord venait

de s'arrêter. Un Mexicain d'environ quarante-cinq ans, au visage de bois, s'approcha d'eux.

– Quelqu'un a été blessé? s'informa-t-il avec courtoisie.

– Cette femme, répondit Mason. Elle conduisait la voiture, je crois qu'elle a le bras cassé.

Le Mexicain jeta un coup d'œil sur l'automobile, puis sur la femme. Les cinq ou six questions qu'il lui posa tout d'une traite provoquèrent des réponses tout aussi rapides.

– Je vais la conduire chez un médecin, annonça-t-il.

– Vous la connaissez?

– Je connais sa famille.

Mason se disposait à exhiber sa carte professionnelle, mais craignant d'être suspecté, en sa qualité d'avocat, de racoler un client, il sortit son carnet, sur lequel il griffonna son nom et l'adresse de son domicile privé.

– Dans le cas où mon témoignage pourrait vous servir, je m'appelle Mason. Voici miss Street. Nous avons vu l'accident. Mon adresse est sur ce papier. Quant à miss Street, on peut la joindre par mon intermédiaire.

– Je vous remercie vivement, fit le Mexicain, et il inclina la tête d'un air grave. Moi, je m'appelle José Campo Colima, et maintenant, si vous le permettez, je vais m'occuper de cette pauvre femme.

Plein de grâce et d'allure, le Mexicain conduisit la blessée jusqu'à son automobile, où il la fit monter avec d'infinies précautions. Le bruit sec d'une portière qui claque déchira l'air et la voiture démarra sur la route brûlante.

– Bon, fit Newell, il faut que je m'en aille. Nous ferons bien de veiller à ce qu'elle obtienne quelque chose de ce chauffard!

– Si nous réussissons à le retrouver! fit Mason.

– Je vais pousser jusqu'à Calexico et téléphoner à la police.

– Voyez ce que vous pouvez faire, conclut Mason.

Comme Newell s'éloignait, il rebroussa chemin vers sa propre voiture. Soudain, il fit cette remarque :

– Della, je me demande si cette femme n'a rien laissé dans son automobile. Il se peut que, dans la confusion générale, elle ait oublié quelque chose. Nous devrions y jeter un coup d'œil pour nous en assurer. Cela m'ennuierait de penser après coup qu'elle a pu laisser des objets personnels dans sa voiture !

Le soleil de plomb avait déjà tellement chauffé les parties métalliques de l'automobile que la main nue pouvait à peine en supporter le contact. Toutefois, comme la portière était restée ouverte, Mason inspecta du regard l'intérieur du véhicule.

Les coussins étaient affaissés et crevés. De tout l'ensemble émanait un air de désuétude et d'abandon. Au surplus, il n'y avait pas la moindre trace d'objet quelconque.

Après quelques recherches, Mason constata qu'aucune plaque d'identité n'était fixée sur le tableau de bord, près du volant.

– Bon, fit l'avocat. Nous ferions quand même bien de regarder ce qu'il y a dans le coffre arrière !

A peine en souleva-t-il le couvercle que ses yeux exprimèrent la surprise.

– Qu'est-ce que c'est ? fit Della.

– Apparemment, ce sont deux très beaux éventails en plume d'autruche portant les initiales L.F. Il semble que ce soit tout. Ah ! mais non ! Une seconde. Voici une paire d'escarpins ! Des escarpins blancs. On dirait que nous avons mis la main sur la garde-robe d'une danseuse à l'éventail !

– Ça m'a en effet tout l'air d'être ça! s'écria Della Street.

– Il y a probablement une boîte de nuit dans les parages! La petite-fille de la vieille dame est peut-être une artiste! Ces journaux paraissent récents. Ils ne doivent pas être depuis bien longtemps dans le coffre. De quand sont-ils, Della?

– Ce sont des journaux de Los Angeles, répondit-elle. Des journaux d'hier.

– Bon, nous ferions sans doute bien d'emporter les éventails. Ensuite, nous téléphonerons à la police, qui pourra nous donner l'adresse de la femme grâce au rapport qui aura été fait sur l'accident. Maintenant, sortons de ce four, Della. Je me sens tellement déshydraté qu'il ne me manque plus qu'une enveloppe de cellophane et une belle étiquette pour être pareil à ces sachets de légumes séchés qui servent à faire des potages!

2

Le lendemain matin, au bureau, comme Della Street tendait un paquet de lettres à Perry Mason, elle lui reparla de l'accident.

– A propos de notre aventure d'hier, patron, vous vous souvenez que vous avez téléphoné cette nuit à la police d'El Centro? Ils doivent vous rappeler.

– Il faut les demander tout de suite, Della. Nous ne pouvons tout de même pas laisser les danseuses à l'éventail se promener complètement nues!

Della Street se mit à rire, composa un numéro et fit signe à Mason que son interlocuteur était au bout du fil.

Mason prit l'appareil :

– Allô, ici Perry Mason. Je vous ai laissé une note hier, vous priant de me rappeler au sujet de l'accident d'automobile. J'ai ici des objets qui se trouvaient dans l'automobile renversée sur le bord de la route. Vous deviez me rappeler pour me donner l'adresse de la femme qui a eu le bras cassé.

– Oui, oui, fit l'homme, j'ai votre note sur mon bureau, mais je ne vous ai pas téléphoné, car il n'a été fait aucun rapport sur l'accident.

– Personne n'est venu vous le signaler?

– Non.

– C'est étrange. Il s'est pourtant produit à quatre ou cinq kilomètres au nord de Calexico.

– En effet, il y a une voiture renversée. Nous avons fait une enquête et découvert que ce véhicule appartient à un dénommé Ramon Calles, qui demeure à Calexico. Il prétend même que cette voiture lui a été volée, il y a deux jours.

– A-t-il signalé le vol à la police, quand il s'en est aperçu? demanda Mason.

– Non, il n'a déposé aucune plainte. Cela ne semble d'ailleurs pas l'intéresser particulièrement. Il pense que la voiture ne vaut pas la peine qu'on la répare ni qu'on la remorque jusqu'au garage. Vous savez ce que sont ces gens! Il est rudement difficile de leur faire dire quoi que ce soit lorsqu'ils ont décidé de se taire. Après bien des palabres, vous vous retrouvez exactement à votre point de départ. Naturellement, nous n'y pouvons pas grand-chose. Avez-vous été témoin de l'accident?

– Oui, répondit Mason. C'est une grosse conduite intérieure qui a pris la voiture démolie en écharpe. Elle l'a envoyée rouler dans le sable, faisant perdre son contrôle à sa conductrice. Le vieux clou était conduit par une femme âgée. Apparemment, elle ne savait pas un traître mot d'anglais. J'ai l'impression qu'elle devait avoir entre soixante-cinq et soixante-dix ans, elle était toute blanche et passablement ridée.

– Avec ces gens, on ne peut jamais savoir! Vous a-t-elle dit comment elle s'appelait?

– Maria Gonzales.

– Pourriez-vous la reconnaître si vous étiez de nouveau en sa présence?

– Sans aucun doute.

L'homme qui parlait au bout du fil enchaîna d'un ton résigné :

– Comme de juste, si nous la retrouvons et quand vous serez sûr qu'il s'agit bien d'elle, à ce moment-là, Calles changera d'avis au sujet de la voiture volée. La vieille femme qui conduisait deviendra sa grand-mère ou sa tante Maria, ou quelqu'un d'autre. Elle aura pris son automobile sans l'avertir et tout sera pour le mieux dans le meilleur des mondes! Nous allons quand même regarder ça d'un peu plus près.

– Ce qui m'intéresse, fit Mason, c'est de rendre à leur propriétaire les objets que j'ai trouvés à l'arrière de la voiture.

– O.K.! Nous vous tiendrons au courant. Mais, en ce qui concerne ces objets, peut-être pourriez-vous mettre une annonce dans un journal du pays?

Comme il reposait l'appareil, Mason se tourna vers Della Street :

– Avez-vous jamais pratiqué la danse à l'éventail, Della?

– Me suggéreriez-vous, par hasard, de changer de profession?

– Pourquoi pas? demanda Mason. Il semble qu'on nous ait laissé une garde-robe complète!

– Ils n'ont aucun renseignement précis là-bas?

– Pas le moindre. Il paraît que la voiture projetée sur le bord de la route est une voiture volée. Je me demande qui a bien pu avoir envie de barboter un pareil engin. Téléphonez donc au journal de la Vallée, Della, et demandez-leur de faire paraître une annonce à la rubrique des objets perdus. Il faudra qu'elle soit rédigée d'une façon assez vague. Par exemple : *Si la danseuse à l'éventail ayant perdu certain objet veut se mettre en rapport avec la boîte postale numéro tant, son bien lui sera restitué.* Demandez au journal de faire suivre toutes les réponses au bureau. O.K. ! Maintenant, occupons-nous du courrier.

3

Le lundi matin, Mason pénétra dans son bureau d'un pas vif. Il lança son chapeau à la volée sur la planche de l'armoire, puis il se tourna en riant vers Della Street :

– Les vacances approchent, Della ! Cela signifie la chasse au gros gibier, les chevauchées dans la haute montagne, les nuits passées dehors à contempler les silhouettes des pins se découpant sur un ciel rempli d'étoiles. Cela signifie les réveils dans l'air vif de l'aube grise, tandis que notre aide casse du bois pour le feu. Quelques instants plus tard, les arbres sont illuminés par le reflet des flammes. On entend craquer le bois qui brûle, on sent l'arôme du café, puis...

– Puis tout aussitôt, trancha Della Street avec fermeté, vous retombez sur terre, devant une pile de courrier auquel il faut répondre.

– Della, ne me dites pas que vous allez faire ployer mes chétives épaules sous le fardeau des affaires... Je déteste le courrier.

– Vous oubliez votre bonne amie !

– Ma bonne amie?
– La danseuse à l'éventail.
Le visage de Mason s'épanouit.
– Ah! c'est vrai! La cendrillon aux éventails! La semaine dernière, je lui accordais beaucoup d'importance. Maintenant, toute cette histoire me paraît un peu absurde. Dites-moi, Della, vous représentez-vous un membre distingué du barreau, bravant la chaleur, et courant d'un bout à l'autre de la vallée Impériale, une paire d'éventails en plume d'autruche à la main gauche et des escarpins – de jolis petits escarpins – à la main droite? N'est-ce pas une version moderne du conte de *Cendrillon*? Diogène avec sa lanterne fait figure de rustre auprès d'un avocat cherchant sa cendrillon, danseuse à l'éventail! Et à supposer que je la trouve, comment croyez-vous qu'elle sera vêtue, puisque j'aurai toute sa garde-robe dans la main gauche? Cela m'intrigue, Della. Il y a des possibilités là-dedans!
– Il y a plus que des possibilités, riposta Della. Quelqu'un a répondu à votre annonce.
– Eh! eh!... Donc, nous aurions retrouvé la danseuse qui a perdu ses éventails?
– Il ne s'agit pas d'éventails, rectifia Della.
– Comment, pas d'éventails?
– Mais non, il est question d'un cheval.
Le regard que Mason lui jeta exprimait l'amusement.
– N'êtes-vous point, par hasard, en train d'essayer de vous payer ma tête?
Della Street lui tendit une enveloppe portant le numéro d'une boîte postale et Mason en tira une feuille de papier pliée en quatre.
– Sentez-la, fit Della Street.
Mason huma le parfum lourd et se mit à rire :
– Taïaut! taïaut! je me sens sur une bonne piste, Della!

Il déplia le feuillet auquel on avait eu soin d'attacher l'annonce, découpée dans le journal. L'écriture de la lettre était, de toute évidence, celle d'une femme, et elle ne manquait pas de distinction. Mason commença de lire le message à haute voix.

– Si le préambule est chaste : « Cher N° 9062 », nous tombons immédiatement dans la passion la plus échevelée.

» " Oh! chéri, que vous avez donc été adorable de prendre la peine de faire paraître cette annonce. Je me suis fait tellement de mauvais sang pour lui. Dans mon métier, les tournées sont toujours à peu près les mêmes. Par exemple, je suis restée une semaine à Brawley, puis je suis venue dans cette ville. Ensuite, je me produirai dans quatre ou cinq boîtes du centre de l'Etat. La danse à l'éventail n'est plus ce qu'elle a été. Dans la plupart des villes, nous avons dû céder la place aux spécialistes du « déshabillage », et même ça, c'est sur le point de disparaître. Mais dans les boîtes de province, où l'on aime encore ce qui est artistique, une *bonne* danseuse à l'éventail peut se défendre... "

Mason interrompit sa lecture et leva les yeux :

– Le mot « bonne » est souligné. J'espère que cela ne vous a pas échappé, Della?

– Non, et je me suis même demandé ce que cela signifiait, répliqua Della Street malicieusement.

Mason se mit à rire. Visiblement amusé, il revint à la lettre.

– « J'aime énormément mon cheval. Lorsqu'il s'est sauvé de l'endroit où je l'avais mis au vert à Brawley, j'ai été folle de chagrin. Toutes les enquêtes que j'ai pu faire n'ont rien donné. Pourtant l'homme qui m'a loué le pré m'a affirmé qu'on retrouverait mon cheval, car dans le pays les gens prennent grand soin de restituer les animaux qui s'égarent souvent vu la pénurie en herbages naturels. Je vais demander à mon agent d'entrer en rapport avec vous par l'intermédiaire du journal et il vous remboursera vos frais. Voudrez-vous avoir l'obligeance de remettre le cheval à la personne qui viendra le réclamer en mon nom? Je lui donnerai un mot pour que vous puissiez en comparer l'écriture avec celle de cette lettre. Vous aurez ainsi la preuve que vous avez bien affaire à mon représentant. Encore merci, merci. Bien à vous. »

Mason poursuivit d'un ton badin :

– Cette épître est signée : Loïs Fenton, dont le nom d'artiste : « Chérie Chi-Chi » figure, comme il se doit, entre parenthèses.

Gertie, la téléphoniste chargée de recevoir les clients, ouvrit la porte donnant sur la salle d'attente.

– Excusez-moi de vous déranger, Mr Mason. Je ne suis pas très sûre d'avoir compris, alors, j'ai préféré venir vous demander quelques explications... L'homme qui est à côté veut vous voir au sujet d'un cheval.

– Comment s'appelle-t-il? demanda Mason.

– John Callender, et il dit que vous ne le connaissez pas personnellement, mais qu'il est le représentant de Loïs Fenton.

Mason se mit à rire.

– Le coquin de la danseuse à l'éventail... De quoi a-t-il l'air, Gertie?... Est-ce un de ces pauvres bougres qui font le poireau à la sortie des artistes?

– Oh! pas du tout. Il a une tête énergique... Il est bien habillé. C'est un genre de... C'est vraiment un monsieur.

– Probablement un commanditaire, fit Mason. A-t-il l'air sûr de lui, ou paraît-il gêné?

– Non, d'après ce que j'ai pu voir.

Du bout des doigts, Mason tapotait le bord de son bureau.

– Il devrait pourtant l'être, « gêné », Gertie! Comment pouvez-vous imaginer un homme posé courant chez un avocat pour s'occuper des affaires d'une danseuse à l'éventail? Voyons un peu quelle allure il a, Gertie. Faites-le entrer.

– Oui, monsieur. Je ne savais pas. Quand il a dit que c'était... Mais oui, vous savez bien, au sujet d'un cheval...

Gertie venait à peine de sortir du bureau que Della Street demandait, d'un ton un peu inquiet :

– Allez-vous lui dire qu'il s'agit d'une erreur, patron?

– Je ne crois pas. Nous allons le laisser parler. La chose m'intéresse. Après tout, nous avons trouvé deux éventails, une paire d'escarpins, et ensuite...

La porte s'ouvrit. Gertie annonça :

– Mr John Callender.

Le visage de Callender s'éclaira d'un large sourire. Il y avait cependant quelque chose d'un peu forcé dans ce sourire auquel les muscles sans souplesse de son visage n'étaient pas habitués.

– Mr Mason, quel plaisir!

Mason lui rendit sa poignée de main et parla le premier :

– Prenez un siège. Je vous présente ma secrétaire, miss Street. Que désirez-vous?

Callender s'installa dans l'énorme fauteuil confortable destiné aux clients. Son air de parfaite aisance était celui d'un homme habitué à commander, mais tenant pour une fois le rôle du quémandeur.

– Je suis l'agent de Loïs Fenton, connue également sous le nom de Chérie Chi-Chi, fit-il avec un sourire débordant de cordialité.

– Vraiment? répliqua Mason.

– Je suis venu au sujet du cheval.

– Et en quoi ce cheval vous intéresse-t-il?

– Je veux le reprendre.

– Puis-je vous demander comment vous êtes parvenu jusqu'à moi? Après tout, l'annonce que j'ai fait insérer dans le journal ne mentionnait qu'un numéro de boîte postale.

– Allons, allons, Mr Mason, il était certain que, dans une affaire de cette importance, miss Fenton chercherait à savoir qui se cachait derrière ce numéro.

– Pourtant, cela m'intéresserait beaucoup d'apprendre comment miss Fenton a pu découvrir ma véritable identité.

– C'est très simple, Mr Mason, très simple.

– Cela vous ennuierait beaucoup de me dévoiler votre technique?

– Je dois avouer que j'ai été obligé de recourir à un subterfuge.

– Et quel est ce subterfuge?

Callender changea de position. Tout sourire avait disparu de son visage au regard d'acier. Sa bouche mince était rectiligne comme une ficelle bien tendue.

– A vrai dire, Mr Mason, je désirais vivement connaître l'identité des gens à qui j'aurais affaire. J'informai donc le journal que la personne ayant fait paraître l'annonce désirait la prolonger pendant une semaine. Après avoir réglé la dépense, je demandai un reçu qui fut établi au nom de Mr Perry Mason. Sur ce papier figuraient également l'adresse de votre bureau et le numéro de la boîte postale qui était indiqué dans l'insertion.

– C'est en effet assez simple, fit Mason.

– Et pour tout vous dire, Mr Mason, nous sommes vraiment surpris. Nous pensions nous trouver en présence de quelque fermier de la vallée Impériale qui s'indignerait d'avoir une barrière brisée ou une récolte piétinée. Nous étions d'ailleurs prêts à le dédommager amplement. Or, je présume que pour vous la question d'argent ne se pose pas?

– Absolument pas.

– Mais, reprit Callender avec vivacité, puisque vous avez été obligé de consacrer votre temps précieux aux affaires de ma... ma... disons ma cliente, je suis...

– Etes-vous avocat? demanda Mason.

– Dieu m'en garde! Non, non, voyons, ce n'est pas ce que je voulais dire et ne soyez pas froissé. Je voulais tout simplement faire entendre que je n'ai aucun goût pour la chicane. Je suis propriétaire d'un ranch, Mr Mason. J'ai des terres dans la vallée Impériale, entre Calexico et El Centro. Le coin n'est pas mal. J'élève des chevaux et cela m'intéresse énormément.

– Pouvez-vous me prouver votre identité, Mr Callender? demanda Mason.

Pendant un laps de temps très bref, une expression furibonde contracta le visage de Callender.

– Rien de plus facile, Mr Mason, fit-il en exhibant un permis de conduire, qu'il sortit de son portefeuille, ainsi que deux cartes témoignant qu'il était membre d'un club local et de l'Automobile-Club de la Californie du Sud.

– Merci, fit Mason. Maintenant, pouvez-vous décrire ce que vous réclamez?

– Bien sûr, Mr Mason. Il s'agit d'un hongre alezan, mesurant un mètre soixante, avec une balzane blanche au membre postérieur droit. Il a une étoile blanche sur le front. C'est un cheval de selle américain parfaitement sain et âgé de sept ans.

– Je regrette, répondit Mason. Je ne puis vous être d'aucune utilité.

– Vous ne voulez pas me rendre le cheval?

– Cela signifie que je ne puis vous être d'aucune utilité.

– Dites-moi, Mr Mason, je ne pense pas que vous sachiez à qui vous avez affaire. Vous devriez peut-être vous renseigner. Alors vous vous rendriez compte que je ne suis pas un homme que l'on peut traiter par-dessus la jambe.

– Mais, trancha Mason, vous ne m'avez pas décrit ce que vous venez chercher.

– Pas décrit! fit Callender. Est-ce que vous êtes fou? J'ai élevé ce cheval. Pourquoi...

– Vous n'avez cependant pas suffisamment bien décrit ce que vous réclamez pour que je puisse vous le rendre.

– Grand Dieu, mais qu'est-ce qu'il vous faut? Le cheval a une légère cicatrice à la face interne de l'antérieur gauche. Sa queue est d'une longueur inusitée... (Soudain Callender retrouva son sourire.) Ah! oui, s'écria-t-il, excusez-moi. J'ai oublié de faire ce par quoi j'aurais dû commencer.

Ayant sorti une feuille de papier de sa poche, il la tendit à Mason.

De ce billet se dégageait un parfum lourd identique à celui d'une autre lettre précédemment reçue par Mason.

Ce message était ainsi conçu :

Cher N° 9062. Le porteur de ce mot, Mr John Callender, est autorisé par la présente à recevoir de la personne qui l'a trouvé le cheval que j'ai perdu il y a quelques jours. L'animal répond à la description suivante : c'est un cheval de selle américain, hongre, mesurant un mètre soixante, avec une étoile blanche sur le front et une balzane blanche au postérieur droit. Mr Callender prendra possession de ce cheval en mon nom et remboursera toutes les sommes qui lui seront réclamées.

LOÏS FENTON.

(*Nom d'artiste : « Chérie Chi-Chi ».*)

– Ce que j'ai trouvé, reprit Mason, ne répond absolument pas à cette description.

– Bon, dites-moi donc en quoi ma description diffère de la vôtre?

Mason hocha la tête et son visage s'éclaira d'un sourire.

– Puisqu'il est question d'un objet perdu, c'est à vous qui le réclamez de le décrire minutieusement.

– Peut-être s'agit-il d'un détail infime, d'une toute petite chose qui s'est produite depuis la dernière fois que j'ai vu le cheval. S'il est question d'une égratignure ou d'une bagatelle de ce genre, il n'en reste pas moins vrai que ma description d'ensemble est exacte. Si c'est une affaire d'argent, je ne demande pas mieux que de...

– Ce n'est pas une affaire d'argent.

– De quoi s'agit-il alors?

– Je veux que vous me décriviez ce que vous réclamez.

Callender respira profondément.

– Ecoutez, Mr Mason, je me plierai à vos exigences quelles qu'elles soient. Dites un chiffre. Voilà, je suis prêt à vous donner un chèque de cinq cents dollars qui couvrira vos dépenses et vous dédommagera de tout le temps que vous avez perdu. J'aurais probablement dû commencer par là...

– Je vous ai déjà dit que ce n'était pas une affaire d'argent, Mr Callender, fit Mason.

Callender se leva.

– Je suppose que vous essayez de me faire tomber dans un panneau quelconque. Vous ne m'aurez pas si facilement. Nom de Dieu, Mason, je connais la loi! Je vous ferai arrêter pour tentative d'extorsion.

– Qu'ai-je donc tenté de vous extorquer?

– Vous êtes en train d'essayer de me faire chanter.

– Je vous ai déjà dit, reprit Mason, que ce n'est pas une question d'argent.

– Vous êtes là, vissé sur votre siège, attendant que je mette une rallonge à mon offre. Je ne marche pas. Je suis à l'hôtel Richmell. Vous avez jusqu'à 5 heures pour me rendre le cheval. Passé ce délai, je prendrai les mesures nécessaires pour vous y obliger. Je vous offre cinq cents dollars. Pas un cent de plus. Au revoir, monsieur.

Callender se dirigeait vers la porte par laquelle il était entré, mais, faisant volte-face, il tourna sur la gauche, du côté de la sortie. La porte eût claqué violemment si le blount n'avait amorti le choc.

Soudain, il se ressaisit, pivota sur ses talons et franchit en sens inverse la porte qu'il venait de fermer. Une fois de plus, il se montra très affable.

– Je sais maintenant par où ma description pèche, fit-il, incliné vers Mason qui le pria de s'expliquer.

– Je vous écoute.

Callender, se penchant jusqu'à l'oreille de Mason, murmura :

– La blessure causée par la balle.

– Où ? demanda Mason à voix basse.

– Sur le cheval, répondit Callender, souriant.

Mason secoua la tête.

Callender se redressa en fronçant les sourcils. Il s'apprêtait à dire quelque chose, mais il se ravisa et sortit du bureau.

Mason, levant un de ses sourcils d'une façon comique, regarda Della Street qui déclara d'un ton sentencieux :

– Mr Callender semble en effet avoir un « dada » !

– Oui, un dada qui va nous donner du fil à

retordre, répliqua Mason d'un air songeur. Je crains que nous ne soyons obligés de faire une enquête, Della. Cette révélation au sujet de la balle...

La sonnerie du téléphone retentit soudain. Della décrocha l'appareil qui était sur son bureau et répondit :

– Ça ne fait rien, Gertie. Qu'est-ce que c'est?... une seconde. Dans la pièce à côté, il y a un homme qui veut vous voir au sujet du cheval, fit-elle, tournée vers Mason.

– Comment s'appelle-t-il?

– Arthur Sheldon.

– Voyons ce que ce Mr Sheldon peut bien avoir à raconter, Della. Dites à Gertie de le faire entrer. C'est à croire que nous exploitons une écurie de louage!

Arthur Sheldon était un homme blond aux yeux bruns, frisant la trentaine, d'allure un peu affectée, à la parole nerveuse et rapide.

– Bonjour, Mr Mason. C'est gentil à vous de me recevoir. Je m'appelle Sheldon. Arthur Sheldon. En quelques mots, je vais vous expliquer ce que je désire. John Callender sort d'ici. Que voulait-il? Que vous a-t-il dit?

Mason répondit avec un sourire :

– Même si je savais pourquoi vous vous intéressez à sa démarche, et même si votre curiosité s'avérait légitime, je ne pourrais pas vous donner les renseignements que vous me demandez.

– Excusez-moi, fit-il presque malgré lui et tout rougissant. Je ne m'étais pas exactement rendu compte de la portée de mes paroles. Dites-moi, Mr Mason, vous n'allez pas lui donner le cheval, n'est-ce pas?

– Non, répondit Mason. (Puis il ajouta :) Pas encore.

– Ne le faites pas, je vous prie, ne le faites pas. Ce

cheval ne lui appartient pas. Il l'a donné à Loïs. Dites-moi, Mr Mason , êtes-vous l'avocat de Callender?

– Non.

Le visage de Sheldon exprima le soulagement.

– Je voudrais que vous nous défendiez.

– Nous?

– Enfin, Loïs.

– A propos de quoi?

– Eh bien! dans le cas où Callender tenterait quelque chose.

– Maintenant, mettons les points sur les *i*, déclara Mason. Si c'est dans l'espoir de m'inciter à restituer certaine chose à une certaine personne, sous couleur de m'empêcher de...

– Non, non, vous n'y êtes pas du tout! Donc, vous ne lui avez pas donné le cheval?

– Mais que voulez-vous?

– Je veux que vous défendiez Loïs.

– A propos de quoi?

– Je vous ai donné un aperçu général de la situation. Je voudrais que vous vous occupiez de... Ecoutez, Mr Mason, accepteriez-vous de rencontrer Loïs?

– Pourquoi pas? Certainement. Peut-elle venir ici?

– Pas avant demain. Elle travaille dans une boîte de nuit de Palomino. C'est une petite ville de la région de Walker Basin, dans l'arrière-pays de Bakersfield. Il faut qu'elle y soit ce soir, et elle n'aurait pas le temps de faire les deux voyages en voiture avant la nuit. Mais elle pourrait venir demain, si vous lui fixiez un rendez-vous.

– A quelle heure? demanda Mason.

– N'importe quand après... eh bien! disons après 10 heures. Entre 10 et 14 heures.

– 10 h 30? proposa Mason.

– Je l'amènerai ici, promit Sheldon. Mr Mason, vous ne sauriez croire à quel point je suis heureux. Voulez-vous que je vous verse une provision maintenant? Je...

– Non, fit Mason, ce n'est pas nécessaire tant que je n'aurai pas vu miss Fenton. Comment avez-vous eu mon adresse?

– J'ai suivi Callender jusqu'ici. Je n'ai pas cessé de le suivre depuis que le journal lui a donné votre adresse. A l'hôtel Richmell, où j'habite, ma chambre est juste en face de la sienne. J'ai le 510, et lui le 511.

Mason le regarda, les sourcils froncés.

– Quand j'aurai vu Loïs Fenton, j'en saurai davantage sur votre affaire. Veillez à ce qu'elle soit exacte au rendez-vous. 10 h 30 précises.

A peine était-il parti que Mason se mit à penser tout haut devant Della Street :

– Le cheval et tous ces gens qui le réclament, la blessure faite par une balle, la danseuse à l'éventail... Que diriez-vous d'une petite promenade en voiture, Della?

– Où?

– A Palomino.

– Ça ne me déplairait pas!

– Allons-y, fit Mason.

4

A l'origine, Palomino était une de ces villes d'aspect rudimentaire qui naquirent dans l'Ouest au carrefour des grandes routes. L'édification d'un barrage tout proche en fit du jour au lendemain une ville champignon.

Le quartier des affaires, composé à cette époque de vieilles maisons délabrées, devint rapidement une agglomération de tentes, de voitures frigorifiques hors d'usage transformées en petits magasins, de roulottes flanquées d'enseignes et rangées par le travers, au bord de la route.

La Grande Société Chapelière déployait son activité dans une roulotte. La Maison de Confection de l'Elite s'abritait dans un camion de transport aménagé pour les besoins de la cause. L'hôtel Ritz dissimulait derrière une façade prétentieuse quatre ou cinq douzaines de grandes tentes alignées comme des baraquements militaires.

Le bâtiment d'aspect trapu qui portait le nom de Myer's Hall, du temps où l'on dansait parfois à la croisée des chemins, abritait maintenant la tapageuse boîte de nuit *Le Trèfle*.

En raison du prix modique de l'électricité, un flot de lumière blanche et aveuglante inondait cet étrange échantillonnage d'habitats humains. Des wagons aménagés pour différents usages exhibaient d'aveuglantes réclames au néon et, de chaque côté du nom *Le Trèfle*, un artiste avait peint trois feuilles d'un vert vif rehaussé d'un éclairage du même ton. Ces lumières conféraient à l'endroit un caractère étrange et irréel. Les hommes et les femmes qui entraient dans le club ou qui en sortaient avaient l'apparence blême de cadavres ambulants.

Vue de l'intérieur, la boîte de nuit ressemblait à une grange encombrée de tables. Sur un petit espace carré, le long du mur, l'orchestre, composé de cinq exécutants, déversait une musique dont le manque d'harmonie était compensé par le volume.

Parce qu'ils n'étaient pas des habitués, Perry Mason et Della Street obtinrent une table près de l'orchestre. Entre les attractions et les rafales sonores, ils réussirent à échanger quelques propos.

Della Street, penchée vers sa tasse de café, murmura :
– Il y a dans l'atmosphère une sorte de menace brutale qui semble être sur le point d'éclater. C'est... c'est comme si l'on attendait l'explosion d'une charge de dynamite.
– L'endroit est, en effet, assez houleux, et il y a du grabuge dans l'air, fit Mason.
Un homme aux larges épaules, aux poings gros comme des jambons, vêtu d'un costume d'aspect grossier flottant autour de sa taille, mais bien tendu sur sa poitrine, s'immobilisa près de leur table en riant.
– S'cusez-moi, m'sieu, fit-il à Perry Mason. Y a pas des masses de filles dans not' coin. Je suis envoyé en délégation par mes copains qui sont là-bas – une délégation d'un seul type. On pense tous que la jeune dame, elle devrait danser.
Della Street lui décocha un sourire.
– Je regrette, fit-elle, mais je ne danse pas ce soir.
– Ça, alors, c'est vraiment malheureux! Vous croyez qu'on pourrait pas vous faire changer d'avis?
Malgré son sourire aimable, Della répondit fermement :
– Je suis sûre que non. Je regrette!
– Et moi donc!
L'homme resta planté là quelques secondes, l'air penaud, puis, faisant demi-tour, il retourna vers la table où ses trois compagnons le saluèrent par des rires épais, tandis qu'il reprenait place en rougissant.
– Je voudrais bien qu'elle vienne et qu'on s'en aille, fit Della Street. Vous lui avez fait remettre un mot, patron?
– Oui, par le maître des cérémonies. Et le billet

de cinq dollars qui a servi de timbre devrait me garantir qu'il lui sera remis en main propre.

La salle s'obscurcit soudain. Le maître des cérémonies annonça le clou de la soirée, la petite miss Chérie Chi-Chi, danseuse magnifique, incomparable, aérienne.

L'orchestre éclata. Les lumières s'éteignirent. L'assistance fut plongée dans une obscurité presque totale, puis la scène s'illumina d'une irradiation verte simulant le clair de lune. Des pieds nus qui frappaient le sol émirent un son mat. La foule, composée surtout d'éléments mâles, fit entendre le bruit d'une seule et profonde respiration. Une fille, dont les éventails de plume blanche faisaient un contraste saisissant avec la lumière verte du projecteur, glissa dans un tourbillon jusqu'au milieu de la piste.

Pendant quelques secondes, Chérie Chi-Chi suspendit son élan. Souriante, elle restait en équilibre, dissimulant ses formes derrière ses éventails dont lentement elle se mit à jouer. Puis son corps mince et blanc s'élança de nouveau, décrivant avec souplesse les pas réglés d'une danse. La lumière, qui était maintenant d'un violet sombre, révélait des seins agressifs et plantés haut, une taille fine, des hanches pures.

Comme les yeux du public s'étaient habitués à la semi-obscurité, il semblait que la lumière fût soudain plus forte. Le rythme de l'orchestre s'accéléra. Tout à coup, faisant face à l'assistance, la danseuse ouvrit ses éventails, dont elle caressa les lignes de son corps et le contour de son visage. Tandis qu'elle s'éloignait à reculons, ses dents blanches et les plumes frémissantes retenaient la lumière, puis, soudain, faisant demi-tour, elle disparut par la porte qui ouvrait sur les coulisses.

Sous le tonnerre d'applaudissements qui suivit sa

disparition, les murs sans grande épaisseur menacèrent de voler en éclats, puis de s'effondrer.

Les lumières furent immédiatement rallumées, ce qui signifiait que la danseuse ne reviendrait pas sur la piste.

Della Street jeta un coup d'œil vers Mason :

– Ça, c'est de la dansc! fit-elle.

– Et quelle belle fille! constata Mason. Apparemment, elle n'a pas de sang mexicain, une peau très blanche, des cheveux roux, et je crois bien qu'elle a les yeux bleus.

– Oui, j'ai bien vu comme vous la dévisagiez.

Mason se mit à rire.

Le public continuait à bisser l'artiste, lorsque le maître des cérémonies annonça deux danseuses hawaiiennes de talent, venues tout droit de l'île Oahu. Un air de musique ukulélé se fit entendre et, une fois de plus, les lumières s'éteignirent.

Les filles brunes, bien en chair et portant des jupes de lianes, qui se mirent à danser sous la lumière du projecteur, étaient capables de retenir l'attention de n'importe quel public masculin.

A la fin de la seconde danse, les deux Hawaiiennes avaient si bien captivé l'assistance que nul ne remarqua l'apparition de Chérie Chi-Chi, vêtue maintenant d'un tailleur aux carreaux si peu voyants qu'on aurait pu prendre le tissu pour du tweed. Elle se dirigea calmement vers la table de Mason.

Ce dernier se leva immédiatement et il invita Loïs Fenton à s'asseoir.

– Merci, le garçon chef m'a remis votre mot, fit-elle.

– Je suis Mr Mason... Miss Street, ma secrétaire.

Elle sourit aimablement à Della, puis, s'adressant à Mason :

– C'est vous qui avez fait paraître l'annonce dans le journal d'El Centro ?

– Oui.

– Avez-vous vu un certain Mr Callender ? s'informa-t-elle.

– Oui, je l'ai vu.

– Oh ! fit-elle brièvement, sans ajouter de commentaires.

– Vous prendrez bien quelque chose ? demanda Mason.

Comme elle acceptait d'un signe de tête, le garçon, qui l'observait attentivement, fut en un clin d'œil auprès d'elle.

– La même chose que d'habitude, Harry, dit-elle.

Le regard interrogateur du garçon se posa sur Perry Mason, puis sur Della Street.

– Nous ne prendrons rien d'autre, fit Mason.

Le garçon disparut sans bruit dans le nuage que la fumée bleue du tabac suspendait au-dessus des tables.

– Il y a longtemps que vous êtes ici ? demanda Mason.

– Non, pas très.

– Ça vous plaît ?

– Euh... euh...

– Vous avez l'air d'être au mieux avec le garçon.

Elle se mit à rire et dit :

– Nous sommes tous attachés à la même chaîne. Ce boulot a ceci de particulier qu'on y fait vite connaissance et qu'on garde ses copains. (Son regard devint triste et pensif quand elle ajouta :) Quand on voyage constamment, les seuls amis, les vrais amis, sont ceux qui travaillent avec vous.

– A quelle altitude sommes-nous ?

– Environ dix-sept cents mètres.

– Quel changement avec le climat de la vallée Impériale!
– Oui, n'est-ce pas!
– Eh bien! demanda Mason, souriant, avez-vous l'intention de me questionner au sujet de ce que vous avez perdu?
– Mon cheval?
– Evidemment, répliqua Mason. Etant détenteur d'une trouvaille, je dois en parler d'une façon vague tant que vous ne l'aurez pas décrite.
– Mais il est à moi.
– Tout ce que vous avez à faire est de décrire ce que vous réclamez.
– C'est un cheval alezan, un peu plus grand que la moyenne. Il a belle allure, un corps mince, le sang chaud, mais sans excès. Sa selle a été faite par Bill Wyatt, d'Austin, au Texas.
– Rien d'autre à signaler?
– Si, une couverture de Navajo et un tapis de selle capitonné.
– Il y a longtemps que vous possédez ce cheval? demanda Mason.
– Deux ou trois mois.
– A-t-il une étoile blanche sur le front?
– Oui.
– Une balzane blanche à l'un des postérieurs?
– Oui.
Mason sourit et déclara:
– Je ne l'ai jamais vu.
Elle fronça les sourcils avec irritation:
– Ne soyez pas stupide.
– Je vous dis que je ne l'ai jamais vu.
– Bien sûr que si, puisque vous le décrivez. Vous savez qu'il a une étoile blanche au front et une balzane blanche à l'un de ses postérieurs.
– Le fait que je décrive un cheval ne signifie pas forcément que je l'aie en ma possession.

Le garçon apporta la commande.
– Où voulez-vous en venir? s'écria-t-elle en colère. Vous voulez me faire marcher. Est-ce une tentative de chantage?
Le garçon sortit une addition de sa poche et, sans avoir l'air de le faire exprès, resta auprès de la table.
– Mettez tout sur mon compte, fit Mason.
– Bien, monsieur. (Puis, s'approchant davantage, il s'informa :) Ça vous plaît, votre drink, miss Chérie?
– Oui, ça va! répondit-elle avec un sourire.
Il continua de rôder à proximité de leur table.
Le regard de Chérie Chi-Chi se posa sur Perry Mason.
– Vous n'avez pas trouvé de cheval?
– Pas de cheval, répondit Mason avec un aimable sourire.
L'index gauche de Loïs Fenton traçait de petits dessins sur la nappe lorsqu'elle ajouta :
– Vous avez trouvé quelque chose et mis une annonce dans le journal.
Mason approuva d'un signe de tête.
Juste à ce moment-là, le garçon vint, d'un coup de serviette, débarrasser le coin de la table d'une miette imaginaire.
– Vous avez trouvé quelque chose... (Soudain, le doigt de Loïs Fenton s'immobilisa.) Vous avez trouvé deux éventails, fit-elle en relevant ses paupières dont les cils étaient lourds de mascara. Deux éventails en plume d'autruche, portant les initiales L.F. Vous avez trouvé une paire d'escarpins à talons hauts.
Mason fit un signe d'approbation.
Rejetant la tête en arrière, Loïs Fenton se mit à rire :
– Et quand je pense que j'ai cru que c'était le

cheval! C'est bien, Harry. Je n'ai plus besoin de vous. Ça va pour la consommation!

Brusquement le garçon s'éloigna.

– Où sont-ils? demanda Chérie Chi-Chi.

– Dans ma voiture.

Elle eut un sourire.

– Très bien. Je les reconnaîtrai. Ils ont été fabri qués par une maison de Saint-Louis. Les initiales L.F. sont en or et incrustées dans les éventails. Quant aux escarpins, ils viennent également de Saint-Louis. En réfléchissant bien, je pourrais même vous dire de quel magasin ils viennent.

– Ce n'est pas nécessaire. Ces objets vous appartiennent incontestablement. Quand devrai-je vous les remettre?

– Maintenant.

– Où?

– Ici.

– Voulez-vous occuper la position, Della? Je vais aller chercher le paquet.

Laissant les deux femmes en tête à tête, il se fraya un chemin parmi la foule attablée, puis il sortit dans l'air froid et vif de la montagne. Comme il refermait sa voiture, où il venait de prendre une petite valise, il eut conscience que quelqu'un se trouvait derrière lui.

Mason se retourna d'un mouvement rapide tout en s'efforçant de garder l'apparence du calme.

Le gros garçon Harry s'expliqua:

– Elle m'a envoyé les chercher, monsieur, pour vous éviter de les porter.

– Très bien, fit Mason, mais je les lui donnerai moi-même.

– Si vous le voulez, je peux tout aussi bien les prendre et passer par la porte de derrière.

– Je préfère les lui remettre à elle personnellement, mais peut-être pourrions-nous, en effet, entrer par-derrière.

– Oui, monsieur. Par ici, s'il vous plaît.

Mason suivit l'homme, longea l'endroit où les voitures étaient alignées, puis, après avoir contourné une rangée de boîtes à ordures nauséabondes, il descendit trois marches menant à une porte que le garçon ouvrit avec une clef qu'il tira de sa poche. Ils se hâtèrent le long d'un couloir, gravirent quelques marches et passèrent devant une rangée de loges où les girls du spectacle, qui en étaient à un stade plus ou moins avancé de leur déshabillage, ôtaient sans la moindre gêne des vêtements succincts dénommés costumes.

Harry évolua au milieu d'elles avec une parfaite aisance. Il traversa un réduit où l'électricien manipulait les projecteurs, puis il descendit quelques marches qui menaient à la cuisine. Quand ils eurent franchi la porte de service, Mason se retrouva devant sa table.

Della Street et la danseuse étaient absorbées par la conversation qu'elles tenaient à voix basse.

Chérie Chi-Chi, levant les yeux, demanda en souriant :

– Vous les avez?

– Oui.

– J'avais prié Harry d'aller les chercher pour vous éviter de les porter dans la foule. Je pensais que vous seriez peut-être embarrassé!

– Harry m'a fait passer par l'entrée des artistes, et ça n'avait rien d'ennuyeux! Vous voyez, je les ai là-dedans.

Mason ouvrit la petite valise qu'il venait de poser sur ses genoux. Chérie Chi-Chi en retira un des deux éventails. Elle le déploya d'un geste plein de grâce voluptueuse, puis en caressa les courbes de son corps d'une façon provocante.

– Ce sont mes éventails favoris, fit-elle. Ils sont merveilleusement équilibrés. Tenez, mon chou, essayez-le donc! fit-elle en tendant l'éventail à Della.

Della Street le prit, regarda Mason et imita les mouvements suggestifs de la danseuse.

– Oh! oh! fit Mason.

– Mais c'est magnifique! s'écria Chérie Chi-Chi. C'est la première fois que vous vous servez d'un éventail?

Della protesta en souriant qu'elle était parfaitement novice.

De nouveau, Harry rôda autour de la table.

– Etes-vous satisfaits?

– Très satisfaits, Harry, et pas d'addition pour cette table. C'est à mon compte.

– Bien, miss Chérie.

– Et, fit-elle, tandis que ses yeux outrageusement maquillés fixaient Mason, il y aura une récompense!

Juste à ce moment-là, les lumières s'éteignirent, et l'une des girls, qui fut présentée comme danseuse bayadère, fit son apparition sur la scène. Le son mat que rendait le martèlement de ses pieds nus sur les planches évoquait les foulées de quelque grand animal sauvage.

Chérie Chi-Chi se pencha vers Mason, qu'elle prit par le cou.

– Merci, fit-elle.

Puis ses lèvres humides et chaudes se posèrent sur celles de l'avocat. Vibrantes, elles s'y attardèrent un instant. Quelques secondes plus tard, la danseuse avait disparu.

Della Street se mit à rire de la surprise de Mason qui s'efforçait d'essuyer les traces de rouge avec sa serviette.

– Fraise? s'informa-t-elle.

– Framboise, répondit l'avocat, et bougrement épais!

5

Il était plus de 1 heure lorsque la voiture de l'avocat pénétra dans la zone éclairée de la ville.

– Fatiguée, Della?

– Pas du tout! Je me suis bien amusée. C'était magnifique, cette promenade à travers les montagnes, dans le ruissellement argenté du clair de lune.

– Un cadre magnifique pour quelque chose d'assez sinistre, j'en ai peur, fit Mason. Je vais aller voir Arthur Sheldon, mais d'abord vous ramener chez vous pour que vous preniez un peu de repos.

– Non. J'aimerais mieux rester avec vous. Pourquoi voulez-vous voir Arthur Sheldon à une pareille heure, patron?

– Il faut que j'obtienne quelques renseignements supplémentaires au sujet de la danseuse.

– Quelle ravissante créature, n'est-ce pas?

– Euh... euh...

– A votre avis, pourquoi n'a-t-elle jamais songé aux éventails? Ses préférés, soi-disant... Elle devait savoir qu'elle les avait perdus et, pourtant, elle ne pensait qu'au cheval.

– C'est précisément un des points sur lesquels je veux interroger Sheldon.

– Il habite l'hôtel de Callender?

– Oui, et d'après ce que j'ai cru comprendre, leurs chambres sont en face l'une de l'autre.

– Avez-vous parlé de Sheldon à Chérie Chi-Chi?

– Non.

– Le rouge à la framboise semble vous avoir ôté l'usage de la parole, observa Della Street. En moyenne, vous n'avez pas dit un mot par kilomètre.

– J'ai réfléchi, répliqua Mason. Quel est le nom de cet hôtel?

– Le Richmell.

– Vous savez le numéro de sa chambre?

– Le 510.

Mason continua de conduire en silence, puis déclara :

– J'agiterai deux clefs dans ma main pendant que nous traverserons le hall. Essayez de prendre un air naturel, comme si nous montions à notre chambre après avoir été au spectacle et soupé ensuite.

– Il sera dans son lit.

– Nous l'obligerons à se lever.

– Vous ne voulez pas lui téléphoner d'abord?

– Non. Cela pourrait attirer l'attention et, si quelque employé s'avisait de nous écouter, il s'en souviendrait par la suite. Il est tard.

– Pourquoi tant de précautions? demanda-t-elle. (Mason se contenta de hocher la tête et sourit.) Vous ne voulez pas me faire entrer dans le jeu?

– Ce n'est pas cela, Della; mais je n'ai aucune certitude. Je veux obtenir quelques précisions supplémentaires avant de me lancer dans une théorie quelconque. Voilà, nous sommes arrivés.

Ce ne fut pas sans peine que, même à cette heure matinale, Mason réussit à garer sa voiture. Il coupa le contact et fit quelques recommandations à Della Street.

– Maintenant, rappelez-vous que nous sommes mari et femme et que le tête-à-tête commence à nous peser un tantinet. La soirée a été charmante, mais déjà nous pensons l'un et l'autre au lendemain et à la routine quotidienne. Je passerai devant pour traverser le hall. Tâchez de réussir à bâiller pendant que vous me suivrez, quelques pas en arrière.

– Pour l'amour de Dieu, ne me dites pas que c'est ça le mariage! fit-elle, simulant l'effroi.

– Ça n'est qu'une petite comédie que nous allons jouer pour le policier de l'hôtel, répondit Mason.

– Croyez-vous que c'est ce qu'il pense du mariage?

– J'en suis sûr! Essayez de traverser autrement le hall d'un hôtel à 1 h 30 du matin et vous verrez! Allons-y.

Ils pénétrèrent dans l'hôtel. Mason s'effaça d'un air machinal devant Della Street pour lui tenir la porte, puis il se dirigea vers l'ascenseur. Comme elle s'attardait un peu derrière lui, il fit mine de l'attendre, sans prendre la peine de dissimuler un geste d'impatience.

Ils étaient déjà dans l'ascenseur lorsque Mason s'avisa un peu tardivement d'ôter son chapeau.

– Sixième, fit-il.

Della Street lui jeta un coup d'œil rapide et tourna la tête.

Lorsque l'ascenseur se fut arrêté au sixième étage, Mason entraîna rapidement Della Street le long du corridor.

– C'est au 510! fit-elle.

– Je sais; mais je tâche de protéger mes clients.

– Qui? Loïs Fenton?

– Non. Nous!

Mason ouvrit une porte sur laquelle était inscrit le mot : ESCALIER, puis il descendit un étage de marches en ciment qui n'avaient pas de tapis. A peine venait-il de pousser une autre porte que, soudain, il s'arrêta.

– Que se passe-t-il? murmura Della Street.

– Quelqu'un vient vers nous dans le couloir, fit Mason qui maintenait la porte entrebâillée.

– Le détective de la maison?
– Non... Chut!... Della, c'est Harry, le gros garçon de salle de Palomino.
Ils s'immobilisèrent, tendus, retenant leur respiration, aux aguets. A travers l'étroite ouverture de la porte, ils écoutaient des pas qui se rapprochaient. Soudain, ils cessèrent. Un coup léger fut frappé à une porte.
Un verrou qu'on tire grinça, une porte s'ouvrit et une voix masculine rompit le silence :
– Tiens... vous avez fait vite pour venir jusqu'ici... entrez.
Le visiteur murmura quelque chose d'inintelligible et la porte de la chambre se referma derrière lui. Une seconde plus tard, Mason poussa la porte de l'escalier.
– Venez, fit-il à Della Street.
– Etait-ce bien Harry? En êtes-vous sûr?
– Oui, c'était Harry. Je crois qu'il est entré dans une chambre, de l'autre côté du couloir. Allons voir. Oui, de l'endroit où nous étions, c'était en face. Les nombres pairs sont de ce côté, et les nombres impairs par là. Une minute, Della! Il est possible que ce soit la chambre juste en face du 510. C'est celle que Callender occuperait, paraît-il.
– Pensez-vous qu'il pourrait sortir? murmura Della.
– Je ne sais pas. Nous n'avons qu'à frapper doucement à la porte de Sheldon, dit Mason, et il le fit aussitôt, légèrement, du bout des doigts.
Quelques secondes s'écoulèrent et, n'obtenant pas de réponse, il recommença un peu plus fort.
– Qui est là? demanda une voix d'homme.
Mason ne répondit rien. Des pieds nus marchaient derrière la porte. La voix masculine résonna toute proche.

– Qui est là? Je n'ouvrirai pas tant que je ne saurai pas qui vous êtes!

Et, dans le ton de ces paroles prononcées derrière la cloison, il y avait l'accent de la peur.

Mason sortit de sa poche une carte de visite qu'il glissa sous la porte.

De la chambre parvint le déclic d'un commutateur. Un rai de lumière filtra aussitôt sous la porte. Des mains firent glisser la carte de Mason à l'intérieur de la chambre, puis il y eut un silence que Mason mit à profit pour jeter un coup d'œil pardessus son épaule dans la direction du 511, où un mince fil de lumière apparaissait sous la porte.

Soudain, le bruit d'un verrou qu'on tire se fit entendre. La porte s'ouvrit. Sheldon, pieds nus et en pyjama, s'était immobilisé sous le chambranle, mais dès qu'il vit Della Street, instinctivement, il s'effaça derrière la porte qu'il essaya de fermer.

Mason prévint son geste, entra dans la chambre et repoussa la porte d'un coup de pied.

– Je regrette, Sheldon, fit-il, mais ce n'est pas le moment d'échanger des politesses.

– Je ne savais pas... Votre secrétaire... Vous m'excuserez, je suis...

– Aucune importance. Parlez bas. Approchez-vous. Asseyez-vous sur le lit. Tâchons de nous expliquer. Vous avez une robe de chambre?

– Oui.

– Mettez-la.

– Puis-je me donner un coup de peigne, ou...

– Non.

Sheldon enfila un peignoir de bain, puis s'assit auprès de Mason et de Della Street sur le lit.

– J'ai rencontré une danseuse à l'éventail, fit Mason. Je voudrais avoir quelques renseignements complémentaires sur elle.

– Quoi?

– Je pense que j'ai vu la doublure!
– Que voulez-vous dire?
– La doublure.
– Vous croyez que la danseuse de Palomino n'est pas la vraie?
– Oui.
Sheldon resta immobile pendant quelques secondes, puis il articula :
– Oui... je le crois, en effet. Comment avez-vous trouvé ça?
– Je suis allé sur les lieux.
– Mais vous ne connaissez pas la vraie Loïs!
– J'ai vu la doublure!
– Jamais je n'aurais pensé que vous découvririez ça si vite! Que désirez-vous?
– Je veux que vous vous expliquiez. Je veux que vous commenciez à vider votre sac, et vite!
– Que voulez-vous savoir?
– Qui est Chérie Chi-Chi? Qui est John Callender? Pourquoi ce sacré cheval a-t-il tant d'importance?
– John Callender, fit Sheldon, est... c'est-à-dire, dans une certaine mesure...
– Allons, allons, s'impatienta Mason, expliquez-vous.
– C'est son mari, laissa échapper Sheldon, le mari de la vraie. Je veux dire de la vraie Loïs.
– Et qu'est-ce que vient faire le cheval dans tout ça?
– Callender pense que le cheval pourrait lui servir de preuve, c'est-à-dire, s'il le trouve.
– Je crois que si vous commenciez par le commencement, si vous me racontiez toute l'histoire, nous gagnerions un temps précieux, fit Mason.
– Ce n'est pas facile de vous parler de Loïs Fenton, ni de vous faire comprendre qui elle est, commença Sheldon.

– Eh bien! ne vous occupez pas d'elle, fit Mason, contentez-vous de me citer les faits.
– Les faits n'auront aucun sens pour vous, si vous ne comprenez pas qui est Loïs.
– Loïs n'aura aucun sens pour moi, si vous ne précisez pas les faits!
Sheldon plongea ses doigts écartés dans sa chevelure en désordre.
– Le malheur, c'est qu'il n'y a pas de mots pour décrire ce genre de chose. Avez-vous jamais vu un daim qui ne sait pas qu'on l'observe? Il y a dans la façon dont il marche quelque chose... quelque chose de farouche. Je ne trouve pas d'autre mot. Eh bien! c'est ça, Loïs! Il y a en elle quelque chose de semblable. Elle est farouche dans le sens qu'elle n'accepte aucune contrainte. Elle fait exactement ce qui lui plaît. Ce n'est même pas la peine d'essayer de lui imposer un travail régulier, où que ce soit...
– Et elle a épousé Callender?
– Je m'explique. Parmi ces artistes qui vont en tournée, il y en a des tas qui sont des dures. Et la vie se charge de les durcir encore davantage.
– Ce n'est pas le cas de Loïs? demanda Mason. C'est bien cela que vous cherchez à me faire entendre?
– Exactement. Loïs n'a jamais exploité sa situation. Son désir était de s'exprimer par la danse. Ecoutez, Mr Mason, vous dites que vous avez vu une danseuse à l'éventail... Si jamais vous avez l'occasion de voir Loïs Fenton, la vraie Loïs Fenton, vous ne parlerez plus jamais de l'autre comme d'une danseuse à l'éventail. Lorsque Loïs danse, vous oubliez qu'elle a un sexe... vous voyez ce que je veux dire... Vous êtes en présence de la Beauté!
Mason jeta un coup d'œil à Della Street.
– Vous l'aimez, fit Della. C'est peut-être la raison pour laquelle vous parlez d'elle en ces termes!

– Non, ce n'est pas pour ça! répliqua Sheldon. Vous mettez la charrue avant les bœufs! C'est parce qu'elle est très belle que je l'aime. Ce n'est pas parce que je suis fou d'elle que je la vois belle, pure et raffinée...

– Bon... bon, fit Mason. Les faits?

– Il y a deux danseuses qui portent le nom de Loïs Fenton, mais la vraie Loïs... Je ne peux pas tout vous expliquer maintenant, Mr Mason.

– Il m'est impossible de faire quoi que ce soit tant que vous ne m'aurez pas donné des précisions, tant que je ne saurai pas comment et par où commencer, déclara Mason.

– Loïs Fenton a un frère, Jasper Fenton, reprit Sheldon. Il lui en fait voir de toutes les couleurs. Puis il y a Callender, qui eut le coup de foudre pour Loïs dès leur première rencontre. Comme il était riche, il pensait qu'il n'aurait qu'à se montrer pour être accepté d'emblée, mais il eut tôt fait de découvrir que Loïs n'était pas à vendre. C'est alors qu'il a eu l'idée d'offrir un emploi à Jasper. Une belle situation bien rétribuée.

» C'est tout à fait dans le style de Callender. Jasper pouvait sans se gêner jouer aux courses. Callender lui facilita encore davantage les choses. C'est un type qui a de la tête, ce Callender... ne vous y trompez pas, Mr Mason!

» Un jour, le gosse émet de faux chèques pour environ trois mille dollars. C'est tout ce que désirait Callender. N'essayez pas de me faire croire que des trucs aussi grossiers ne réussissent plus. Ça prend. Ça prend à tous les coups. John Callender est une grosse huile dans son coin. Il n'a qu'à siffler et le procureur accourt au petit trot. Callender feint la surprise et le dégoût. Naturellement, tout le monde marche. En réalité, il guettait le gosse comme un vautour. A force de lui tendre des pièges, il savait bien qu'il finirait par y tomber. Comme de juste, il a soin de veiller à ce que le garçon prenne une somme assez importante pour qu'il lui soit impossible de la rendre, sans que toutefois cela le gêne réellement, lui, Callender! Lorsque Fenton commença de travailler pour lui...

– Bon, bon, cela n'a pas d'importance, interrompit Mason. Ne nous occupons pas de savoir si son truc aurait dû réussir ou non. Il a réussi. Elle l'a épousé. Est-ce exact?

– Oui, elle l'a épousé.

– Et vous en avez terriblement souffert? demanda Della Street.

– Oui.

– Que savez-vous de leur mariage? ajouta Della.

– Loïs était prise au piège et ne pouvait qu'épouser Callender. Elle avait beau se sentir comme un fauve en cage, elle joua franc jeu avec John. Elle serait sûrement restée avec lui, quitte à en mourir, s'il avait été régulier.

– Mais, comme il ne l'était pas, elle a fichu le camp.

– Elle s'était beaucoup attachée au cheval que John lui avait donné. Il lui avait paru normal de l'emmener avec elle en partant. Callender en a été fou furieux. Alors, il a ressorti les vieux chèques et juré qu'il allait poursuivre Jasper pour usage de faux. Loïs plaida que son mariage avait annulé cette dette et qu'en épousant John elle ne s'était pas engagée à autre chose qu'à lui donner une honnête chance de la rendre heureuse. Bref, il y a une semaine ou deux, un cavalier s'approche sans bruit de chez Callender, pénètre dans son bureau, ouvre le coffre-fort et se fait pincer. Il peut quand même prendre la fuite, mais le veilleur de nuit qui a tiré un coup de revolver affirme avoir touché le cheval, étant donné la façon dont l'animal s'est cabré.

– Pourquoi le voleur s'est-il présenté à cheval? demanda Mason.

– Parce qu'un homme à pied n'aurait eu aucune chance de pénétrer dans les lieux sans avoir aussitôt tous les chiens à ses trousses. Un cavalier, à condition qu'il n'hésite pas et qu'il ait du culot, surtout si les chiens connaissaient son cheval, pouvait s'éloigner, les rênes sur l'encolure.

» Voilà toute l'histoire en raccourci, Mr Mason. L'affaire des chèques en elle-même n'est pas si grave. Il suffirait de la raconter depuis *a* jusqu'à *z* pour qu'un jury soit indulgent. Mais si Callender peut prouver que Loïs Fenton ou son frère ont réussi à pénétrer chez lui, à ouvrir son coffre pour essayer de voler ces chèques, il aura de nouveau barre sur elle. Callender veut à tout prix retrouver le cheval. Loïs prétend que l'animal a été volé le soir du cambriolage, ou bien qu'il s'est égaré avec tout son harnachement.

» Ainsi, vous pouvez vous rendre compte de ce qui s'est passé lorsque votre annonce a paru dans le journal. Maintenant, je vous ai dit tout ce que je savais.

– La chambre de Callender est juste en face? demanda Mason en tendant le pouce vers la porte du couloir.

– Oui.

– Vous êtes ici pour l'espionner?

– Je veux essayer de savoir ce qu'il fait.

– Vous connaît-il de vue?

– Sûrement pas.

– De nom?

– C'est possible, mais je n'en suis pas sûr et je ne le souhaite pas.

– Quelle idée avez-vous derrière la tête pour le surveiller de cette façon?

– Je ne sais pas. Ce que je sais, pourtant, c'est que s'il trouve ce cheval et qu'il essaie de ramener Loïs par force chez lui, je... oui, je crois qu'il n'y a rien dont je ne sois capable...

– Vous ne dites pas la vérité, fit Mason avec impatience. Vous ne vous bornez pas à le surveiller. Vous êtes là pour fouiller sa chambre quand il sortira. Est-ce vrai?

Sheldon se tortilla, soudain mal à l'aise dans son peignoir.

– Est-ce vrai? répéta Mason.

– Oui.

– Avez-vous réussi à y pénétrer?

– Oui.

– Plusieurs fois?

– Oui.

– Avez-vous trouvé quelque chose?

– Pas les chèques. J'ai trouvé le reçu délivré par le journal au sujet de l'annonce. Il était à votre nom. C'est comme ça que j'ai su ce que voulait Callender en allant vous voir à votre bureau.

– Avez-vous une clef de sa chambre?

– J'ai un passe que j'ai fait faire d'après une empreinte de cire prise sur celui de la femme de chambre, qui me l'avait prêté pendant quelques minutes.

– Vous voulez que j'aide Loïs Fenton? demanda Mason.

– Oh! Mon Dieu, oui! Je vendrais mon âme au diable pour vous payer... Je...

– Allez-vous-en d'ici, fit Mason. Pliez bagage. Réclamez votre compte et foutez le camp. Amenez-moi Loïs Fenton à mon bureau demain. La vraie. Débrouillez-vous pour venir avec elle à 10 h 30.

Maintenant, habillez-vous, faites vos valises et filez.

– Mais il est difficile de trouver des chambres d'hôtel et...

– Partez, je vous dis.

– Il faudra que je dorme sur un banc dans le parc ou dans une gare.

– Allez coucher où vous voudrez, je m'en fous. Si vous voulez que je m'occupe de vos affaires, j'exige que vous cessiez d'habiter juste en face du mari de cette femme. Vous êtes fou d'elle et, lui, vous le suivez à la trace... vous surveillez sa chambre. Quittez cet hôtel, nom de Dieu. C'est moi qui me chargerai de Callender.

Mason se leva et, posant son regard sur Della :

– Venez, dit-il.

Ils partirent, laissant Arthur Sheldon secoué de légers frissons sur le bord de son lit.

De la cabine téléphonique d'un restaurant ouvert toute la nuit, Mason appela le domicile de Paul Drake, chef de l'agence privée Drake.

– Combien vous faut-il de temps pour m'envoyer des hommes à l'hôtel Richmell, Paul? C'est pour surveiller un type.

– Est-ce que vous vous rendez compte de ce que vous me demandez, Perry? Par les temps qui courent, on peut encore dénicher des gens capables, mais essayez de trouver une chambre dans un hôtel!

– Combien de temps vous faut-il? trancha Mason.

– C'est pressé? riposta Drake.

– Terriblement pressé.

– Disons une demi-heure?

– O.K.! fit Mason. Disons que dans vingt minutes un de vos zèbres sera dans le couloir, au cinquième étage. C'est pour surveiller la chambre 511.

– C'est pratiquement impossible, Perry, protesta Drake d'une voix moins ensommeillée.

– Nous parlerons des difficultés demain matin, fit Mason.

– Il faudra mettre le détective de l'hôtel au courant.

– Pourquoi?

– Bon Dieu... est-ce que vous vous rendez compte, Perry? On ne peut pas foutre un homme dans le couloir d'un hôtel à cette heure-là de la nuit sans que le flic maison s'en aperçoive au bout d'une heure ou deux. Ça sera une affaire de dix dollars, peut-être même de vingt-cinq dollars!

– Voilà un tuyau, Paul. La chambre 510 va se trouver libre dans quelques instants. Votre homme peut s'y installer.

– O.K.! Perry. Dans ces conditions, ça change tout! Le nom de l'hôtel, c'est bien le Richmell?

– Oui... mais il y a autre chose, fit Mason.

– Quoi?

– Ne vous rendormez pas quand vous aurez envoyé votre gars au Richmell. J'ai un autre boulot pour vous.

– C'est bien ce que je craignais! gémit Drake. Quoi encore?

– Je veux que vous me trouviez un cheval.

– Rien de plus simple, fit Drake. Sans doute quelque bel animal docile que Della pourra monter, ou bien s'agit-il d'une bête un peu plus fringante pour vous, Perry? Je peux...

– Trêve de plaisanteries, trancha Mason, ce n'est pas le moment. Le cheval qui m'intéresse appartient à une danseuse à l'éventail.

– A qui?

– Une danseuse à l'éventail.

– Dites-moi, fit Drake, soudain méfiant, vous n'auriez pas quelques verres derrière la cravate, par hasard? Dites donc, Perry, est-ce que vous n'êtes pas en train de?...

– Bon Dieu, non! répliqua Mason, en colère. C'est important. Le cheval est un hongre alezan d'un mètre soixante. C'est un cheval de selle américain, âgé de sept ans, avec une étoile blanche sur le front et une balzane blanche au postérieur droit. Il a pendant un certain temps appartenu à un dénommé Callender, qui est un gros bonnet de la région. Son ranch se trouve dans la vallée Impériale, près de la frontière mexicaine. Il a offert ce cheval à une danseuse qui travaille dans une boîte de nuit de troisième zone à Brawley. Le cheval a été volé pendant qu'elle y était. Il est possible aussi qu'il se soit échappé. Je compte sur vous pour faire fouiller la vallée Impériale dans tous les sens. Quand le cheval aura été retrouvé, qu'on le garde en lieu sûr. Vos bonshommes devront être sur place au lever du jour.

– Combien d'hommes voulez-vous?

– Un nombre suffisant pour retrouver le cheval.

– Nom de Dieu ils le retrouveront! fit Drake d'un ton lugubre. Mes gars sont de bons détectives, mais ça ne veut pas dire qu'ils s'y connaissent en chevaux. Ceux que j'enverrai là-bas auront un tel désir de ne pas s'attarder dans la chaleur du désert qu'à 10 heures du matin chacun d'eux téléphonera qu'il a trouvé un hongre alezan avec une étoile blanche sur le front et une balzane blanche au postérieur droit. Et je devrai me rendre sur les lieux moi-même pour tâcher de repérer le bon cheval... Au fait, Perry, comment diable saurai-je s'il s'agit ou non du bon cheval? Comment s'appelle-t-il?

– Je ne sais pas.

– Bon sang de bon sang, Perry , est-ce que vous vous rendez compte? Il y a probablement un million de chevaux dans la vallée Impériale! Et dites-moi, quand quelqu'un vous charge de retrouver un chien, il vous donne son nom.

– Comment un cheval pourrait-il répondre à son nom? demanda Mason.

Drake réfléchit un instant et s'écria:

– Est-ce que je sais, moi!

– Si je comprends bien, vous ne connaissez pas grand-chose aux chevaux?

– J'en sais suffisamment, riposta Drake, pour vous dire que, si vous ne pouvez pas nous le décrire d'une façon plus précise, vers 10 heures du matin vous vous trouverez en présence de deux douzaines de bisons!

– Sûrement pas, si vos hommes ont un peu de jugeote et s'ils savent se servir de leurs yeux, fit Mason. Il y a environ une semaine que le cheval a été perdu. Il faudra donc chercher un cheval égaré... qui aura certainement échoué dans quelque ranch. C'est un hongre alezan d'un mètre soixante, un cheval de selle américain...

– Ouais, fit Drake d'un ton las. J'ai déjà noté tous ces détails la première fois que vous me les avez donnés. Je persiste à dire que vous aurez tout un troupeau de chevaux vers 10 heures, si vous ne me fournissez pas d'autres précisions au départ.

– Bon, fit Mason, voilà quelque chose pour commencer. Si je ne me trompe, le cheval portera la trace d'une balle.

– La trace d'une balle!

– Oui. Et si ce n'est pas le cheval qui a été blessé, on retrouvera une balle dans la selle. C'est une jolie selle cousue main de chez Bill Wyatt, d'Austin, Texas. Maintenant, au travail, et envoyez immédiatement votre homme au Richmell.

6

Il était 9 h 30 du matin lorsque Mason ouvrit la porte de son bureau.

Della Street venait de décacheter le courrier, dont elle avait fait trois petits tas bien nets sur la table de Mason : la pile des lettres importantes auxquelles il était urgent de répondre, une seconde pour celles qui ne nécessitaient pas une attention immédiate et la troisième, la plus volumineuse, comprenait les missives qui étaient du ressort des secrétaires.

Mason, assis à son bureau, fronça les sourcils.

– Dieu, que j'aime l'heure du courrier, Della! C'est merveilleux de lire des lettres. Elles vous apportent un peu de la pensée des gens... ces gens qui ont des mystères à résoudre et dont ils voudraient me voir trouver la clef gratis. Ces gens qui ont un intérêt particulier à défendre, ou qui sont dans la nécessité d'emprunter. Ceux qui ont des suggestions à me faire au sujet des causes que j'ai plaidées. On peut les faire entrer dans telle ou telle catégorie, et pourtant de chacun d'eux émane quelque chose d'individuel qui tient à leur personnalité – et si vous n'essayez pas de comprendre les gens, ce n'est pas la peine d'exercer la profession d'avocat. Mais je n'ai pas envie de leur répondre... Avez-vous eu des nouvelles de Paul Drake, Della?

– Il a demandé que vous lui téléphoniez dès votre arrivée. Il dit que ce n'est pas important, juste une question de routine. Par ailleurs, Arthur Sheldon attend dans l'antichambre et il est comme un paquet de nerfs.

Les yeux de Mason se rétrécirent.

– Apparemment, il y a quelque chose qui ne gaze pas!

– C'est ce que dit Gertie. Elle se plaint qu'il la rend folle à se promener de long en large et à se ronger les ongles.

– Très bien, Della. Faisons donc entrer Sheldon pour voir ce qui le travaille.

Della Street décrocha le téléphone pour donner l'ordre à Gertie d'introduire Sheldon, puis elle s'avança à sa rencontre vers la porte du bureau.

Sheldon se dirigea tout droit vers Mason. Ses mains s'agitaient, fébriles, dans les poches de son veston, comme il traversait la pièce.

– Asseyez-vous, fit Mason.

L'air hébété, Sheldon continua d'avancer vers Mason et, comme il atteignait l'angle du bureau, il sortit un épais portefeuille de la poche intérieure de son veston.

– Mr Mason, fit-il nerveusement (et il prononça les mots qui suivirent tout d'une traite, et d'un ton anxieux), je vous ai choisi pour représenter Loïs Fenton, complètement, totalement. Je veux que vous défendiez ses intérêts.

– En quoi?

– Pour tout.

– Bien, fit Mason, à 10 h 30, quand elle sera là, nous...

– Non, non... qu'elle vienne ou non, je veux assumer tous les frais... j'ai de l'argent...

Sheldon, ouvrant son portefeuille, commença d'en extraire des billets. Il y avait des coupures de cinq dollars, d'un dollar, quelques-unes de vingt dollars et une seule de cinquante.

Mason l'observait d'un air grave.

– Combien d'argent avez-vous là, Sheldon?

– Je ne sais pas. Je n'ai pas compté. J'ai été trop occupé à réunir tout ce que je pouvais.

Mason fit un signe de tête à Della Street, dont les doigts agiles feuilletèrent la liasse de billets.

– Neuf cent quatre-vingt-neuf dollars, fit-elle.

De ses longues mains puissantes, Mason martelait sans bruit le bord de son bureau.

– Rendez-lui la moitié de cet argent, dit-il. Faites-lui un reçu pour l'autre moitié, Della. Cette somme figurera au compte de Loïs Fenton et de personne d'autre.

Della Street rendit la moitié de l'argent à Sheldon et se dirigea vers sa machine à écrire.

– Datez-le du 16, fit Mason.

Della le regarda, surprise, puis se dirigea vers le calendrier qui pendait au mur et sur lequel il y avait une petite fiche portant les mots : AUJOURD'HUI, 17.

– Le 16, répéta Mason avec fermeté.

Della Street data le reçu du 16 et le tendit à Mason, qui le signa. Comme il le remettait à Sheldon, il se tourna vers Della Street :

– Courez jusqu'au bureau de Paul Drake, Della, et dites-lui qu'il me faut une couverture totale dans cette affaire.

– Totale? demanda Della Street.

Mason acquiesça d'un signe de tête.

– Je reviens, fit-elle, puis elle disparut par la porte qui ouvrait sur le couloir.

– Vous m'avez délivré du poids que j'avais sur la poitrine, Mr Mason, fit Sheldon. Vous comprenez comment je... oui, peut-être ferais-je mieux de ne rien ajouter... je m'en vais.

– Asseyez-vous, fit Mason.

Sheldon s'agita comme en proie à un désir incoercible.

– Mr Mason, vous êtes un homme très occupé... de mon côté, j'ai à faire. Je m'en vais. Maintenant, vous allez défendre les intérêts de Loïs et...

– Asseyez-vous, ordonna Mason.

Sheldon se dirigea vers la porte, mais, subjugué par le regard et le ton autoritaire de l'avocat, lentement il revint et s'assit sur l'extrême bord du gros fauteuil destiné à la clientèle.

– Avez-vous quitté le Richmell comme je vous l'avais demandé?

– Oui.

– Quand?

– Eh bien! tout de suite après votre départ, naturellement.

– Vous avez une autre chambre?

– Oui, finalement, j'ai pu en trouver une.

– Où?

– 791, East Lagmore.

– Un hôtel?

– Un garni.

– Comment l'avez-vous déniché? Y étiez-vous allé avant?

– Non. J'ai repéré l'enseigne en circulant à travers les bas quartiers. Je savais qu'à cette heure-là je ne pourrais rien trouver dans un hôtel convenable.

– Quelle heure était-il?

– Je ne saurais vous le dire. Juste après votre départ, j'ai demandé mon compte et, une demi-heure plus tard, je trouvais cette chambre.

– Vous êtes bien sûr que vous avez demandé votre compte juste après mon départ?

– Oui.

Mason jeta un coup d'œil à sa montre.

– Pourquoi m'avez-vous rendu la moitié de l'argent, Mr Mason? demanda Sheldon en se tortillant sur son siège.

– Vous allez en avoir besoin, fit Mason. Maintenant, vous pouvez partir.

Une expression de soulagement détendit le visage de Sheldon.

– N'oubliez pas, fit-il en se dirigeant vers la porte, que vous représentez Loïs. (Quelques secondes s'écoulèrent, puis il ajouta :) Quoi qu'il arrive.

La porte se referma derrière lui.

Quelques instants plus tard, Della Street était de retour dans le bureau de Mason.

– O.K.? demanda-t-il.

– O.K.! Vous désiriez faire suivre Sheldon, c'est bien ça, n'est-ce pas?

– Tout à fait ça.

– J'ai pensé que c'était ça que vous vouliez, lorsque vous avez dit qu'il vous fallait une « couverture totale »! s'écria Della d'un ton soulagé. Paul Drake a dans son bureau un homme chargé de cueillir Sheldon à l'ascenseur. Pourquoi m'avez-vous fait dater le reçu d'hier, patron?

– J'imagine que vous appellerez cela un pressentiment, Della, fit Mason avec lassitude, ou peut-être n'est-ce là que le point de vue cynique d'un avocat qui connaît tous les détours d'une âme humaine prise aux pièges du destin. Si ce reçu était daté d'aujourd'hui, la police pourrait s'en servir comme d'une preuve.

7

La demie de 10 heures venait de sonner et Loïs Fenton n'était pas là. A 11 heures, la sonnerie du téléphone privé de Mason retentit. Ce téléphone, dont le numéro ne figurait pas dans l'annuaire, reliait directement le bureau de Mason à la ville, sans passer par le standard.

– Allô, fit Mason, lorsqu'il eut décroché le récepteur.

Paul Drake, parlant à l'autre bout du fil, annonça :

– Nous avons trouvé votre cheval, Perry.

– Où?

– Dans un ranch, près de Calexico.

– Vous êtes sûr qu'il s'agit du bon cheval?

– Absolument. Il est arrivé au ranch, tout sellé, avec une bride cassée, comme s'il avait marché dessus. L'animal répond à votre description, mais c'est la selle qui rend toute erreur impossible. C'est une magnifique selle cousue main de chez Wyatt, d'Austin, Texas, et elle recèle – selon le rapport circonspect que mon homme vient de me faire au téléphone – un fragment métallique d'une nature différente de ceux dont le sellier s'est servi pour sa fabrication.

– Une balle, Paul?

– L'intonation et le choix des mots prononcés par mon zèbre m'incitent à croire que c'est bien cela qu'il voulait me faire entendre.

– Je veux ce cheval ainsi que la selle et la bride.

– Vous les avez, répliqua Drake. Mon homme a déboursé quinze dollars, c'est-à-dire le montant de toutes les dépenses occasionnées par l'entretien du cheval. Ensuite, il a loué un van destiné à transporter l'animal et, maintenant, il arrive. Il a même eu assez d'astuce pour ne me téléphoner qu'après avoir quitté le comté Impérial.

– Beau travail, Paul! Mais rappelez-vous que je veux le cheval, la selle et la bride.

– O.K.! vous les avez.

– Rien d'autre? demanda Mason.

– Oh! la routine habituelle.

– Restez au téléphone une minute, Paul, fit Mason.

Tournant le dos à l'appareil, il loucha furtivement vers la fenêtre, martelant une fois de plus son bureau de ses doigts agiles et nerveux.

– Aucune marque sur le cheval, Paul? fit-il, de nouveau penché vers le téléphone.

– Une égratignure le long du flanc gauche. D'après ce qu'a dit mon homme, c'est probablement la balle qui l'a faite avant d'aller se loger dans la selle.

– O.K.! conclut Mason d'un ton bref. Venez ici, je voudrais vous parler.

– J'arrive, répondit Drake, et il raccrocha.

– Della, ils ont retrouvé le cheval, fit Mason. Paul va venir. Allez le chercher, voulez-vous?

Della Street traversa prestement le bureau. Elle attendit derrière la porte, qu'elle ouvrit dès que les pas de Drake devinrent perceptibles, puis elle fit entrer le détective.

Paul Drake, efflanqué, dégingandé, se dirigea vers le gros fauteuil de cuir, où il s'affala dans une position qui le faisait ressembler à un couteau entrouvert.

– Bon Dieu, quel soulagement! s'écria-t-il.

– Quoi, parce que le cheval est retrouvé? demanda Mason.

Drake se mit à rire, et il perdit aussitôt son air lugubre.

– Parce qu'on a réussi à l'identifier, expliqua-t-il. Ça me dispense d'aller faire un petit voyage dans la Vallée!

– Racontez ce que vous savez, Paul, fit Mason.

– Eh bien! j'avais mis trois hommes sur l'affaire. Avant de les envoyer dans la Vallée, je leur avais donné l'autorisation d'embaucher des types en cas de besoin. Je n'avais qu'une peur, c'était d'être obligé d'y aller moi-même pour mettre de l'ordre dans la pagaille. Je m'étais figuré que chaque zèbre allait revenir avec un cheval, chacun soutenant mordicus que le sien était le bon! J'aurais eu à faire l'arbitre. Et le diable m'emporte si j'ai la moindre idée de ce que peut être un cheval de selle américain! Vous le savez, vous, Perry?

Mason se mit à rire :

– Regardez bien celui que vous aurez sous les yeux quand il sera là.

– Pour moi, déclara Drake, un cheval est un cheval. Bon Dieu, vous pouvez être sûr que j'ai poussé un ouf quand on l'a retrouvé, votre canasson! Du premier coup, mon bonhomme a mis dans le mille. Naturellement, quand on va au fond des choses, Perry, c'est une sacrée veine pour nous qu'il ait pris le large avec sa selle sur le dos!

Drake attendit que Mason veuille bien lui donner quelques explications, mais Mason resta silencieux.

– Comment se fait-il que le cheval se soit perdu avec sa selle et tout son harnachement? demanda Drake.

– Je croyais que vous ne connaissiez rien aux chevaux?

– J'ai une vague notion des choses de la vie. Quand on met une selle sur le dos d'un cheval, c'est qu'on a l'intention de le monter. Quand on lui met une bride, *idem*. Et ce trou fait par une balle...

– Eh bien! espérons que nous aurons trouvé les réponses avant que les autorités posent des questions.

– Est-ce que vous pouvez vous fier à l'homme qui amène le cheval, Paul?

– Je lui confierais n'importe quoi, n'importe quand, n'importe où.

– Soupçonne-t-il les circonstances dans lesquelles le cheval s'est perdu? s'informa Mason.

– Si vous précisiez un peu ce mot « perdu »! fit Drake. Bien sûr qu'il a des soupçons!

– Quel est donc le nom du fermier, celui qui avait le cheval?

Drake consulta ses notes :

– Un certain Nolan, fit-il. Une seconde, je vais vous donner tous ses noms : Frank Loring Nolan. Naturellement, Perry, quand mon homme sera là, nous aurons davantage de détails. Je ne sais pour le moment que ce qu'il m'a raconté à toute vitesse au téléphone. Mais moi, ce que je voudrais que vous me disiez, c'est comment il faudra que je réponde aux questions qui me seront posées.

– Est-ce que la ferme de Nolan a une clôture? demanda Mason.

– Bon Dieu, Perry, je ne sais pas! Mon homme a retrouvé le cheval. Après tout, c'était ça la chose importante. Dès qu'il s'est mis à me parler du petit bout de métal supplémentaire égaré dans la selle et de la marque visible sur le dos du cheval, j'ai cru qu'il valait mieux attendre son retour pour poursuivre notre petite conversation.

– Paul, où pourrais-je me procurer une carte du cadastre avec les noms des propriétaires de la région?

Drake se mit à rire :

– Vous n'allez sûrement pas le croire : dans mon bureau!

– Vous en avez une?

– J'en ai deux douzaines. Vous parlez d'une coïncidence! Il y a quelques semaines, je me suis occupé d'une affaire pour laquelle j'ai eu besoin des cartes du cadastre de la Vallée. Avant de lancer mes hommes à la recherche de votre cheval, je les avais sorties pour qu'ils puissent les consulter. C'était un coup de veine de les avoir là, si je pense à l'heure qu'il était quand vous...

Mason coupa la parole au détective et fit un signe de tête à Della Street.

– Voulez-vous aller me chercher ces cartes, Della?

Della Street sortit. Drake, pivotant sur son séant, se cala par le travers du gros fauteuil dans sa position favorite – les reins appuyés à l'un des bras du siège et l'autre lui supportant les genoux. Son attitude était celle de l'extrême pessimisme, et à voir son air effacé, inoffensif, on l'aurait sans hésitation relégué à l'arrière-plan.

Della Street revint avec les cartes. Mason les étala sur son bureau.

– C'est ce Nolan, que vous cherchez sur la carte? demanda Drake.

– Oui.

– Il se trouve quelque part au sud-ouest d'El Centro, juste au nord de Black Butte, fit Drake. Là, c'est le territoire où mon homme devait travailler. Ah! nous y sommes. Au bout de cette route. Vous voyez cette parcelle, juste là. On dirait qu'elle fait dans les seize hectares. F.L. Nolan. Ça doit être l'endroit qui vous intéresse.

Mason étudiait la carte.

– Qu'est-ce que c'est? demanda Drake en se penchant alors que le doigt de Mason venait de s'immobiliser sur un rectangle de la carte.

– Le nom, fit Mason, semble être José Campo Colima.

– C'est exact, approuva Drake, il y a des tas de gens d'origine mexicaine qui ont des terres dans le coin et...

Mason leva les yeux sur Della :

– Ça ne vous dit rien?

– Bien sûr que si! C'est le nom du parfait gentleman qui s'était chargé de conduire la vieille Mexicaine blessée chez un médecin.

– José Campo Colima, répéta Mason d'un air songeur, et il possède huit hectares à... voyons... si je ne me trompe, ça doit être à environ deux kilomètres au nord du ranch de F.L. Nolan.

– Vous connaissez ce Colima? demanda Drake.

– Je l'ai déjà rencontré, fit Mason. Oh! c'est tout, ajouta-t-il d'une manière évasive. Vous venez, Paul? Je vous emmène voir quelqu'un à l'hôtel Richmell.

– Dans quelle voiture? La vôtre ou la mienne?

– La mienne. A moins que nous ne trouvions un taxi à la station du coin.

Ils montèrent dans le premier véhicule qui se présenta et se firent conduire au Richmell.

Comme ils pénétraient dans l'hôtel, Paul Drake dit à Mason :

– J'ai un rapport complet de tout ce qui s'est passé ici, après 2 h 20 ce matin, Perry. C'est à ce moment-là que mon homme est arrivé sur les lieux.

– Vous me le remettrez un peu plus tard, fit Mason. Est-ce qu'il contient quelque chose de sensationnel?

– Rien, si ce n'est que votre homme de la chambre 511 n'a pas cessé de recevoir des visites jusqu'à 3 heures du matin. Et vous, vous n'aviez qu'une idée, c'était que le type du 510 fiche le camp.

Mason, qui traversait le hall à grands pas dans la direction de l'ascenseur, s'arrêta soudain.

– Qu'est-ce que vous dites?

– Je parle du 510. Il n'a quitté l'hôtel qu'une bonne heure après votre coup de téléphone.

– Vous en êtes sûr?

– Absolument sûr.

– A quel endroit se trouvait votre homme?

– Dans le placard aux balais, au bout du couloir.

– A-t-il été obligé de graisser la patte du policier de l'hôtel?

– Fichtre oui! Ça lui a coûté vingt dollars, d'abord pour se planquer au milieu des plumeaux. Ensuite, le type du 510 s'étant décidé à partir, il a pu prendre sa chambre, mais l'employé de la réception ne voulait pas la lui donner sous prétexte qu'il n'y avait plus de femme de chambre à cette heure-là, et que les draps ne pouvaient pas être changés. Mais il s'y est installé quand même.

– Et de cette chambre, il a surveillé le couloir?

– Oui.

– Jusqu'à quand?

– Pour autant que je sache, on le surveille encore. Sur le coup de 5 heures, j'ai envoyé un autre homme pour qu'ils se relaient à deux.

– Bon. Nous allons monter au 511, fit Mason, puis nous nous arrêterons au 510 pour parler à vos hommes. Vous avez fait suivre le type qui était dans mon bureau?

– Euh... euh... il y a quelques instants à peine, j'ai reçu un coup de téléphone de mon homme à ce sujet. Votre type est allé se planquer dans un garni d'East Lagmore, au 791.

Mason hocha la tête d'un air pensif:

– Laissez votre homme à sa surveillance, Paul. O.K.! Allons voir Callender.

Mason fit un signe à l'employé qui manœuvrait l'ascenseur. Silencieusement, ils montèrent jusqu'au cinquième étage. Ils eurent soin de suivre le tapis qui se déroulait le long du couloir, puis ils s'arrêtèrent devant le 511.

Un écriteau de carton portant les mots : NE PAS DÉRANGER se balançait au bouton de la porte.

Mason jeta un coup d'œil à sa montre.

– 10 h 35, fit-il.

– Il ne va pas être content si vous le réveillez, fit

Drake à voix basse. Rappelez-vous, Perry, qu'il a reçu des gens chez lui jusqu'à près de 3 heures du matin.

– De toute façon, il ne pourrait être que mécontent! répliqua Mason qui frappa à la porte.

Il n'y eut pas de réponse. Mason cogna de nouveau, mais cette fois d'une manière plus impérative. La réponse tardant à venir, Mason agita le loquet.

– Doucement, Perry, conseilla Drake, vous allez faire venir le détective de la maison... Oh! oh!

Le bouton que Mason venait de manipuler céda et la porte s'ouvrit de quelques centimètres.

– Doucement, Perry, conseilla Drake de nouveau.

Prudemment, Mason poussa la porte.

Une étrange pénombre régnait dans la chambre, comme si l'obscurité de la nuit précédente avait été retenue captive entre la porte close et les doubles rideaux soigneusement tirés. L'odeur de fumée froide que dégageaient quelques mégots s'imposa, désagréable, à leur odorat.

Drake, regardant par-dessus l'épaule de Mason, fit soudain demi-tour et, pris de panique, se précipita vers la chambre 510.

– Restez là, Paul, et surveillez le couloir, fit Mason, immobile sur le seuil du 511.

– Sortez de là, Perry, je vous en prie. Je ne pourrais pas vous prévenir à temps si quelqu'un...

Mason, posant un doigt sur ses lèvres, lui fit signe de se taire, puis il s'avança dans la chambre, ferma doucement la porte derrière lui et tourna le commutateur.

Le corps de John Callender gisait affalé sur le tapis. L'homme était couché sur le dos et complètement vêtu. Son œil droit était fermé tandis que son œil gauche, à demi ouvert comme celui d'un ivrogne, semblait fixer la lampe du plafond. Il n'y avait aucune trace de lutte.

Un sabre japonais était si profondément planté dans sa poitrine que seule la poignée en dépassait.

La scène était d'autant plus macabre que visiblement Callender avait essayé, dans un dernier effort, d'arracher le sabre de sa poitrine. Les doigts de sa main droite, crispés dans la rigidité de la mort autour de la lame, étaient sectionnés jusqu'à l'os.

Soucieux de ne rien toucher, Mason contourna la tache de sang qui maculait le tapis et inspecta les lieux.

La pièce dans laquelle gisait le cadavre était le salon de réception d'un petit appartement. Par la porte ouverte, Mason vit une chambre dont le lit n'avait pas été défait. Tout au fond il y avait de la lumière dans la salle de bains, dont la porte était entrebâillée.

Veillant à ne laisser aucune empreinte, Mason protégea sa main de son mouchoir avant de pousser la porte de la salle de bains. Il voulait s'assurer qu'il n'y avait personne dans cette pièce. Puis, doucement, il ramena la porte à sa position première.

Une penderie située à l'extrémité de la chambre attira l'attention de Mason. La porte en était grande ouverte, et une bonne douzaine de costumes étaient suspendus à une tringle centrale.

Mason s'avança pour examiner de plus près le placard, qui était bourré de vêtements. Cette garde-robe comprenait toute la gamme des tenues masculines, depuis les costumes de tweed rugueux jusqu'à l'habit, sans oublier le smoking. Sur une planche destinée à cet usage, étaient alignées de nombreuses paires de chaussures de tous genres.

Une fois de plus, Mason se servit de son mouchoir pour ouvrir l'un des tiroirs de la commode, qui était rempli de chemises et de sous-vêtements soigneusement pliés.

Mason referma le tiroir. Il revint dans le petit salon, où il prit grand soin de contourner le cadavre en se dirigeant vers la porte, qu'il entrouvrit légèrement.

Paul Drake se tenait sur le seuil du numéro 510.

Mason leva les sourcils d'un air interrogateur et Drake acquiesça d'un signe de tête.

Une fois encore, Mason se servit de son mouchoir pour éviter de laisser des empreintes sur le bouton de la porte. Il fit un pas dans le couloir, tira la porte derrière lui et fonça vers le refuge qu'offrait la chambre 510.

Drake referma la porte d'un coup de pied.

Un homme qui venait, selon toute vraisemblance, de s'éveiller avait rejeté une légère couverture et se tenait assis sur le bord du lit. Ses chaussures étaient sur le parquet, son veston pendait au dossier d'une chaise. Il était vêtu d'une chemise et d'un pantalon. Un autre homme, debout près du lavabo, tenait entre les doigts de sa main droite une cigarette à demi consumée, d'où la fumée s'élevait en tournoyant. Il regardait Paul Drake d'un œil dur et inquiet.

– Vous les connaissez, Perry? demanda Drake.

Mason fit un signe de tête négatif.

Paul Drake, désignant l'homme sur le lit :

– Frank Faulkner, dit-il. (Puis, dirigeant son regard vers celui qui était debout, il ajouta :) Harvey Julian.

Les deux hommes inclinèrent la tête et, de part et d'autre, on ne jugea pas utile de faire suivre ces présentations d'autres paroles.

Drake se tourna vers Mason :

– On va vous faire le rapport, Perry.

Mason secoua la tête. Sa main aux doigts écartés, qu'il agitait d'arrière en avant, semblait repousser quelque chose.

– Je vous dis qu'il le faut, reprit Drake. Nom de Dieu, il y va de ma licence! Les pontes du conseil ont révisé l'article 1578 du statut professionnel. Ils ont spécifié qu'en dehors de tous les cas qui justifient le retrait de la licence à un détective privé, le conseil aurait le pouvoir de révoquer n'importe qui, pour des raisons qu'il jugerait suffisantes. Vous savez ce que ça veut dire. Ils trouvent toujours le point faible. Et ils ne m'aiment pas.

– Une minute, Paul, fit Mason, je veux d'abord m'assurer d'une chose.

Drake secoua la tête.

– Perry, je vous assure que je ne peux pas courir de risques. Nous ne savons pas ce qui va se passer ici et si je ne...

Il se tut soudain, car on frappait à la porte.

– Qu'est-ce que c'est? demanda Mason.

– Nom de Dieu, gémit Drake, ça y est, maintenant, nous sommes dans le bain. Nous...

– Une minute, fit Mason, tandis que les coups sur la porte redoublaient. Restez tranquille, Paul. C'est de l'autre côté du couloir, au 511.

Faulkner s'avança vers la porte et colla son œil au viseur d'un périscope portatif dont l'ouverture dépassait légèrement le bord du vasistas entrebâillé.

– Le valet de chambre, fit-il brièvement, à voix basse. Il porte un plateau avec du café.

De nouveau, des coups frappés à la porte se firent entendre.

– Il essaie de tourner le bouton, reprit Faulkner d'une voix étranglée. Il entre. O.K.! le voilà dans la chambre. Il allume l'électricité, il s'avance...

Ils entendirent le bruit d'une porte qui claque, puis des pas précipités dans le couloir.

– Si jamais ils découvrent que j'étais là, ils m'enlèveront ma licence pour n'avoir fait aucun rapport, gémit Drake.

– Qui peut savoir que vous étiez là?

– Ne faites pas l'idiot, riposta Drake d'un ton aigre, nous sommes cuits!

– Qu'est-ce que cela signifie?

– Et ce détective maison, reprit Drake d'un air lugubre, il est là pour faire son boulot. Maintenant, ils sont en train de prévenir la brigade criminelle. Impossible de sortir de là sans se jeter dans la gueule du loup. Nous sommes faits comme des rats, ici, dans cette chambre. Nous pourrions évidemment rester là jusqu'à ce que les choses se tassent un peu, mais, dès que la police aura fait parler le flic de l'hôtel, ils sauront que j'avais chargé un de mes hommes de surveiller l'étage. Ils finiront aussi par apprendre que, pour le laisser se cacher dans le réduit aux balais du corridor, le policier maison a empoché vingt dollars, puis qu'il lui a donné une chambre. Cela signifie que la police va s'amener ici. Nous n'oserons pas sortir avant leur arrivée et, comme ils ne manqueront pas de s'amener, nous sommes coincés!

Ils se turent un instant, accablés. Mason se dirigea vers le téléphone. Il le décrocha et fit un numéro.

– Qui appelez-vous? demanda Drake d'un air inquiet.

– Le bureau du chef de la police, fit Mason en couvrant le téléphone de sa main. O.K.! Allez-y, Paul. Si vous voulez faire un rapport sur le crime, c'est le moment. Ne leur parlez pas de moi. Pas encore.

– Il leur a déjà été signalé, fit Drake. Le valet de chambre...

– Mais bon Dieu, répliqua Mason, il n'y a rien dans le statut professionnel qui spécifie que vous devez être le PREMIER à le signaler!

Drake prit l'appareil.

– Allô, le bureau du chef? Paul Drake, de l'agence privée Drake. Je veux vous signaler qu'il a été commis un meurtre. Appartement 511. Hôtel Richmell. La victime s'appelle John Callender. J'avais des hommes qui surveillaient sa chambre. Un employé qui vient d'y entrer a été le premier à découvrir le crime et...

Mason appuya sur un bouton d'un index impérieux pour interrompre la conversation.

– Pourquoi diable?... s'exclama le détective.

– La loi dit que vous devez le signaler. Vous l'avez signalé. Il n'est pas nécessaire d'entamer une conversation mondaine avec eux au téléphone. Raccrochez, Paul.

Drake laissa retomber l'écouteur sur son support.

Faulkner, qui n'avait pas quitté le bord du lit, s'écria :

– Pour l'amour de Dieu, quelqu'un finira-t-il par m'expliquer de quoi il s'agit?

Julian, qui assurait son service à la porte, répondit :

– Nous, on ne sait rien, Frank. Nous avons surveillé la chambre. C'est tout ce que nous pouvons dire. N'écoutez pas leur conversation, à moins que vous n'y teniez!

– Je n'y tiens pas spécialement, répondit Faulkner.

– Ça va, fit Drake, je vous couvre, les gars, et quant à vous, Perry, je vous tiens pour responsable vis-à-vis de moi.

– O.K.! répliqua Mason d'un ton de bonne humeur. Examinons le travail, et vite! Faulkner, vous êtes arrivé le premier sur les lieux, hier soir?

– C'est exact.

– Quand?

– J'étais ici à environ 2 h 16, 2 h 17, et deux ou trois minutes plus tard j'ai commencé la surveillance. Si je devais donner des précisions à la seconde près, je dirais 2 h 17 mn 30 s, mais, dans mon carnet, j'ai inscrit 2 h 20.

– Vous avez fait joliment vite! constata Mason.

– J'étais en train de jouer au poker chez moi, expliqua Faulkner. C'est là que Drake a pu me joindre au téléphone. Comme il m'avait dit que c'était pressé, j'ai sauté dans ma voiture et je suis venu ici. A cette heure-là, il n'y a pas beaucoup de circulation et je n'ai pas perdu de temps.

– Qu'avez-vous fait?

– J'ai d'abord cherché le policier de l'hôtel. Il n'était pas dans le hall, mais sans doute en train de rôder dans les couloirs. J'ai toujours un passe dans ma poche pour ce genre de travail. Tout en ayant l'air de jouer avec ma clef, je traverse donc le hall jusqu'à l'ascenseur qui me dépose directement au cinquième.

– En ensuite?

– J'examine les lieux, reprit Faulkner. Le patron m'avait dit que la chambre 510 serait libre. Je vois qu'il y a de la lumière sous la porte. Je constate également qu'il y en a sous celle du 511. Je me dis alors que le 510 était encore là et qu'il me faudrait attendre son départ. Je me suis donc mis à chercher le réduit aux balais le long du couloir. On ne peut pas souhaiter un meilleur endroit pour faire ce genre de boulot. Je le trouve. Et c'est une chance qu'il soit situé presque en face de l'ascenseur, car de là je voyais tout le couloir. Je m'installe. C'est beaucoup dire, car je n'ai pas tardé à me sentir des crampes, mais je pouvais me tenir debout et d'un œil surveiller le corridor.

– Est-ce que vous aviez ce dispositif de périscope? demanda Mason.

– Non, je l'ai apporté avec moi en prenant mon service, fit Harvey Julian.

– Quelle heure était-il?

– 5 heures du matin. Drake avait pu me joindre et m'avait demandé de relayer Faulkner dans le cas où il aurait à prendre quelqu'un en filature.

– Ou était Faulkner?

– J'étais dans la chambre à ce moment-là, répondit Faulkner.

– A quelle heure vous y êtes-vous installé?

– C'est toute une histoire. Je préfère vous raconter ce qui s'est passé.

– O.K.! Faites selon votre idée, concéda Mason, n'oubliez pas toutefois que nous n'avons pas beaucoup de temps. Soyez bref.

– Bon. Comme je vous l'ai dit, j'étais sur les lieux à 2 h 20. Il y avait de l'animation dans la chambre 511. Des tas de gens qui entraient et qui sortaient.

– Quelles gens? demanda Mason.

Faulkner sortit un carnet de sa poche.

– Tenez-vous absolument à ce que je vous dise tout ce qui s'est passé dans l'ordre chronologique?

– Tout, mais il nous faut d'abord préciser un point. A quelle heure avez-vous pris possession de la chambre 510?

– L'homme qui l'occupait a vidé les lieux à 3 h 02 et je m'y suis installé environ dix minutes plus tard.

– Comment avez-vous obtenu cette chambre? demanda Mason.

– Je suis descendu et j'ai rempli une fiche.

– A votre nom?

– Oui.

– Donc vous n'avez pas surveillé le couloir entre le moment précis où Sheldon a quitté sa chambre et celui où vous y êtes entré?

– Une minute, répondit Faulkner. Il est exact que je n'étais pas sur les lieux, mais le policier de la maison y était, lui. C'est pourquoi je voulais vous raconter tout ce qui s'est passé.

– O.K.! fit Mason. Allez-y.

– Je me suis trouvé nez à nez avec le détective de l'hôtel à environ 2 h 35. Ce que je faisais n'était pas très malin. Je marchais sur la pointe des pieds le long du couloir et...

– C'est sans importance, trancha Mason, et ensuite?

– Pendant quelques instants ça n'a pas gazé tout seul. Je lui ai montré mes papiers et raconté pourquoi je me trouvais là, ce qui visiblement ne lui plaisait guère. Alors, je lui ai glissé un billet de dix dollars dans le creux de la main. Il était déjà moins hostile. Il me dit à ce moment-là qu'il ne me ficherait pas à la porte, mais qu'il voulait me voir quitter la place, et vite. J'ai dû lui promettre un autre billet de dix dollars pour qu'il me donne la permission de rester. Ensuite, je lui ai dit qu'on m'avait refilé le tuyau que le client du 510 devait partir et que je me contentais d'attendre qu'il veuille bien s'en aller. Enfin, je lui ai dit que j'étais chargé de surveiller le couloir.

– Pourquoi lui avez-vous raconté que vous étiez sur cette affaire? demanda Mason.

– Je lui ai dit que je ne savais rien, protesta Faulkner, mais que le patron s'occupait d'une histoire à laquelle était mêlé un rat d'hôtel. Du coup, le policier se sent très en confiance. Je lui glisse le second billet de dix dollars et je lui laisse entendre que, si quelqu'un devait être arrêté dans l'hôtel, il en aurait tout le bénéfice, et que mon patron réclamerait juste une prime sur le butin qui serait découvert au domicile de l'individu. Mon bonhomme paraissait tout content et nous avons passé un marché. Il fut convenu qu'il descendrait surveiller les abords du bureau de la réception et que, lorsque le 510 aurait quitté l'hôtel, il reviendrait prendre ma place pour faire le guet dans le couloir. A ce moment-là, je descendrais à mon tour et je louerais la chambre.

– Et tout s'est passé de cette façon-là?

– Oui, finalement tout a marché selon nos prévisions. Vers 3 h 02, le 510 partait. Aux environs de 3 h 04 le policier maison était de retour ici. Sans attendre, je descends au bureau, où j'arrive juste comme le 510 franchit la porte du hall, suivi du garçon d'ascenseur qui portait sa valise. J'ai raconté à l'employé de la réception que j'étais resté dans le salon, à l'affût de la première chambre qui serait libre et qui m'avait été promise. Le gars ne voulait pas me la donner sous prétexte qu'il n'y avait plus de service à une heure aussi tardive. La dernière femme de chambre de garde cesse tout travail à 2 heures du matin et elle n'est là que pour les cas d'urgence. Finalement, je réussis à le convaincre que je me fiche totalement du service et il me donne la chambre en me spécifiant bien que j'aurai à changer les draps et les serviettes moi-même, puis à refaire le lit.

– Et vous l'avez fait? demanda Mason.

Faulkner se mit à rire, montrant d'un geste le lit fripé.

– Je ne me suis pas couché dedans. Cela me

suffisait de m'étendre dessus. Je me suis borné à changer les taies d'oreiller. C'est tout!

– Alors, vous et le policier de l'hôtel, vous devez être tout à fait copains?

– Ça n'a pas trop mal marché entre nous.

– Comment s'appelle-t-il?

– Sam Meeker.

– Ceci est important, fit Mason. A quelle heure prend-il son service, le savez-vous?

– Bien sûr. Il arrive à 8 heures le soir et quitte l'hôtel à 8 heures le matin.

– Il n'y a personne ici pendant la journée?

– Je ne sais pas. C'est une question que je ne lui ai pas posée. Des tas d'hôtels n'emploient un policier que la nuit.

– Très bien, fit Mason. Il n'est donc plus là maintenant. Cela va nous aider. A présent, voyons rapidement ce qui s'est passé dans la chambre 511.

– Je venais juste de m'installer dans mon placard, lorsque voilà le type du 510 qui sort comme une flèche du 511. Il traverse le couloir en trombe, pousse la porte de sa chambre et la referme derrière lui.

– Vous affirmez qu'il sortait de la chambre 511?

– Je pense que c'était de là qu'il venait.

– Vous n'en êtes pas sûr?

– Pas absolument. Tout ça s'est passé trop vite.

– Très bien. Alors vous ne pouvez pas préciser de quelle chambre il sortait?

– Je crois bien que c'était du 511.

– C'est une question de cou, fit Mason. Tendez le vôtre autant que vous voudrez ou rentrez-le. De quel côté du couloir se trouve la resserre aux balais?

– Du côté opposé à celui du 511.

– C'est-à-dire du côté du 510.
– Exactement.
– Donc, du réduit où le couloir vous apparaissait dans toute sa longueur, et lorsque l'homme regagna la chambre que vous croyez être le 510, il vous était impossible de vous rendre compte à quel endroit précis de la perspective il se trouvait. En d'autres termes, vous ne pouviez voir qu'une rangée de portes. Comment, de ce fait, avez-vous été amené à déterminer d'une façon exacte celle que l'homme avait poussée?
– Il est entré au 510. Premièrement, la porte avait l'air d'être celle du 510. Par ailleurs, tandis qu'il y pénétrait, j'ai vu que le rectangle de lumière projeté dans le couloir éclairait le 511. Cela prouve que les portes se trouvaient l'une en face de l'autre. De plus, quand je suis descendu dans le hall, juste comme le 510 quittait l'hôtel, j'ai bien remarqué comment il était habillé. Il portait exactement les mêmes vêtements que ceux de l'homme qui était sorti en courant du 511, c'est-à-dire un costume à carreaux très facile à reconnaître.
– Parfait. Que s'est-il passé ensuite?
– A environ 2 h 22 mn 30 s, l'ascenseur s'est arrêté. J'ai inscrit 2 h 23, mais pour être rigoureusement exact, c'était probablement quelques secondes plus tôt. J'aurais voulu que vous puissiez voir le morceau de roi qui en est sorti!
– Donnez-moi des précisions.
– Quelle allure! Elle était moulée dans une sorte de jupe grisâtre à petits carreaux qui lui arrivait à peine au genou. Et, vingt dieux, quelles jambes! Sans parler du reste, assorti! Elle avait une de ces façons de marcher! On aurait dit qu'elle effleurait le sol.
– Jeune?

– Un morceau de roi! répéta Faulkner. Dans les vingt-deux, vingt-trois ans, peut-être.
– Blonde ou brune?
– Rousse.
– Avait-elle quelque chose à la main?
– Un étui à violon.
– Continuez.
– Elle a suivi le couloir jusqu'au 511.
– Ensuite?
– Elle a commencé par frapper puis, après un instant d'attente, quelqu'un lui ayant certainement répondu, elle a ouvert la porte et elle est entrée.
– Etes-vous sûr que quelqu'un lui avait répondu?
– Non, évidemment. De l'endroit où j'étais, je ne pouvais pas entendre, mais tout est dans la façon dont elle a ouvert la porte.
– Vous feriez mieux de vous abstenir d'interpréter, conseilla Mason. Il s'agit d'un crime. Vous aurez à faire une déposition au tribunal. Ensuite?
– Dix minutes plus tard, elle sortait de la chambre. J'ai regardé ma montre : 2 h 32.
– Portait-elle toujours l'étui à violon?
– Elle portait toujours l'étui à violon.
– Ensuite? demanda Mason.
– Ensuite, un bellâtre efféminé d'environ vingt-six à vingt-sept ans est sorti de l'ascenseur. D'un pas accéléré il s'est précipité dans le couloir comme s'il avait le feu au derrière. Il a ouvert la porte du 511. A peine entré, il ressortit et se précipita dans le corridor en sens inverse. Il avait le comportement d'un homme qui aurait bien voulu courir, mais qui n'osait pas.
– Combien de temps est-il resté dans la chambre?
– Dix secondes.
– Décrivez-le.

– Un type mince aux épaules tombantes, d'environ un mètre soixante-dix, un mètre soixante-quinze, dans les soixante-dix kilos peut-être. Il portait un pardessus brun boutonné.

– Un pardessus?

– Oui, une gabardine assez mince.

– Un chapeau?

– Non, des cheveux bruns frisés. Un caïd de seconde zone. Un tombeur de filles sous-alimenté, mais se défendant tout de même assez bien à la course. Un type qu'on peut tout aussi bien prendre pour un marchand de tuyaux que pour un semi-marlou. Il avait quelque chose à remettre, quelque chose dont il voulait se débarrasser. Je pense, à la façon dont il est entré dans la chambre en coup de vent pour en ressortir aussitôt, qu'il avait téléphoné d'en bas et qu'on lui avait donné la permission de monter. Vous savez comment sont ces petits mecs. Mais, naturellement, il se peut aussi qu'il ait vu quelque chose qui l'ait terrifié, quelque chose sur le tapis.

– Il vaut mieux laisser à la police le soin d'émettre des hypothèses. Il n'est pas ressorti tout de suite?

– Cela dépend de ce que vous entendez par là. Il n'est pas resté plus de dix secondes. J'ai chronométré.

Mason se mit à rire.

– Donc, il n'a pas eu peur. Paul Drake l'a battu au temps d'un cinquième de seconde. Qu'avez-vous noté encore?

– Donc à 3 h 02, Sheldon sort de la chambre et se dirige vers la porte du 511. Pendant une minute, j'ai cru qu'il allait frapper, mais pas du tout. Il s'est contenté de rester planté là, comme s'il tendait l'oreille, puis il a filé le long du couloir, dans la direction de l'ascenseur. A un certain moment, son regard se fixa sur la porte de mon réduit, si bien que j'ai dû la fermer avant qu'il n'arrive à ma hauteur. J'ai attendu que l'ascenseur descende pour la rouvrir. Une minute plus tard, averti par l'ascenseur qui remontait, je me rencogne dans ma cachette, mais, cette fois, c'était Sam Meeker, le détective de l'hôtel. Il m'informe que le 510 est en train de régler sa note et il ajoute que, si je veux descendre remplir ma fiche pour avoir la chambre, il prendra ma place et surveillera les lieux.

– Et vous êtes descendu?

– Oui.

– Vous avez pris l'ascenseur?

– Oui. Sam l'avait amené lui-même jusqu'à l'étage, car le boy, espérant un pourboire, était resté dans le hall pour porter la valise de Sheldon. A peine Sam était-il arrivé au cinquième que sur un signe de lui je prenais sa place dans la cabine et que je faisais descendre l'ascenseur. A cette heure tardive, il n'y a jamais qu'une cabine en service. Je ne pense pas que quelqu'un se soit aperçu qu'elle avait fait le trajet jusqu'au cinquième dans les deux sens. Pas plus Sheldon que l'employé de la réception, ou le boy préposé à la manœuvre. Comme de juste, je suis sorti de l'ascenseur et je me suis planqué dans un endroit obscur du hall. Sheldon venait à peine de quitter la place que déjà je racontais à l'employé de la réception qu'il y avait très longtemps que j'étais dans le hall, parce que son collègue qui avait assuré le service avant lui m'avait fait la promesse formelle qu'il me donnerait la première chambre vacante. Je vous ai déjà raconté la suite de l'histoire.

– Très bien. Une fois dans la chambre, que s'est-il passé?

– Rien.

– Rien?

– Non.
– Il y a un écriteau : NE PAS DÉRANGER sur la porte en face. Quand l'a-t-on mis là ?
– Très probablement lorsque le détective de la maison me remplaçait pendant que je remplissais ma fiche, répondit Faulkner. A mon retour, quand je me suis installé au 510, j'ai remarqué cet écriteau et j'ai demandé à Meeker depuis combien de temps il était sur la porte. Sa réponse a été que, sitôt parvenu au placard, il avait vu la pancarte. Meeker est plus gros que moi et, pour se caser dans le réduit, ça n'a certainement pas dû marcher tout seul !
– Quand vous êtes remonté, cet écriteau : NE PAS DÉRANGER, se trouvait donc sur la porte ?
– Oui.
– Il n'y était pas quand vous êtes descendu ?
– Euh... je ne pense pas qu'il y était.
– Avez-vous interrogé Meeker à ce sujet ?
– Oui.
– Qu'a-t-il répondu ?
– Que ni l'un ni l'autre, nous ne nous étions trouvés à proximité de la porte.
– Mais l'écriteau n'y était pas lorsque vous avez pris l'ascenseur ?
– Je... je ne pense pas qu'il y était.
Mason se tourna vers Julian, l'autre détective.
– Qu'avez-vous à dire, Julian ?
– Rien du tout, répondit-il. Quand Drake parvint à me joindre, il était environ 4 h 30. J'étais couché. Il voulait m'envoyer dans la vallée Impériale, mais je lui ai dit que je ne marchais pas. Ensuite, il m'a demandé si je pouvais remplacer Faulkner à l'hôtel Richmell. Ça, c'était faisable ; mais il a voulu savoir combien de temps il me fallait pour me rendre sur les lieux. Je lui ai répondu : « Juste le temps de me raser, puis de prendre un café », mais il m'a dit de

mettre le rasoir dans ma poche, car je pouvais tout aussi bien me raser ici. Je me suis contenté d'avaler un café à toute vitesse dans un bistro ouvert toute la nuit.

– Vous n'avez pris rien d'autre?

– Non. Je n'avais pas faim. Tout ce que je voulais, c'était une tasse de café... Je suis donc arrivé ici – il devait être exactement 5 h 05 – mais nous avons noté 5 heures, en chiffre rond, car il n'y avait rien à signaler. J'ai dit à Frank de s'allonger sur le lit et de faire un somme pendant que j'assurerais la surveillance. Vous êtes arrivés, vous autres, comme je m'apprêtais à réveiller Frank. Je vous ai vus frapper à la porte et entrer, puis...

Drake l'interrompit soudain.

– Voilà ce que nous attendions, fit-il. Ce sont les autorités.

Un bruit de voix péremptoires leur parvint à travers le vasistas. Quelqu'un ouvrit la porte, la ferma et l'ouvrit de nouveau. Un homme suggéra :

– Il faut relever les empreintes sur le bouton de la porte.

Mason se tourna vers Faulkner.

– Donnez-moi d'autres détails sur cette femme que vous avez vue entrer à 2 h 23 puis ressortir à 2 h 32.

– La pointure de ses bas m'avait tout l'air d'être du 38.

– Il est possible que ce soit bougrement bien vu, mais parlez-moi de la jupe.

– Elle était faite dans une sorte de petit carreau noir et blanc. La jaquette était assortie. L'ensemble était grisâtre, mais il y avait du noir dedans. Cela ressemblait à un tout petit pied-de-poule. Ses bas couleur fumée avaient des coutures et je crois qu'elle portait des souliers marron.

– Quel poids? Quelle taille?

– Environ un mètre soixante-huit! Imaginez un corps parfait. Vous aurez une idée de ce qu'est cette femme. Ses cheveux sont auburn.

– Qu'est-ce qui se passe dans le couloir, Paul? Est-ce qu'ils y ont laissé un homme de garde?

L'œil collé au périscope, Drake répondit :

– Je ne vois personne devant la porte. Ils sont tous dans la chambre. Il va falloir que j'aille constater le crime avec eux, Perry. Etes-vous prêt?

– Donnez-moi encore trente secondes. Ouvrez la porte du couloir, Paul, et jetez-y un coup d'œil.

Le détective ouvrit la porte, inspecta les lieux, puis il la referma.

– Un homme est posté juste devant l'ascenseur, fit-il.

Mason se dirigea vers le téléphone, qu'il décrocha.

– Je voudrais parler au chef des grooms, s'il vous plaît, fit-il devant l'appareil.

Quelques minutes s'écoulèrent. Lorsque le personnage qu'il demandait s'annonça au bout du fil, Mason s'écria :

– Dites-moi, qu'est-ce qui va de travers au cinquième étage?

L'employé chef parut s'excuser.

– La police prie les clients qui se trouvent au cinquième de rester momentanément dans leurs chambres. Cela ne va pas être long. Juste le temps de prendre les noms et les adresses des témoins.

– Des témoins de quoi?

– Je regrette, mais je ne peux pas vous répondre. C'est une affaire qui regarde la police.

Mason raccrocha. Quelque chose qui se trouvait dans la corbeille à papier retint son attention. Il se pencha et en retira deux serviettes de papier de soie portant des traces graisseuses de maquillage et de rouge à lèvres. Furtivement, il les glissa dans sa poche.

Il ouvrit la fenêtre, qu'il referma après avoir jeté son chapeau le plus loin possible dans la rue, au moment propice. De nouveau il traversa la chambre, ouvrit la porte du couloir et s'y engagea dans la direction de l'ascenseur.

Un homme en civil s'avança de cinquante centimètres pour lui barrer le chemin.

– Je regrette, mon petit vieux, mais il faut que vous attendiez une minute.

Mason le regarda, surpris :

– Attendre une minute... Pourquoi donc?

L'homme retourna le revers de son veston, où brillait un écusson jaune, et répondit :

– Juste une petite formalité.

– Au sujet de quoi?

– Je ne saurais vous le dire, mais le chef veut les noms des gens qui habitent l'étage et leur demander s'ils n'ont rien entendu la nuit dernière. Cela ne prendra qu'une minute.

– Sapristi, fit Mason, on m'a loué une chambre sans salle de bains et je voudrais tout de même bien descendre dans le hall pour aller au lavabo. Vous pouvez venir avec moi si vous y tenez.

– Je ne peux pas quitter mon poste, mais il doit bien y avoir des lavabos à l'étage!

– Probablement, fit Mason. Bon. O.K.! Ça va durer combien de temps, cette petite formalité?

– Pas plus de cinq à dix minutes.

Mason fit quelques pas dans le couloir, puis se retourna vers l'homme en civil.

– Vous savez où ils se trouvent, vous, ces lavabos?

– Fichtre non! Je viens d'arriver. Mais vous n'avez tout de même pas besoin d'un plan détaillé pour les trouver. Regardez les portes. Sur l'une d'elles, vous finirez bien par voir le mot : HOMMES.

– Merci du renseignement! fit Mason sarcastique.

– Bon sang de bon sang, je ne suis pas un agent de la circulation!

Mason arpenta le couloir, examinant chacune des portes avec ostentation, jusqu'à ce qu'il arrive devant celle de l'escalier. Il l'ouvrit et se tourna immédiatement vers le policier pour observer sa réaction. Lorsqu'il eut constaté qu'il ne manifestait aucune inquiétude, Mason franchit la porte et monta les marches quatre à quatre. Aucun agent ne surveillait le sixième étage, mais Mason jugea plus prudent de grimper au septième, puis au huitième pour mettre toutes les chances de son côté. Au huitième, il appuya sur le bouton d'appel pour faire venir l'ascenseur où il entra d'un air parfaitement naturel, puis il descendit vers le hall.

Mason s'arrêta un instant à l'éventaire de la marchande de journaux, puis au bureau de voyages. Il fit même une courte station devant l'agence des théâtres puis, lorsqu'il eut franchi la porte d'entrée, il se retourna sur le trottoir inondé de soleil.

– Taxi? proposa le portier.

Mason acquiesça d'un signe de tête.

8

Mason régla son taxi à la hauteur du numéro 600 de Lagmore Street et marcha jusqu'au 791. C'était une maison meublée dont la façade principale disparaissait presque entièrement derrière un escalier extérieur au-dessus duquel pendait une enseigne lumineuse assez délabrée.

Mason s'engagea dans cet escalier. Il découvrit un bureau, un registre, un tableau avec une vingtaine de crochets pour les clefs, puis une clochette en forme de dôme derrière laquelle se trouvait une pancarte où l'on pouvait lire : SONNEZ POUR LA PATRONNE. Mason feuilleta le registre. Il constata qu'Arthur Sheldon occupait la chambre 5 et qu'elle avait été payée.

Dès qu'il eut repéré la chambre qu'il cherchait, Mason frappa quelques coups à la porte.

Sheldon ouvrit aussitôt et son visage exprima la surprise.

– Vous?

Mason entra dans la pièce et repoussa la porte derrière lui.

C'était le type même de la chambre bon marché avec son lit d'émail blanc, visiblement recouvert d'une couche récente de mauvaise peinture. Le mince matelas était affaissé au centre. Quant aux murs, ils étaient sales. Quelques reprises se voyaient sur les rideaux de dentelle et l'émail du lavabo s'écaillait par endroits. Un des barreaux de la chaise au dossier rigide qui se trouvait près de la fenêtre pendait lamentablement. Le fauteuil à bascule, d'une indescriptible teinte jaune sombre et recouvert d'un cuir imitation, s'efforçait bravement, bien qu'il fût effondré, de donner à cette chambre une apparence hospitalière.

Sheldon se laissa tomber sur le bord du matelas qui s'infléchit aussitôt de telle sorte que la face interne de ses genoux entra en contact avec la barre métallique du sommier. Mason préféra rester debout, malgré l'invitation de Sheldon à s'installer dans le rocking-chair.

– Je voudrais savoir ce qui s'est passé la nuit dernière, fit-il.

– Que voulez-vous dire? demanda Sheldon en écarquillant les yeux.

– Comme si, diable, vous ne le saviez pas! riposta Mason. Cessons de tourner autour du pot.

– Je vous ai dit tout ce que je savais, Mr Mason... je vous ai dit...

– La femme qui était dans votre chambre la nuit dernière, qui était-ce?

– Pourquoi... que...

– Allons, allons, fit Mason, qui était-ce? Etait-ce Loïs Fenton?

– Qu'est-ce qui peut vous faire croire qu'il y avait une femme?...

Mason sortit de sa poche les serviettes de papier de soie maculées de rouge à lèvres, puis il les lança sur le lit.

– Oui, c'était bien Loïs, laissa échapper Sheldon.

– Où était-elle?

– Dans... vous voulez dire... pendant que vous étiez là?

– Oui.

– Elle se cachait dans la salle de bains.

– Vous partagiez la même chambre?

– Ne soyez pas stupide. Elle était venue me voir pour me demander un conseil. Quand vous êtes arrivé, il n'y avait pas plus d'une minute qu'elle était là.

– Trouvez autre chose, fit Mason.

– Honnêtement, Mr Mason, je vous assure que c'est l'entière vérité. Nous parlions à voix basse lorsque vous êtes arrivé. Je lui disais que son mari occupait la chambre en face de la mienne, de l'autre côté du couloir, qu'il pouvait très bien la voir sortir de chez moi ou apprendre que nous étions là tous les deux, enfin, que c'était une situation impossible. Puis nous vous avons entendu frapper et c'est à ce moment-là que, prise de panique, elle a couru se réfugier dans la salle de bains, dont elle a verrouillé la porte. Pendant ce temps-là, je marchais autant que je le pouvais de long en large dans la chambre, puis vous avez glissé votre carte sous la porte... et... voilà comment les choses se sont passées.

– Pourquoi était-elle venue?

– Parce qu'elle pensait que son frère allait rencontrer Callender.

– Vraiment?

– Il avait rendez-vous.

– Qui le lui avait donné?

– Callender lui avait fait savoir qu'il voulait le rencontrer.

– A quelle heure devait-il venir?

– A 2 heures du matin.

– Pourquoi Callender voulait-il le voir?

– Je ne sais pas. Il avait probablement l'intention de lui mettre le couteau sous la gorge pour essayer de le faire marcher.

– Très bien, fit Mason. Je vous donne une chance de jouer franc jeu. Dites-moi tout ce que vous savez, et vite!

– Voilà, reprit Sheldon. Loïs était morte de peur. Pendant qu'elle se trouvait dans la salle de bains, c'est tout juste si elle n'a pas piqué une crise de nerfs. Après votre départ, elle s'est arrangé le visage du mieux qu'elle a pu, puis je lui ai demandé de partir. Comme vous m'aviez bien spécifié de régler ma chambre au plus vite, je lui ai dit que nous pourrions nous retrouver dans le hall.

– Et elle est partie?

– Oui.

– Quand?

– Je ne sais pas exactement à quelle heure, mais une minute ou deux après votre départ.

– Est-elle allée directement dans le hall?

– Oui, naturellement.
– Combien de temps après elle êtes-vous descendu à votre tour?
– Je ne sais pas, Mr Mason. Pourquoi aurais-je contrôlé? Mais je ne pense pas être resté dans la chambre plus de cinq minutes.
– Aussitôt après, avez-vous demandé votre note?
– Non. Pas à ce moment-là. J'ai cherché Loïs Fenton dans le hall, mais... elle n'y était pas.
– Où était-elle?
– Je ne sais pas... Je me demandais où elle pouvait bien être et j'étais inquiet. Pendant quelques instants je l'ai cherchée, puis je suis remonté dans ma chambre. A ce moment-là, une idée m'a traversé l'esprit.
– C'est-à-dire?
– Pendant qu'elle était dans le hall, elle avait dû voir arriver son frère qui venait au rendez-vous de Callender. Vraisemblablement, ils avaient dû sortir ensemble pour se parler. Cela me paraissait être la seule explication possible. Donc, j'étais remonté dans ma chambre et j'attendais... j'attendais, espérant qu'on m'appellerait au téléphone. Vers 2 h 10, 2 h 15, j'étais vraiment inquiet, car je me demandais si Callender ne l'avait pas aperçue dans le couloir et entraînée dans sa chambre. Callender ne me connaissait pas. Je pris la décision d'aller chez lui, car je désirais en avoir le cœur net. Je traversai donc le corridor et frappai à sa porte.
– Une minute, fit Mason. Il était joliment tard pour frapper chez lui.
– C'est vrai, mais j'avais la certitude qu'il n'était pas couché. Je voyais de la lumière dans son appartement et je savais qu'il attendait la visite de Jasper Fenton.

– Ne trouvez-vous pas que vous couriez un certain risque?

– Non. Callender ne savait pas qui j'étais. Il ne m'avait jamais vu. J'étais décidé à lui donner un faux nom et à lui dire que je cherchais Jasper Fenton.

– Alors, qu'avez-vous fait?

– J'ai frappé à la porte et Callender s'est mis à crier : « Pas la peine de frapper. Entrez, le verrou n'est pas mis. » Je suis donc entré. En me voyant, il n'a pas dissimulé sa surprise. Je lui ai dit que j'étais désireux de rencontrer Jasper Fenton à qui, si j'étais bien renseigné, il avait donné rendez-vous, et qu'il était pour moi de la plus haute importance de le voir. J'ai donc demandé à Callender si Fenton était chez lui. Sur sa réponse négative, j'ai insisté, mais en vain pour lui faire dire qu'il l'attendait. A son tour, il m'a questionné, cherchant à savoir pourquoi je m'intéressais au jeune Fenton. Comme de juste, je me suis dérobé tant que j'ai pu, puis je lui ai dit que j'irais attendre Fenton dans le couloir.

– Aviez-vous pénétré dans la chambre, ou étiez-vous resté sur le seuil?

– Non, j'étais dans la chambre d'où il m'avait crié d'entrer puisque, naturellement, il pensait avoir affaire au jeune Fenton. Quand il s'est rendu compte que j'étais un inconnu, il s'est mis à m'interroger, fort intrigué que je sois au courant de son rendez-vous. Il m'a demandé de fermer la porte, car il sentait un courant d'air.

– Combien de temps êtes-vous resté dans sa chambre?

– Une ou deux minutes...

– Où était Callender?

– Il était assis dans un gros fauteuil dont il n'a pas bougé tant que je suis resté avec lui.

– Lorsque vous l'avez quitté, était-il vivant et en bonne santé?

– Oui... naturellement... pourquoi?

– Parce que, maintenant, il est mort!

De surprise, Sheldon ouvrit la bouche.

– Mort!... De quoi est-il mort?

– Vous voulez dire : qui l'a tué? répliqua Mason. Quelqu'un lui a enfoncé un sabre japonais dans la poitrine.

– Bon Dieu! s'écria Sheldon en appuyant sur chacun de ces deux mots.

– La police va examiner le registre du Richmell et ils vont découvrir que vous en êtes parti à 3 heures du matin. Selon toute vraisemblance, Callender était déjà mort à ce moment-là. On va vous rechercher. Vous êtes amoureux de la femme de Callender. Votre chambre était juste en face de la sienne...

Sheldon se dirigea vers une commode branlante et, par à-coups, péniblement, ouvrit un tiroir. Il en sortit des chemises, des caleçons et des cravates, dont il bourra la valise ouverte qui se trouvait à proximité sur le parquet.

Tandis qu'il jetait ses vêtements pêle-mêle dans la valise, Mason l'observait en silence. Soudain, il sortit de la chambre et en repoussa la porte derrière lui avant de s'engager dans le couloir désert.

9

Lorsqu'il eut franchi le seuil de la maison meublée, Mason fit quelques pas dans la rue, puis brusquement il s'arrêta, comme s'il avait oublié quelque chose. Regardant par-dessus son épaule, il examina les maisons du voisinage.

L'endroit où il se trouvait était le type même du quartier pauvre. Au-dessus de boutiques délabrées situées de plain-pied avec la rue, il y avait des garnis, des bureaux et de minables logements. La moitié des maisons du bloc n'avaient qu'un étage et il y avait en vue un seul immeuble qui en possédait trois.

Il se pouvait que l'homme flânant devant le magasin d'alimentation fût le détective de Drake, mais Mason n'avait nullement l'air de l'intéresser. Il s'était arrêté pour parcourir les offres d'emploi d'un journal. Sa mise n'était ni particulièrement soignée ni négligée. C'était un de ces hommes qui ont le don de passer inaperçus quel que soit le lieu où ils se trouvent. L'automobile rangée le long du trottoir à quelques pas de lui n'avait rien de particulier, si ce n'est qu'elle n'était pas neuve. Aucun pare-chocs n'était tordu. Les glaces du pare-brise et des portières étaient en bon état. Elle n'était ni sale ni propre.

Mason attendit cinq minutes, puis Sheldon sortit de la maison meublée, portant une valise à la main et un pardessus sur le bras.

A peine Sheldon venait-il de tourner le coin de la rue que Mason, qui n'avait pas bougé de place, vit l'homme plongé dans la lecture des petites annonces plier son journal et sauter dans la voiture si difficile à identifier qui s'éloigna.

Mason revint sur ses pas jusqu'au garni dont il remonta l'escalier. Penché sur le comptoir, il étendit le bras vers le dôme nickelé de la sonnette, dont il enfonça le bouton d'une tape brusque, du plat de la main.

L'appel résonna aussitôt, strident, peu harmonieux.

Deux minutes s'écoulèrent et la porte située derrière le comptoir s'ouvrit. Une femme parut, montrant un visage intrigué, bourru, mais dès qu'elle eut d'un coup d'œil jugé de l'aspect physique de Mason, elle sourit, arrangea ses cheveux et s'approcha en disant :

– Que désirez-vous?

Cette femme, qui pouvait avoir quarante-cinq ans, était bien en chair. Son corps s'épanouissait sans la moindre gaine sous une robe de chambre défraîchie. Elle n'était cependant pas dépourvue de charme. La peau de son visage plein était fine, et son teint restait clair sous le maquillage soigné. Elle vint appuyer ses bras dodus sur le comptoir, puis elle décocha un sourire à Perry Mason, et une lueur de sympathie brilla dans ses yeux.

– Vers 3 h 30, ce matin, vous avez loué une chambre, fit Mason. Je voudrais savoir si vous en avez loué une autre à peu près au même moment.

– Vers 3 h 30, ce matin? répéta-t-elle, et son sourire disparut.

– Oui.

Elle fit non d'un signe de tête, le visage soudain fermé, inexpressif.

– Je regrette, fit-il, cela m'ennuie d'avoir à vous contredire, mais il se trouve que je sais l'heure exacte à laquelle cette chambre a été louée.

– Quelle chambre?

Mason posa un doigt sur le registre :

– Arthur Sheldon, numéro 5, fit-il.

– Cette chambre a été louée hier après-midi, vers 3 heures.

– Vous l'avez louée vous-même?

– Oui.

– Est-ce que l'homme avait des bagages?

– Une valise et un pardessus. Mais qu'est-ce que cela peut vous faire? Vous êtes de la police?

– Non, je ne suis pas de la police, répondit Mason, je suis avocat. J'essaie de me renseigner pour un client.

– Tâchez de ne pas nous fourrer là-dedans, répliqua la femme d'un ton brusque et le visage toujours fermé.

– Mon intention n'est pas de vous créer des ennuis. J'essaie de tirer quelqu'un d'un mauvais pas.

– Alors, dans ce cas, c'est autre chose, répondit-elle en dévisageant Mason. (Et, soudain, elle s'écria :) Dites-moi donc, mais il me semble que je vous ai déjà vu quelque part!

– C'est bien possible.

– Comment vous appelez-vous?

– Smith, ça vous irait?

– J'ai vu votre... j'ai vu votre photo... Vous êtes Perry Mason, l'avocat.

Mason acquiesça d'un signe de tête.

– Il paraît que vous sortez vraiment les gens du pétrin; c'est vrai?

– Ça m'arrive!

– Même quand ils ont commis des crimes?

– Non. Pas quand ils sont vraiment coupables, mais il m'est arrivé de prouver l'innocence de gens accusés de crimes qu'ils n'avaient pas commis.

– Alors, après, on les laisse absolument tranquilles, pas vrai?

– Oui. Absolument, reconnut Mason avec un sourire. Est-ce en votre présence que l'homme a inscrit son nom sur le registre?

– Oui.

– Pouvez-vous me le décrire?

– Eh bien! voyons... Il était jeune... ou plutôt, il m'a paru jeune. C'était un homme dans les vingt-sept, vingt-huit ans. Blond avec des yeux bruns. Il portait un costume croisé gris et je me rappelle que son pardessus était d'un marron très foncé. Il l'avait posé sur le comptoir pendant qu'il signait le registre.

– Et la fille qui était avec lui? demanda Mason.

– Dites donc, qu'est-ce que vous essayez d'insinuer?

Mason prit son air le plus innocent.

– J'essaie de me renseigner au sujet de la fille qui était avec lui.

– Ce n'est pas le genre de la maison.

– Je ne prétends pas du tout qu'ils étaient dans la même chambre. Je pensais qu'elle l'accompagnait lorsqu'il s'est présenté ici pour louer la sienne, ou peut-être même avait-elle déjà une autre chambre.

La femme fit non de la tête.

– Elle est peut-être venue plus tard? suggéra Mason. Une assez jolie fille, bien faite, rousse, habillée très court et portant un costume dont l'étoffe est une sorte de pied-de-poule.

– Quel âge?

– Vingt-deux, vingt-trois ans.

Lentement, elle secoua la tête.

– Non, ici, nous n'avons pas ce genre de filles-là!

– Il se peut que ce soit une fille très bien!

– Non. Non... si elle est telle que vous la décrivez, elle ne pourrait pas être une fille bien et vivre ici! Elle irait soit dans une pension de famille, soit dans un hôtel. Cette maison est un garni. J'essaie de la tenir convenablement. Je ne peux pas répondre de tout ce qui s'y passe, mais je ne suis pas assez bête pour louer des chambres à des poules. Elles ont beau vous raconter de belles histoires, tôt ou tard, on a toujours des ennuis avec ces filles-là! J'arrive à faire marcher la maison sans cette clientèle et, dès que je vois arriver une femme qui a l'air d'une poule, je lui dis que je suis au complet.

– Vous ne pouvez tout de même pas dire qu'ici, le soir, il ne vient jamais de femmes comme ça?

– Bien sûr que non. Mais je ne reste pas en haut de l'escalier, à guetter ce qui se passe dans les couloirs. Je tâche de choisir les clients quand ils se présentent. Je fais de mon mieux pour que cette maison soit respectable, mais je ne peux tout de même pas m'asseoir à l'entrée pour surveiller tous les gens qui montent. Je ne suis pas un chaperon. Quand il y a du bruit, je le fais cesser. Si quelqu'un dérange les autres locataires, j'y mets bon ordre, mais je ne fourre jamais mon nez dans ce qui ne me regarde pas.

– Alors, il se peut que Sheldon ait reçu la visite d'une femme?

– C'est possible, et y a-t-il du mal à cela? C'était peut-être sa sœur, ou...

– Je ne suis pas en train d'essayer de prendre cette maison en défaut! interrompit Mason. Je tâche tout simplement de joindre cette jeune femme. Il est très important que je la trouve et, si cela peut vous intéresser, je suis là pour l'aider.

– Je ne l'ai pas vue.

– Et vous n'avez loué de chambre à personne répondant à son signalement?

– Puisque vous prenez les choses avec tant de gentillesse, voilà ce qui aurait pu se produire.

– Quoi?

– Le soir, quand je vais me coucher, quelquefois je laisse un écriteau sur la caisse pour indiquer qu'il y a encore certaines chambres à trois dollars qui sont libres. Dans ces cas-là, il suffit d'inscrire son nom sur le registre, de glisser l'argent par la fente de la caisse, puis de prendre les clefs au tableau et d'aller se coucher.

– Ça ne vous paraît pas un peu risqué? demanda Mason.

– Oui et non. Les chambres où il pourrait y avoir des histoires ont été louées plus tôt dans la soirée. Elles le sont presque toutes avant minuit. Après cette heure-là, les seules personnes qui se présentent sont celles qui ne peuvent pas trouver de place dans les hôtels et qui sont plus ou moins désespérées. Je ne fais cela que pour deux ou trois chambres. Les plus médiocres. Je majore le prix d'un dollar et je ne mets l'écriteau qu'après minuit.

– Donc, la nuit dernière, quelqu'un a disposé d'une de ces chambres?

– Oui.

– Quand?

– Comment pourrais-je le savoir? Tout ce que je puis vous dire, c'est que ce matin il y avait trois billets d'un dollar sous la fente de la caisse et que la clef n'était pas au tableau.

– Quel nom y a-t-il sur le registre? demanda Mason.

– Il n'y a pas de nom. C'est bien ça, l'ennui! Voilà pourquoi je n'ai pas pensé à cette chambre lorsque vous avez consulté le registre. La personne qui l'a occupée cette nuit n'a pas signé le registre.

– Allons jeter un petit coup d'œil dans la chambre, fit Mason.

– Moi, je crois que vous suivez une fausse piste, déclara la propriétaire, mais, si vous êtes sûr que cette femme a passé la nuit dans la maison, c'est dans cette chambre qu'elle devait être.

– Je n'en suis pas sûr, fit Mason.

– Allons voir.

– Est-elle toujours dans la chambre?

– Je ne sais pas. Mais, si elle y est, qu'est-ce que vous allez faire? Vous désirez lui parler?

– Oui.

– Vous ne ferez pas de bruit?

– Pas de bruit, pas d'esclandre, pas de discussions. Je veux tout simplement la rencontrer. C'est tout.

– Et sera-t-elle contente de vous voir, elle?

– Elle devrait l'être.

– O.K.! Suivez-moi.

La propriétaire conduisit Mason à travers le couloir. Son corps massif ondulait sous sa mince robe de chambre. La silhouette de ses jambes se profilait à contre-jour sous l'étoffe légère, car le soleil éclairait la fenêtre occupant l'extrémité du couloir. Elle s'arrêta devant une des chambres donnant sur l'arrière de l'hôtel. Son regard se posa sur Mason, puis elle frappa légèrement à la porte. Il n'y eut point de réponse. Elle frappa de nouveau, mais plus fort. Comme aucun bruit ne se faisait entendre, elle essaya de tourner le bouton.

La porte s'ouvrit, faisant tinter la fiche de métal pendue à la clef qui était dans la serrure.

– Ah! constata la femme. Elle a bien couché là, en effet, mais elle est sûrement partie de bonne heure, ce matin. Probablement avant que je ne me lève. En tout cas, je ne l'ai pas vue sortir.

La chambre était meublée comme celle d'Arthur Sheldon, mais elle ne possédait qu'une seule fenêtre ouvrant sur une étroite cage d'aération. Mason examina le lit. La personne qui l'avait occupé s'y était ou bien endormie d'un profond sommeil ou bien reposée un très court instant. Les draps étaient à peine froissés et il n'y avait qu'un seul creux sur la surface lisse de l'oreiller, un creux dans lequel une tête avait gardé la même position, calmement.

– C'est une jeune! fit la propriétaire. Quand elles

sont plus vieilles, elles occupent tout le lit. Il n'y a qu'une personne jeune pour se glisser dans un lit, en sortir, et le laisser dans cet état-là!

– Une personne jeune avec la conscience tranquille? demanda Mason.

– Je n'ai pas dit ça. J'ai dit qu'elle était jeune. Le diable m'emporte si les femmes jeunes qui viennent ici ont l'idée de se préoccuper de leur conscience!

Elle se pencha vers l'oreiller, où elle ramassa un long cheveu qu'elle étala sur le drap blanc.

– Un cheveu auburn, fit-elle. C'est possible qu'il ne soit pas teint. Il ne manque pas de finesse.

Mason se dirigea vers le lavabo surmonté d'un miroir qui lui renvoya son image légèrement déformée. Les lignes de la fenêtre du mur d'en face y ondulaient d'une étrange façon.

De l'eau, répandue autour du lavabo, avait laissé des taches sombres sur le tapis mince. La femme, dont le regard suivait celui de Mason, expliqua :

– Elle s'est lavée avec une éponge. Toutes les femmes font ça, du moins celles qui sont propres, et je préfère celles qui se lavent à celles qui oublient de le faire.

Elle retourna vers le lit, rejeta les couvertures et, regardant les draps, déclara, comme si elle se parlait à elle-même :

– Il suffirait de les tirer un peu. Jamais on ne pourrait se douter qu'ils ont servi. Elle avait le sommeil calme, ça, pour sûr!

De son côté, Mason se livrait à un minutieux examen des gouttes d'eau éclaboussées sur le lavabo et qui n'avaient pas encore séché. Certaines de ces traces humides avaient une apparence légèrement rosâtre.

– Qu'est-ce que vous cherchez? demanda la femme par-dessus son épaule, tandis qu'elle s'affairait à retaper le lit en lissant les draps et les oreillers avec soin.

– J'examine les lieux, c'est tout! fit Mason qui s'éloigna du lavabo pour se diriger vers la corbeille à papier.

Il y jeta un coup d'œil, mais, comme il s'en détournait, il s'arrêta.

Quelque chose qui semblait accroché au flanc de la corbeille et que le déplacement d'air venait de faire voltiger attira son attention.

Mason se pencha.

Quelques brins de plume d'autruche blanche s'étaient collés à la paroi de la corbeille, alors qu'ils étaient encore mouillés. Maintenant, les extrémités qui étaient sèches frémissaient au moindre déplacement d'air, comme les feuilles d'un arbre.

La propriétaire était occupée à replier soigneusement le drap de dessus. Mason en profita pour saisir les barbes de plume d'un geste furtif. Comme il les tenait entre le pouce et l'index, il remarqua ce qui les avait fait adhérer au flanc de la corbeille. Un caillot minuscule, mais facile à reconnaître, s'était coagulé pour former une tache rouge à la base de chacune des barbes. De toute évidence, on avait essayé de laver l'éventail, mais, comme les traces de sang séché qui le souillaient n'avaient pas disparu, il avait fallu arracher quelques barbes et les jeter dans la corbeille.

Mason ouvrit son portefeuille pour y glisser sa trouvaille, puis, s'adressant à la propriétaire :

– Bon, je ne pense pas qu'il soit nécessaire d'attendre son retour, conclut-il.

La femme prit un peu de recul pour examiner d'un œil connaisseur le lit qu'elle était en train de faire.

– Si elle est jeune et qu'elle a besoin d'aide, c'est bien dommage que vous ne puissiez pas la retrouver! constata-t-elle en tirant le couvre-pied froissé qu'elle rentra sous le matelas d'une main ferme au pied du lit.

– Oui, c'est vraiment dommage! répondit Mason, et l'intonation de ses paroles déclencha un mouvement brusque de la propriétaire qui leva la tête pour le dévisager.

10

Paul Drake pénétra dans le bureau de Mason. Il avait l'air exténué.

– Alors, fit Mason, ça n'a pas marché?

– Bon Dieu, non! répondit-il.

– Que s'est-il passé?

– Le sergent Dorset était là. Il a voulu jouer les durs.

– Comme d'habitude!

– C'est Sheldon qui a mis l'écriteau: NE PAS DÉRANGER sur la porte de Callender.

– Vous en êtes sûr?

– C'est la police qui le dit.

– Racontez.

– Voilà. Ils ont fouillé la chambre de Callender et ils ont trouvé son écriteau: NE PAS DÉRANGER à la place qu'il occupe habituellement dans le placard, tandis que la chambre 510 n'avait plus le sien. La bonne prétend avoir contrôlé qu'il y était quand elle a fait le ménage, dans la journée.

– C'est tout? Que savent-ils exactement des autres personnes qui ont rendu visite à Callender?

– La femme qui s'est présentée à 2 h 23 avait rendez-vous.

– Vous en êtes sûr?

– Oui. Le policier de la maison l'avait arrêtée devant l'ascenseur. Naturellement elle est montée sur ses grands chevaux, mais il a voulu savoir où elle allait. Elle a répondu que c'était au 511. Alors le gars lui a dit de téléphoner d'abord pour s'annoncer. Il a conduit la fille à la cabine et il a demandé le 511 lui-même. Dès que Callender a été au bout du fil, le policier a passé l'appareil à la fille qui s'est expliquée : « C'est moi. Je suis en bas. Le détective de la maison m'a obligée à téléphoner, mais je monte. » Callender était un bon client. Pour lui, on fermait les yeux. A cette heure-là, tout autre que Callender aurait dû descendre dans le hall pour y recevoir une visiteuse. Loïs Fenton, voilà le nom que la visiteuse de Callender a donné au détective.

» Callender était particulièrement maniaque au sujet de son petit déjeuner du matin. Il ne se levait pas, tant qu'on ne le lui avait pas servi dans sa chambre. Chaque soir, il donnait des ordres précis à ce sujet. C'est pourquoi le garçon n'avait pas hésité à frapper, puis à ouvrir la porte malgré la présence de l'écriteau : NE PAS DÉRANGER.

» Ah! autre chose : cette fille Fenton était déjà venue voir Callender un peu plus tôt, dans la nuit. Une femme de chambre affirme l'avoir vue sortir du 511 à 2 heures du matin. Elle raconte même que Callender aurait dit en la quittant sur le pas de sa porte : " Alors, c'est un adieu ", ou quelque chose comme ça, et qu'il avait l'air sinistre.

» Ensuite, et toujours d'après la femme de chambre, la fille s'est dirigée vers l'ascenseur, puis elle a semblé se raviser et elle a fait demi-tour pour prendre l'escalier. La domestique prétend que, pour tout autre que Callender, elle aurait fait un rapport. C'était un gars vraiment privilégié, ce Callender!

– Est-ce la même femme qui est venue les deux fois, Paul?

– Dans les deux cas, la description qu'on fait d'elle est absolument identique.

– Donc, la police porte ses soupçons sur Loïs Fenton, si je comprends bien?

– Oui. De même que sur Sheldon, qui aurait servi de complice. Et on a trouvé autre chose, Perry : une très curieuse trace de sang sur le mur.

– Quelle sorte de trace?

– La police ne sait pas encore exactement ce que c'est, mais, d'après les descriptions qui en sont faites, je crois deviner de quoi il s'agit.

– Et quelle est votre idée?

– C'est l'empreinte qu'aurait pu laisser un éventail de plume d'autruche plongé dans le sang et qu'on aurait frappé contre le mur pour le faire égoutter. Le bord de cette tache semi-circulaire présente l'aspect d'une dentelle où s'écartent d'innombrables petits doigts disposés d'une façon symétrique.

Mason fit la moue :

– De combien de temps est-ce que je dispose?

– Je ne sais pas.

– Est-ce que Faulkner leur a dit que je suis allé là-bas?

– Non. Tant que nous avons été ensemble, il n'a rien dit, mais la police a retenu Faulkner et Julian pour les interroger.

– Vous croyez qu'ils parleront?

– Nom de Dieu, Perry, faudra bien qu'ils parlent! Moi aussi, je suis dans le bain. On va m'amener le cheval ici et la police va vouloir fourrer son nez dans tout ce qui a trait à cette affaire, alors...

Mason le regarda, surpris :

– Diable, mais que vient faire le cheval dans tout ça?

– Sapristi! Mais il est mêlé à toute cette histoire!

– Qu'est-ce qui vous fait croire ça?

– Allons, allons... Vous m'avez demandé de lancer mes hommes à la recherche du cheval en même temps que... Dites-moi, le cheval est-il oui ou non mêlé à cette affaire?

Mason fronça les sourcils :

– Auriez-vous l'intention de tout raconter à la police au sujet de tout ce que vous faites?

– Mais non, Perry, bien sûr que non! Mais, bon sang, il faudra bien que je réponde à leurs questions!

– Très bien, concéda Mason. Quand ils vous parleront d'un cheval, répondez, mais, s'il n'en est pas question, il est inutile de soulever ce lièvre-là!

Lorsque Paul Drake eut refermé la porte derrière lui, Mason se tourna vers Della Street.

– Avez-vous un crayon sous la main, Della?

Pour toute réponse, elle saisit son crayon, posa un bloc sur scs genoux, s'apprêtant à sténographier sous la dictée de Mason, vers qui elle leva les sourcils d'un air intrigué.

– Je veux consigner les faits par ordre chronologique, expliqua Mason. A quelle heure pensez-vous que nous soyons arrivés à l'hôtel?

– Au Richmell?

– Oui.

– J'ai regardé ma montre lorsque nous sommes entrés dans la ville. Il était un peu plus d'1 heure, disons 1 h 08.

– De cet endroit, il faut bien compter environ dix minutes pour se rendre à l'hôtel. Nous pouvons donc admettre qu'il était 1 h 20, en chiffre rond, lorsque nous sommes entrés au Richmell. C'est l'heure à laquelle Harry, le garçon chef de la boîte de nuit, rendait visite à Callender. Nous ne savons pas à quel moment il l'a quitté. Commencez votre tableau, Della. Mettez : 1 h 20 – Harry entre. Laissez un blanc pour l'heure de son départ.

» Si nous nous en rapportons aux déclarations de la domestique, nous savons qu'à 2 heures du matin une femme dont nous ignorons l'identité, mais qui pourrait être Loïs Fenton, quittait la chambre de Callender. Arthur Sheldon en sort à 2 h 21. A 2 h 23, la femme qui avait donné le nom de Loïs Fenton est de retour et, à 2 h 32, 2 h33, elle s'en va. A 2 h 44, un jeune homme entre en scène. A 2 h 44 mn 10 s, il disparaît. A 3 h 02, Sheldon quitte l'hôtel. Tapez tout cela sous forme d'horaire.

Della Street glissa une feuille dans sa machine à écrire pour disposer toutes ces données sous forme de tableau.

1 h 20	du matin	– Harry, le garçon, entre.
»	»	– Harry sort.
»	»	– Une femme entre.
2 heures	»	– La femme sort.
»	»	– Sheldon entre.
2 h 21	»	– Sheldon sort.
2 h 23	»	– Une fille disant s'appeler Loïs Fenton entre.
2 h 33	»	– Elle sort.
2 h 44	»	– Un jeune homme entre.
2 h 44′ 10″	»	– Le jeune homme sort.
3 h 02	»	– Sheldon quitte l'hôtel.

La liste achevée, Della Street la tendit à Mason. Il était en train de l'étudier lorsque Gertie frappa, puis ouvrit la porte de l'antichambre. Elle fit mine d'avancer, attendant toutefois un signe de Mason.

– Entrez, Gertie, qu'est-ce que c'est?

– Oh! Mr Mason, fit-elle, j'ai préféré ne pas vous dire ça au téléphone, parce que vous n'auriez peut-être pas voulu la recevoir. Elle est là qui attend et, Seigneur, quelle classe!

– D'après ce que je vois, Gertie, il y a quelqu'un qui vous a fait une très grosse impression!

– Ça, vous pouvez le dire! s'exclama Gertie d'un air extasié. Si j'étais faite comme ça, si j'avais la certitude, en me passant de beurre et de crème glacée, d'avoir un corps comme le sien, je ne jetterais plus jamais les yeux sur un bonbon! Mr Mason, elle est splendide! Magnifique!

– Comment s'appelle-t-elle? demanda Mason d'un ton sec.

– Elle dit qu'elle s'appelle Chérie Chi-Chi. Elle ne m'a pas donné d'autre nom. Je ne l'ai jamais vue ici, avant, mais...

– Bien sûr que nous allons la recevoir! Faites-la entrer.

La fille que Gertie accompagna dans le bureau était la danseuse à l'éventail que Mason et Della Street avaient rencontrée à Palomino la nuit précédente.

– Comment allez-vous, Mr Mason? Et vous, miss Street? fit-elle avec un sourire.

Gertie referma la porte, comme à regret.

Chérie Chi-Chi portait un tailleur dont le tissu grisâtre tenait à la fois du tweed et du pied-de-poule. Sa jupe courte la moulait étroitement. Ses jambes étaient gainées d'un nylon parfaitement lisse. Elle tendit la main à Mason.

– Quel plaisir de vous revoir! susurra-t-elle.

Comme il la priait de s'asseoir, Mason jeta un coup d'œil amusé à Della Street.

La danseuse s'installa dans le confortable fauteuil de cuir qui se trouvait en face du bureau de l'avocat. Lorsqu'elle eut, pour la forme, tiré sur sa jupe, elle croisa délibérément les jambes, puis elle éclata de rire au nez de Mason.

– Surpris? demanda-t-elle.

Mason hocha la tête.

Elle changea de position dans son fauteuil et poursuivit :

– Hier soir, après vous avoir vu, je n'ai pas reparu en scène à Palomino.

– Non?

– Non. Je suis venue en ville.

– En voiture?

– Oui.

– Toute seule?

– Harry était avec moi. Vous vous rappelez sûrement Harry... le garçon costaud...

– Oui, je me souviens de lui.

– Voyez-vous, au début, je pensais que vous aviez retrouvé mon cheval, mais quand je me suis rendu compte qu'il s'agissait tout simplement d'une paire d'éventails, eh bien! j'ai décidé de venir ici, car j'avais quelqu'un à voir.

– Permettez, fit Mason, il ne faut pas qu'il y ait de malentendus. Vous n'êtes pas ma cliente.

– Bien sûr que non.

– Et vous n'êtes vraiment pas miss Loïs Fenton?

– Non.

– Cependant, vous vous êtes servie de son nom?

– Oui.

– Vous êtes venue me voir, car vous désirez quelque chose.

– C'est exact.

– De quoi s'agit-il?

– Vous ne mâchez pas vos mots! fit-elle en lui décochant un large sourire.

– C'est possible, mais je voudrais savoir ce que je puis faire pour vous.

– Pourquoi être si pressé?

– Je voudrais que vous me disiez à quoi cela m'engagera.

– A rien.

Mason prit le parti de se taire, cependant que du bout des doigts la jeune femme plissait l'ourlet de sa jupe, mais, aplatissant de nouveau le tissu, elle demanda enfin :

– Vous sentiriez-vous dans l'obligation de dire quoi que ce soit au sujet de ces deux éventails ?

– A qui ?

– Peu importe.

– Cela dépend. Quel est le nom de la personne à qui vous avez parlé des éventails – et du cheval ?

– John Callender.

– Vous savez ce qui lui est arrivé ?

La main gauche de la jeune femme glissait de haut en bas sur la surface lisse de sa jambe droite croisée sur son autre genou.

– Oui, fit-elle.

– Si vous avez l'intention de me dire quelque chose, vous feriez mieux de commencer tout de suite.

– Je suis allée rendre des comptes à John Callender, fit-elle. Il espérait que vous me rendriez le cheval.

– Quand l'avez-vous vu ?

– Un peu avant 2 heures, ce matin.

– Continuez.

– Je vais être franche, Mr Mason. J'ai raconté à Callender exactement ce qui s'était passé entre nous. Je lui ai dit que, selon moi, vous n'aviez effectivement pas trouvé le cheval.

– Ensuite, que s'est-il passé ?

– Il m'a dit que j'étais stupide, que vous essayiez de me faire prendre des vessies pour des lanternes. Il a prétendu que vous étiez en possession du cheval et que ces éventails n'étaient qu'un moyen de brouiller les cartes. Il m'a demandé de venir vous revoir.

– Ensuite?

– Il y a une heure, j'ai essayé de joindre Mr Callender, mais j'ai appris qu'il était mort. On m'a dit qu'il avait été assassiné. Tout de suite, j'ai eu l'idée de venir vous voir pour vous raconter ce qui s'était passé.

– Pourquoi?

– Parce que je ne veux pas être mêlée à tout ça. Les circonstances étant ce qu'elles sont, je ne voudrais pas que vous vous fassiez des idées fausses... que vous les communiquiez à la police... et aux journaux.

– Callender était bien portant, lorsque vous l'avez quitté?

– Naturellement. Au moment où nous nous séparions, il y avait une femme de chambre dans le couloir. Elle peut témoigner qu'à l'instant où je me suis éloignée, John était sur le pas de sa porte. Il attendait quelqu'un. J'ai pensé que je devais vous le dire.

– Pourquoi vous intéressez-vous à moi, subitement?

– Parce que, si je vous raconte la façon dont les choses se sont passées, vous ne me mêlerez pas à cette histoire. Autrement, vous pourriez... eh bien! quoi, vous pourriez avoir des tas d'idées fausses.

– Donc, vous avez pris la décision de venir me voir?

– Oui.

– C'est vous qui en avez eu l'idée?

– Harry m'a conseillé de le faire.

– Et que vous a-t-il suggéré de me dire?

– La vérité.

– Est-ce que vous me l'avez dite?

– Pas entièrement.

– Eh bien! pourquoi ne pas aller jusqu'au bout?
– J'attendais que vous me posiez des questions.
– Racontez tout ce que vous désirez que je sache, et puis je vous interrogerai.
– Je connais Loïs Fenton depuis des années, reprit-elle. Loïs et moi, nous avons fait des tournées ensemble. Nous sommes bâties à peu près sur le même patron et nous nous ressemblons beaucoup par certains côtés. Quand Loïs fut mariée, sa carrière cessa d'avoir de l'importance pour elle. Elle avait eu du succès comme danseuse et, moi, je faisais partie d'une troupe de girls – mais j'avais de l'ambition.
– Et alors? fit Mason d'un ton encourageant.
– Pour essayer de percer parmi les girls qui font des tournées, j'en ai vu de dures! Vous parlez d'une vie! Les types qui sont à la recherche de talents inédits pour le cinéma ne viennent pas vous chercher dans des trous! Il y a quelques mois, comme Loïs venait de se marier, je lui ai proposé de prendre sa succession. L'agent qui s'occupait d'elle la plaçait d'après ses photos et sa réputation. Il me suffisait d'adopter son nom, de remplir ses engagements, et personne ne s'apercevrait jamais de la différence.
– Vous avez demandé son accord à Loïs?
– Oui.
– Comment a-t-elle réagi?
– Elle m'a dit que je pouvais y aller, puis nous avons signé un contrat.
– Et ensuite?
– Il n'y a rien d'autre à dire. J'ai pris le nom de Loïs Fenton, copié ses vêtements, teint mes cheveux de la couleur des siens. Pourtant, chaque fois que j'en avais la possibilité, je me faisais appeler Chérie Chi-Chi, parce que, voyez-vous, en cas d'anicroche, si jamais quelqu'un prétendait que je ne suis pas

Loïs Fenton, je pourrais toujours me rabattre sur ce nom qui est à moi. Je n'ai pas trop mal réussi, mais je ne veux pas essayer de vous bourrer le crâne, Mr Mason. Je suis loin d'avoir le talent de Loïs! Je ne m'en tire tout de même pas trop mal!

– Ensuite, que s'est-il passé?

– Eh bien! quelque chose que je n'avais pas prévu.

– Quoi?

– J'aurais pourtant dû penser à cette chose, car elle était inévitable.

– De quoi s'agit-il?

– Loïs et son mari, ça n'a pas marché. Elle l'a quitté.

– Et alors?

– Alors, elle a voulu reprendre son nom, remplir ses engagements. Il lui fallait gagner sa vie!

– Qu'avez-vous fait?

– Je ne pouvais tout de même pas abandonner purement et simplement ma situation!

– Que s'est-il passé?

– Loïs n'a pas tardé à obtenir un engagement. A Brawley, elle a remporté un tel succès que... eh bien!... elle a pensé qu'elle pourrait remplir les engagements qui avaient été pris pour moi. Cela ne m'a pas semblé très équitable.

– Et vous êtes allée trouver Callender? demanda Mason.

– Non. C'est Callender qui est venu me voir.

– Quand?

– Il y a deux ou trois jours.

– Où?

– Dans la petite ville où je jouais, avant d'aller à Palomino.

– Que voulait-il?

– Il m'a dit qu'il possédait un cheval de prix, que cet animal venait de lui être volé ou qu'il s'était égaré. Il a ajouté qu'il croyait que son cheval avait été retrouvé et que la personne en question serait sans doute fort embarrassée, du fait que sa femme avait, pendant un certain temps, disposé du cheval sous son nom de jeune fille : Loïs Fenton. Il redoutait la confusion qui pouvait résulter de cet incident, c'est pourquoi il m'a demandé de lui faire une lettre et d'en signer une autre au nom de Loïs Fenton.

» Je n'ai pas cru à son histoire. Je savais que c'était une combine, mais il m'avait donné l'assurance que je n'aurais aucun ennui et qu'en tout cas il ne me laisserait pas tomber. Il prétendait qu'il avait besoin de mon aide, parce que la personne ayant trouvé le cheval saurait fatalement qu'il avait été la propriété d'une danseuse nommée Loïs Fenton. Or, lui, Callender, il ne pouvait récupérer le cheval qu'en allant trouver la personne en question. Il m'a offert deux cent cinquante dollars. J'ai essayé d'en obtenir trois cent cinquante, mais, comme il ne voulait pas lâcher un cent de plus, je les ai pris.

» Voilà toute l'histoire. J'ai signé ces lettres parce que je pensais que vous aviez le cheval. J'ai agi selon les instructions de Callender. Si vous ne racontez pas un mot de cette affaire, je pense que nous aurons tout à y gagner l'un et l'autre !

– Et pendant ce temps-là, où était la vraie Loïs Fenton ?

– Je ne sais pas. Elle avait essayé de me faucher mes engagements, mais je lui avais dit que je ne me laisserais pas faire et que, si son agent apprenait qu'il y avait eu quelque chose de louche dans tout ça, nous serions toutes les deux dans le bain. Nous lui avons bien fait comprendre qu'elle pouvait avoir de sérieux ennuis.

– Nous ?

– Oui. Harry et moi.

– C'est votre mari?
– Non.
– Il s'intéresse beaucoup à vous?
– Oui.
Mason commença de tapoter le bord de son bureau du bout des doigts.
– Donc, reprit Chérie Chi-Chi, je voulais vous raconter l'histoire du cheval, des lettres que j'ai écrites et vous expliquer pourquoi je me suis servie du nom de Loïs. Elle m'y avait autorisée par un contrat en bonne et due forme, ainsi qu'à tirer parti de sa réputation pour faire ma propre carrière.
– Où est ce contrat? demanda Mason.
– Je ne sais pas. C'est John Callender qui l'avait.
– N'en possédiez-vous pas un exemplaire?
– Non. C'est un avocat qui l'avait établi. A vrai dire, ce n'était qu'une simple lettre écrite de sa main. Nous l'avions signée l'une et l'autre, mais elle n'en possédait pas de copie. Lorsque John Callender m'a demandé de vous écrire au sujet du cheval, il a voulu que je lui confie cette lettre pendant quelques jours, afin, disait-il, de pouvoir me protéger le cas échéant. J'ai naturellement accepté, car je n'ignorais pas qu'il jouissait d'une influence politique dans la Vallée. En échange de cette lettre, il m'avait donné les deux cent cinquante dollars.
– Au sujet de votre engagement à Brawley, avez-vous eu quelque difficulté, vous et Loïs?
– Oui.
– Vous êtes-vous trouvées là-bas ensemble?
– Oui.
– Comment était-elle habillée à ce moment-là?
– Elle n'était pas habillée du tout, répondit Chérie Chi-Chi avec un sourire.
– Ce n'est pas ce que je veux dire...
– Ah! je vois. Oui, j'avais copié ses vêtements.

Après tout, bon sang, il fallait bien que je gagne ma croûte. Je m'étais fait une place au soleil depuis le mariage de Loïs. Je n'allais pas lâcher le morceau uniquement parce qu'elle avait changé d'avis! Son mari était riche. Il pouvait l'entretenir. Moi, je n'avais personne pour me payer mon bifteck!

– Sauf Harry.

– Ne faites pas l'innocent, répliqua-t-elle d'un ton hargneux. Faudrait voir à ne pas renverser les rôles!

– Ce matin à 2 heures, qu'avez-vous fait après avoir quitté Callender?

– Je suis descendue dans le hall et j'ai rejoint Harry.

– Il vous attendait à l'extérieur de l'hôtel?

– Oui.

– Ensuite, vous y êtes retournée à environ 2 h 20?

Elle se redressa sur son fauteuil et ouvrit de grands yeux.

– Je suis retournée où, Mr Mason?

– Dans la chambre de Callender.

Lentement, elle secoua la tête.

– Le détective de l'hôtel prétend vous avoir vue.

– Comment? Mais non, Mr Mason. C'est absolument faux.

– Il se rappelle très exactement comment les choses se sont passées, reprit Mason avec insistance. Vous avez pénétré dans le hall, puis vous vous êtes dirigée vers l'ascenseur. Vous étiez habillée comme vous l'êtes maintenant et vous portiez un étui à violon. Naturellement, le détective ne pouvait pas faire autrement que de vous remarquer. Il vous a arrêtée pour savoir où vous alliez. Vous lui avez répondu que vous désiriez rendre visite à un des clients de l'hôtel. Il a voulu savoir qui. Finalement, vous lui avez nommé Callender, que le détective a immédiatement appelé au téléphone. Ensuite, il vous a passé l'appareil et il a écouté la conversation. Vous avez dit alors que vous montiez tout de suite parce que, sans aucun doute, Callender venait de vous le demander. Vous avez donc pris l'ascenseur et vous êtes montée. Il était approximativement 2 h 23 lorsque vous avez pénétré dans la chambre de Callender, d'où vous êtes sortie environ neuf ou dix minutes plus tard.

– Ce n'est pas moi, Mr Mason, fit-elle en secouant la tête avec véhémence. J'y étais à 1 h 45 et j'en suis partie à 2 heures. Je n'avais aucune raison de revenir.

– Vous avez dit que quelqu'un vous avait vue partir? demanda Mason.

– Oui. Il y avait une femme de chambre dans le couloir, lorsque j'ai quitté Callender à 2 heures.

– Qu'avez-vous fait à ce moment précis?

– Je me suis d'abord dirigée vers l'ascenseur, puis je me suis ravisée, pensant que je pouvais tout aussi bien descendre par l'escalier. Dans les hôtels, on n'aime pas beaucoup que les filles aillent et viennent pendant la nuit. De plus... eh bien! vous savez ce que c'est, Mr Mason, je ne suis pas complètement stupide. Pour faire une bonne danseuse à l'éventail, il ne faut pas être trop mal foutue, alors, il n'y a aucune raison que j'essaie de cacher ce que la nature m'a donné. Je m'habille de manière qu'on me remarque. Ça fait partie de mon business. Quand une fille se promène dans les rues d'une ville comme Brawley, par exemple, ou Palomino, il faut qu'elle attire l'attention. Les hommes sifflent sur son passage, parlent d'elle, et, le soir, ils dépensent leur galette pour la voir danser.

– Donc, vous avez décidé de prendre l'escalier?

– Oui.

– Ensuite, qu'avez-vous fait ?

– J'ai descendu quatre étages jusqu'à l'entresol. Je l'ai traversé, puis j'ai continué à descendre pour m'engager dans le hall.

– Et vous n'êtes pas revenue à 2 h 22 ou 2 h 23 ?

– Absolument pas, Mr Mason.

– Bien entendu, vous pourriez le prouver.

– Naturellement, puisque j'étais avec Harry.

– Combien de temps êtes-vous restée avec lui ?

– Le temps nécessaire, je suppose, Mr Mason, fit-elle en soutenant son regard avec assurance.

– Vous n'ignorez pas que Mr Callender est mort, et qu'il a été assassiné ?

– Non.

– Il se trouve que je sais que Harry lui a rendu visite à environ 1 h 20.

– Harry ? Oh ! sûrement pas. Vous vous trompez.

– C'est pourtant exact. Harry est bien allé chez lui.

– Peut-être chez quelqu'un d'autre habitant le même étage, mais sûrement pas chez Callender.

– Chez Callender. A environ 1 h 20.

– Bon, bon ! Et quand bien même il y serait allé ? John Callender était encore vivant à 2 heures quand je l'ai quitté. La femme de chambre qui l'a vu me dire au revoir sur le pas de sa porte peut en témoigner. Elle nous avait reconnus tous les deux.

Mason, désireux d'abandonner le sujet, demanda :

– Avez-vous encore quelque chose à me dire ?

– Oui. Je sais qu'Arthur Sheldon avait une chambre juste en face de celle qu'occupait Callender. Je sais qu'Arthur Sheldon est, enfin, qu'il a toujours été le soupirant de Loïs. Vous me plaisez, Mr Mason. Je pense que vous avez joué franc jeu avec moi. Alors je vous ai raconté toutes ces choses pour que vous... enfin, pour que vous ne fassiez pas de fausses manœuvres. Maintenant, vous savez à quoi vous en tenir!

– Avez-vous l'intention de continuer à porter le nom de Loïs? demanda Mason.

– Je ne sais pas. Oui, probablement. J'aime mieux ça que de m'appeler Irène Kilby. Mais pourquoi cette question? J'ai commencé ma carrière sous ce nom. Mes contrats sont à ce nom. Mes engagements se font sous ce nom.

– Naturellement, cette histoire va faire pas mal de bruit, surtout dans les journaux.

– Vous ne croyez tout de même pas que cela m'effraie? riposta-t-elle, la tête rejetée en arrière, les mains autour de ses genoux et riant de bon cœur.

– Je voulais savoir comment vous réagiriez.

– Mes photos ne sont pas trop mal, Mr Mason, fit-elle, le regard posé sur ses jambes.

– En d'autres termes, quelle que soit la publicité qu'on vous fasse, vous n'en serez pas mécontente?

– Je n'ai pas dit ça. J'ai dit que je suis photogénique.

Le téléphone privé de Mason se mit à sonner. Sur un signe de son patron, Della Street décrocha l'appareil.

– Allô! fit-elle. (Puis, se tournant vers Mason, elle demanda :) Voulez-vous parler à Paul?

Mason fronça les sourcils, hésitant.

– Paul dit que c'est très sérieux.

– Ne vous gênez pas pour moi, fit Chérie Chi-Chi, avec un sourire. Vous pouvez aller répondre dans une autre pièce ou parler d'une façon énigmatique.

Mason prit l'appareil.

– Allô, Paul, qu'est-ce que c'est?

– Etes-vous seul? demanda Drake.

– Non.
– Vous êtes avec un client?
– Pas exactement.
– Le détective qui a trouvé le cheval est en route pour nous l'amener. Il a téléphoné d'une ville voisine. Il sera là dans une heure. Je suis en communication avec lui sur une autre ligne. Il attend des instructions. Qu'est-ce qu'il faut en faire?
– Et alors?
– Bon Dieu, Perry, on ne peut tout de même pas garer une voiture et la remorque où se trouve le cheval ici, devant le bureau! De plus, il est impossible de les laisser en stationnement quelque part. Alors, le diable m'emporte si je sais ce qu'on peut f... d'un cheval dans une ville! Où voulez-vous qu'on fourre cet animal? On ne va pas le mettre dans un placard!
– Pouvez-vous me rappeler dans une demi-heure?
– Oui, sans doute, mais mon bonhomme attend des instructions au bout du fil. Je vous ai appelé sur une autre ligne pour savoir ce que vous désirez faire.
– Il y a des endroits qui ont la spécialité d'apporter tous leurs soins à des choses de ce genre.
– Vous voulez dire qu'on pourrait le mettre dans une écurie en dehors de la ville? Peut-être dans un manège?
– Voilà!
– Alors, il faudra que j'y laisse quelqu'un pour le surveiller?
– Très bien.
– O.K.! Je vais voir ce qu'on peut faire.
– Une seconde, avant de raccrocher! fit Mason. La marchandise dont vous parlez se compose généralement de deux parties distinctes.

– Qu'est-ce que cela signifie, Perry?
– Exactement ce que je viens de vous dire.
– Qu'est-ce que vous attendez de moi – que je joue aux devinettes?
– Oui. Précisément.
– O.K.! Je commence, au juger. C'est un cheval de selle. Il y a deux choses : un cheval et une selle.
– Ce n'est pas à ça que je pensais.
– Un corps et des jambes.
– Non. Il y a ces deux choses-là sur une pièce d'un dollar.
– Pile et face, la tête et la queue, quelqu'un qui marche, le gars qui suit.
– Voilà!
– O.K.! Perry, continuez.
– Le dernier objet mentionné, voulez-vous en tenir un exemplaire à ma disposition dans votre bureau?
– Je n'ai personne sous la main en ce moment, Perry, mais je pourrais avoir quelqu'un dans quatre ou cinq minutes, ici même.
– Il se peut que ce soit trop tard, fit Mason, mais faites pour le mieux...
– N'oubliez pas que j'ai besoin du signalement de la personne à suivre.
– Je vais vous envoyer Della, fit Mason, et je crois que jamais plus je n'engagerai un pari avec vous. Vraiment, vous avez trop de chance!
Mason raccrocha le téléphone et ouvrit son portefeuille. Il en retira un billet de vingt dollars qu'il tendit à Della Street.
– Drake a gagné son pari, fit-il.
– Il en a de la veine! répliqua Della, un peu trop hâtivement. Je n'aurais jamais cru qu'il le gagnerait.
– Moi non plus, mais puisque c'est lui qui a

raison, je m'exécute et je paie sans rechigner. Portez-lui ces vingt dollars, Della, et félicitez-le.

Della Street prit le billet, puis se dirigea vers la porte du couloir. Avant de sortir, elle profita de ce que la danseuse lui tournait le dos pour lancer un coup d'œil rapide à Mason, dont la réponse fut presque imperceptible.

Ils entendirent Della s'éloigner prestement le long du corridor, bien avant que le blount n'eût automatiquement refermé la porte avec un bruit sec.

– Eh bien? fit Mason à Chérie Chi-Chi.

– Il n'y a vraiment aucune raison pour que nous ne soyons pas des amis – de bons amis.

– Vous ai-je paru hostile?

– Pas encore. Mais je pense que vous pourriez le devenir, si...

– Si quoi?

– Si vous jugiez que c'est votre intérêt. Non, ce n'est pas exactement ce que je veux dire... si vous pensiez qu'il y va de l'intérêt de votre cliente. Cela m'ennuierait beaucoup que les choses prennent cette tournure. Je suis une amie sincère. Comme ennemie, je vous préviens qu'il ne fait pas bon se frotter à moi!

– Je voudrais savoir ce que vous avez fait ce matin vers 2 heures, après avoir quitté le Richmell, demanda Mason. Où êtes-vous allée?

– A certains endroits, fit-elle, souriante.

– Avec Harry?

– Avec Harry.

– Cela vous ennuierait de me donner le nom de votre agent?

– Pas du tout. C'est Sidney Barlow, de l'immeuble Mayberry.

– Est-il aussi l'agent de la vraie Loïs Fenton?

– Pour ce qui est du métier, il n'y a qu'une Loïs Fenton, et c'est moi, riposta-t-elle froidement.

– Sait-il que vous êtes deux?

Elle fit non d'un signe de tête et demanda :

– Auriez-vous l'intention de le lui dire?

– Si cela peut m'être utile, sans aucun doute. Autrement, non. Naturellement, il n'y a aucune raison pour qu'il n'en soit pas informé, et vous le savez, ajouta Mason.

– En effet. Ne serait-ce que parce que je vous ai donné son nom.

– Je sais, mais en quelques minutes j'aurais pu le connaître par au moins six sources différentes.

– C'est bien pour cela que je vous ai donné son nom, Mr Mason, fit-elle avec un charmant sourire. Si j'avais pensé qu'il vous était impossible de l'apprendre, je ne vous l'aurais pas donné. Pourtant, Mr Mason, je ne crois pas que l'existence de deux danseuses à l'éventail et portant le même nom puisse encore provoquer des difficultés dans l'avenir.

– Expliquez-vous.

– Cela veut dire que, si le détective de l'hôtel Richmell affirme que Loïs Fenton s'est présentée chez Callender à 2 h 23 ce matin, la police veillera, sans aucun doute, à ce que Loïs ne se mêle plus de me mettre des bâtons dans les roues pour mes engagements. C'est tout ce que j'ai à vous dire, Mr Mason. Je ne veux pas abuser davantage de votre temps si précieux.

– Je vous en prie. Pour moi, c'est un véritable plaisir. Voulez-vous me laisser une adresse afin que je puisse vous joindre?

– Mais bien sûr, Mr Mason. Je suis à votre disposition.

– Oh! parfait, merci.

– Vous n'avez qu'à téléphoner à Sidney Barlow,

immeuble Mayberry, et lui demander à quel endroit joue Chérie Chi-Chi. N'y manquez pas, si d'aventure vous désiriez – comment dirais-je?... – faire plus ample connaissance avec moi.

D'un mouvement souple, elle se leva de son fauteuil puis, avec un sourire, elle tendit le bras dans la direction de Mason pour lui serrer fortement la main de ses doigts nerveux.

– Merci beaucoup, Mr Mason. Au revoir.

Mason la conduisit vers la porte ouvrant sur le salon d'attente, mais la danseuse lui dit, souriante :

– Si vous n'y voyez pas d'inconvénient, Mr Mason, je préfère sortir de l'autre côté, par la porte du couloir. Celle par laquelle votre secrétaire est sortie pour aller régler le pari de Mr Drake.

Elle traversa le bureau, ouvrit la porte, décocha un dernier sourire aimable à Mason, puis elle s'engagea dans le couloir d'un pas vif.

Mason regarda la porte qui retombait lentement. Il regagna son fauteuil et s'y laissa tomber, puis il attendit.

Cinq minutes plus tard, Della Street était de retour.

– Vous avez bien transmis mon message à Paul Drake, Della?

– Euh... euh.

– Est-ce qu'il s'en est bien tiré?

– Je crois que oui. Mais il voulait un signalement.

– Le lui avez-vous donné?

– Je lui ai dit qu'il n'avait pas besoin d'une description, expliqua-t-elle avec un sourire, mais qu'il lui suffisait de planter un détective devant l'immeuble et de lui conseiller de s'en remettre à son instinct. Dès qu'il verrait une personne qu'il aurait une irrésistible envie de suivre, ce serait la bonne.

Mason se mit à rire.

– Mais que s'est-il passé au juste?

– Je crois qu'un des hommes de Paul est déjà en train de la filer. Avant que je ne quitte son bureau, il avait téléphoné de tous les côtés pour joindre l'un d'entre eux. Il téléphonait encore quand je suis partie. J'ai pris l'ascenseur pour descendre dans le hall et monter la garde près de l'éventaire du marchand de cigares. Je m'étais postée là pour désigner la danseuse à l'homme chargé de la suivre. Il devait se présenter à l'entrée de l'immeuble, se tenir à un endroit d'où l'on peut voir l'étalage et, quand la femme passerait auprès de moi, il était convenu que je lui parlerais.

– N'a-t-elle pas eu des soupçons, lorsqu'elle vous a vue dans le hall?

– Je ne pense pas. J'étais en train de parler à la fille qui vend des cigares. Quand Chérie Chi-Chi est sortie de l'ascenseur, je lui ai souri. Aussitôt, elle s'est avancée vers moi pour me confier que vous étiez parfaitement adorable. Nous avons bavardé quelques secondes, puis elle m'a dit au revoir et s'est dirigée vers la rue. Vous savez la foule qu'il y a dans le hall à cette heure de la journée. Les gens circulent dans tous les sens et se précipitent vers les ascenseurs. Pourtant, oh! la la! si vous aviez vu comme on s'arrêtait sur son passage!

– Parfait, Della. Ne bougez pas d'ici. Je descends jusqu'au bureau de Paul. Il faut que je l'aide à trouver un box et une mangeoire pour son cheval.

11

Il y avait à peine dix minutes que Mason était dans le bureau de Paul Drake quand Della Street fit irruption dans la pièce.

– Devinez qui vient d'arriver? s'écria-t-elle.

– Un autre cheval? répondit Drake d'un ton sinistre.

Della secoua la tête.

– Non, une autre danseuse. Loïs Fenton. Je crois que celle-là, c'est la vraie.

Mason repoussa son fauteuil.

– Je vous verrai tout à l'heure, Paul. (Et, flanqué de sa secrétaire, il s'engagea dans le couloir.) Comment est-elle habillée, Della?

– Exactement de la même façon que l'autre. Ses cheveux sont presque exactement de la même couleur et elle ressemble beaucoup à Chérie Chi-Chi.

– Et Gertie? demanda Mason en riant.

– Gertie est en pleine crise. D'abord, elle a cru que c'était Chérie Chi-Chi qui était revenue. Maintenant, elle parle de suivre un régime et elle essaie de marcher d'une façon aguichante comme le font les danseuses à l'éventail.

– Allons voir de quoi elle a l'air, fit Mason, et il poussa la porte de son bureau.

Della Street se dirigea vers le téléphone.

– Faites-la entrer, Gertie, dit-elle.

Elle raccrocha l'appareil et ouvrit son bloc de sténographe.

La jeune femme que Gertie introduisit traversa le bureau et se dirigea vers Perry Mason, pour lui tendre la main, presque exactement comme l'avait fait Chérie Chi-Chi.

Mason se leva, salua, prit la main qu'on lui offrait et, se tournant vers Della :

– Ma secrétaire, miss Street, annonça-t-il. Ce sera tout, Gertie.

Avec une répugnance visible, Gertie referma lentement la porte et poussa un profond soupir, car il lui fallait retourner à son standard.

– Ne voulez-vous pas vous asseoir, miss Fenton? Miss Street est ma secrétaire particulière. Elle suit toutes mes affaires et je n'ai aucun secret pour elle. Généralement, elle prend des notes sur ce que les clients me disent et vous pouvez avoir une confiance absolue en sa discrétion.

Loïs Fenton s'assit, mais, comme il lui était impossible dans ce fauteuil profond de garder sa jupe au niveau de ses genoux, elle s'installa de côté, puis elle croisa les jambes d'un mouvement rapide et souple.

– Si je comprends bien, Mr Mason, Arthur Sheldon vous a déjà parlé de moi, commença-t-elle.

– Oui.

– Il m'a dit d'aller vous voir et que vous me défendriez, si les choses venaient à se gâter.

– Et elles se gâtent?

– Vous avez entendu parler de ce qui est arrivé à John Callender?

– Oui.

– Vous saviez qu'il était mon mari?

– Oui. Je le savais.

– Je me disposais à demander le divorce, reprit-elle. Cela ne change donc pas grand-chose à ma situation.

– En effet. Sauf que vous êtes veuve. Deux éventualités peuvent être envisagées. Ou bien il a fait un testament qui vous déshérite, en ne vous laissant que ce qui vous appartenait en commun, ou bien vous aurez droit à une part sur tous ses biens, s'il n'a pris aucune disposition.

– Je me moque pas mal de l'argent. Il n'y a qu'une chose qui m'intéresse, c'est l'avenir de mon frère, Jasper Fenton.

– Naturellement, fit observer Mason, le fait qu'il y ait eu du sang versé entre vous et votre mari est d'une importance capitale pour la police.

– Est-ce que cela signifie qu'ils vont croire que je l'ai tué ?

– Peut-être.

– Dois-je comprendre que c'est probable ?

– Oui.

– Je crois que vous feriez mieux de me poser des questions.

– Si vous me racontiez très exactement ce qui s'est passé la nuit dernière, miss Fenton, cela m'apporterait quelques éclaircissements.

– Est-ce que vous saviez que j'étais dans la chambre d'Arthur lorsque vous êtes venu le voir ?

– Oui.

– Comment le saviez-vous ?

– J'avais trouvé les serviettes à démaquiller que vous aviez jetées dans la corbeille à papier.

– J'étais dans la salle de bains et je pouvais entendre tout ce qui se disait. De minute en minute, je m'attendais qu'Arthur vous avoue ma présence. Il ne l'a pas fait. J'étais terriblement énervée. Quand vous avez frappé à la porte, j'ai cru que c'était mon mari. Puis, quand je me suis rendu compte que c'était vous, j'ai failli avoir une crise de nerfs... Je... en tout cas, je me suis mise à pleurer tout mon saoul dans la salle de bains. Après votre départ, je me suis regardée dans la glace de la chambre d'Arthur et j'ai vu que j'avais une tête à faire peur.

– Arthur, qu'a-t-il dit, lui ?

– Il a dit que je devais m'en aller immédiatement et lui téléphoner pour lui raconter comment les choses s'étaient passées.

– Qu'est-ce que vous avez fait?

– Je me suis remaquillée du mieux que j'ai pu et je lui ai dit qu'il était impossible que je traverse le hall dans l'état où j'étais, que le détective de la maison me prendrait pour une femme de mauvaise vie sur le retour.

– Ensuite, que s'est-il passé?

– Je savais que John Callender avait une chambre de l'autre côté du couloir. Je savais également qu'il avait convoqué mon frère, Jasper. Enfin, je savais qu'il essayait de le faire chanter pour m'atteindre, moi, à travers lui.

– Continuez.

– Eh bien! j'ai quitté la chambre d'Arthur et, comme je fermais sa porte, mes yeux tombèrent sur le numéro 511. Subitement, l'idée me vint que, si je réussissais à convaincre John qu'il m'était impossible de revivre avec lui, peut-être cesserait-il de persécuter Jasper. J'ai cédé à une de ces impulsions irrésistibles comme en ont les femmes quelquefois et...

– Peu importe la façon dont vous avez agi, interrompit Mason, dites-moi ce que vous avez fait, donnez-moi des précisions, et vite. Il se peut que nous n'ayons pas beaucoup de temps.

– J'ai donc traversé le couloir pour frapper doucement au 511, continua-t-elle. John m'a ouvert et je suis entrée, puis nous nous sommes expliqués. Je lui ai dit que, s'il essayait de s'attaquer à Jasper, je ne lui adresserais plus jamais la parole tant que je vivrais. J'ai ajouté que le temps où il pouvait m'obliger à revenir vers lui en faisant chanter Jasper était passé, que tout était fini entre nous, une bonne fois pour toutes.

– Ensuite, qu'avez-vous fait?

– Je suis sortie de sa chambre. D'un air sardonique, il m'a tenu la porte et s'est effacé pour me laisser passer. Peut-être aurait-il essayé de me retenir mais, à ce moment-là, une femme de chambre est apparue dans le couloir, et il m'a dit : « Alors, je présume que c'est un adieu? »

» Je n'ai rien répondu et je me suis dirigée vers l'ascenseur. Il venait de refermer sa porte. Tout à coup, j'ai eu peur de lui. L'ascenseur me paraissait loin. Je me rappelais avoir vu le mot : ESCALIER sur une porte, tout près de là. J'ai fait demi-tour. Je l'ai brusquement ouverte et je me suis précipitée dans l'escalier, que j'ai dégringolé quatre à quatre.

» Je n'ai repris haleine qu'au quatrième, mais j'ai continué de descendre le troisième étage, puis le second. L'escalier débouchait dans la galerie qui surplombe le hall, à l'entresol. Il y a là une salle de correspondance. Je me suis installée à une table, comme si je venais d'écrire une lettre. J'ai saisi une feuille de papier blanc et je l'ai pliée pour la glisser dans une enveloppe. Ensuite, j'ai repris le grand escalier qui s'offrait à moi, comme une promesse de vie. J'ai jeté ma lettre dans la boîte et je suis sortie.

– Après cela, qu'avez-vous fait?

– J'ai essayé de trouver mon frère.

– Où l'avez-vous cherché?

– A différents endroits. Je suis allée dans plusieurs boîtes de nuit où je pensais qu'il pouvait être.

– Maintenant, vous allez me répondre en toute franchise. N'essayez pas de vous dérober. Un peu plus tard, êtes-vous retournée à l'hôtel?

– Où, au Richmell?

– Oui.

– Non. Certainement pas.

– Vous n'êtes pas retournée voir Callender, à environ 2 h 20?

– Non.

Mason se leva brusquement. Il se mit à marcher puis, s'arrêtant soudain, il fit demi-tour.

– Vous prétendez que vous n'êtes pas revenue dans le hall de l'hôtel, que vous ne vous êtes pas dirigée vers l'ascenseur, que vous n'avez été arrêtée par personne?

Elle secoua la tête.

– Vous avez été arrêtée par un homme qui était le détective de la maison. Il vous a demandé où vous alliez et vous lui avez répondu qu'un des clients de l'hôtel vous attendait. Comme il vous priait de dire qui, vous lui avez finalement avoué qu'il s'agissait de John Callender.

– Non, non et non! Tout cela est absolument faux.

– Vous n'êtes pas allée au téléphone avec le détective de l'hôtel qui voulait s'informer auprès de Callender s'il devait vous laisser monter? Le détective ne vous a pas mis l'appareil entre les mains pour vous obliger à dire vous-même à Callender que vous étiez dans le hall et à lui demander la permission de monter?

– Non. Je vous dis que non.

– Lorsque vous vous êtes trouvée en présence de Callender, portiez-vous un étui à violon?

– Non.

– Possédez-vous un violon?

– Oui.

– A-t-il un étui?

– Oui.

– Où est-il?

– Avec mes objets personnels, dans le coffre de ma voiture. Voyez-vous, j'avais pris très brusquement la décision de quitter John et de gagner ma vie. J'avais donc été obligée de rassembler très vite les quelques objets qui m'appartenaient en propre. Je les avais mis à l'arrière de ma voiture que Jasper avait ramenée en ville. Moi, j'étais revenue à cheval. Je savais que le Club de la Vallée de Brawley cherchait des artistes. Sans perdre de temps, je m'y étais présentée et j'avais obtenu un engagement.

– C'est pendant que vous étiez là-bas que votre cheval a été volé?

– Il a été volé, ou bien il s'est égaré. Je l'avais fait seller et harnacher. Je venais de le monter. La nuit tombait. Vous savez qu'il fait chaud là-bas et que vous ne pouvez pas vous promener à cheval au milieu de la journée. J'étais sortie faire un tour avant le spectacle et je n'étais rentrée que de justesse pour mon premier numéro. En mettant pied à terre, j'avais demandé à l'homme qui s'occupait de mon cheval d'attendre au moins deux heures avant de le desseller.

– Pourquoi?

– D'abord, parce qu'il était en sueur et que je ne voulais pas qu'il boive tant qu'il aurait chaud, puis parce que je pensais que mon frère aurait peut-être envie de se promener, lui aussi.

– Vous avait-il demandé la permission de monter votre cheval ce soir-là?

– Oui. Il y avait clair de lune et il savait, naturellement, que je devais travailler dans ma boîte de nuit.

– Ensuite, que s'est-il passé?

– Je n'ai jamais revu le cheval. Le lendemain matin, l'homme qui s'en occupait m'apprit qu'il ne l'avait pas dessellé. Il croyait que mon frère était parti avec l'animal et qu'il ne l'avait pas ramené. Naturellement, je savais que c'était absurde. Mon premier soin fut d'interroger Jasper, qui me confirma qu'il avait bien eu l'intention de monter le cheval, mais que ce dernier avait disparu. Après l'avoir cherché un instant, il avait conclu que l'homme qui l'avait en charge l'avait dessellé, et il était parti.

– Aviez-vous attaché votre cheval?

– Non. J'avais seulement posé les rênes sur le râtelier. Il ne m'était pas venu à l'esprit qu'il pouvait se sauver.

– Et vous croyez vraiment que c'est ce qu'il a fait?

– A vrai dire, Mr Mason, je crois que le cheval a été volé. N'importe qui ayant assez de culot pouvait entrer dans l'écurie et emmener l'animal.

– Très bien, fit Mason. Cela nous ramène à ce qui s'est passé dans la vallée Impériale. Après avoir quitté Brawley, qu'avez-vous fait?

– C'est une longue histoire.

– Racontez-la.

– Depuis toujours, je voulais être danseuse à l'éventail. J'ai réussi. Dans ma façon de danser, il y a vraiment quelque chose. J'essaie d'être harmonieuse, de faire de ma danse un symbole de grâce et de liberté. Je ne me trémousse pas toute nue comme le font la plupart des danseuses à l'éventail. J'essaie d'exprimer quelque chose. Cela vous fera peut-être rire, mais c'est vrai. Etant libre de tout vêtement, je me sens libérée des conventions. Les gens n'ont pas toujours envie d'en être les esclaves, et... mais tout cela est bien difficile à dire.

» Il y avait une fille qui était bâtie à peu près comme moi et qui voulait devenir danseuse à l'éventail. Je l'avais connue en tournée. Elle était girl. La vie que mènent ces filles-là est assez misérable. Elles doivent encaisser un tas de choses : les coups durs, les corvées, les refus. Naturellement, ce n'est pas une règle générale, mais pour faire ce métier il faut être prête à subir tout ça. Encore une fois, cela dépend des tournées. En tout cas, rien ne réussissait à la rebuter. Elle tenait magnifiquement le coup, mais elle voulait, comme de juste, aller de l'avant. Cette fille s'appelle Irène Kilby. Elle vint me trouver un jour à l'époque de mon mariage. Elle savait que je m'étais fait une réputation et que j'avais des quantités d'engagements. Elle me fit admettre qu'il n'était pas nécessaire de les annuler, qu'elle pouvait les remplir, à condition toutefois que je l'autorise à porter mon nom. Elle se ferait passer pour Loïs Fenton, mais elle obligerait les gens à lui donner son nom d'artiste : Chérie Chi-Chi, de sorte que, très vite, elle pourrait éliminer le mien.

– Et vous avez donné votre accord?

– Elle avait si bien réussi à m'émouvoir que je lui ai dit qu'elle pouvait y aller.

– Aucun arrangement par écrit?

– Si. Et c'est là que je me suis conduite comme une idiote. Elle possède une lettre par laquelle je reconnais qu'elle sera libre d'utiliser mon nom et de remplir mes engagements tant que je ne lui demanderai pas de cesser. Bien entendu, je me réservais le droit de le faire quand bon me semblerait. Cette lettre porte nos deux signatures, mais je n'en ai pas la copie. C'est elle qui possède l'original. Mon mari, qui nous servait de témoin, avait dit en la signant que son témoignage serait une garantie pour moi, puisqu'il avait été obligé de prendre connaissance des termes de notre accord.

– Après votre départ de Brawley, que s'est-il passé?

– Je ne voyais pas pourquoi j'aurais dû tout recommencer en repartant de zéro. J'ai donc téléphoné à Mr Barlow pour lui dire que j'avais égaré le programme de mes engagements. Pendant qu'il m'en donnait la liste au bout du fil, je notais tous les renseignements dont j'avais besoin. Ensuite, il ne me restait plus qu'à télégraphier à Irène pour lui faire savoir qu'à partir de ce moment nos conventions ne tenaient plus et que je remplirais le premier engagement prévu.

– Quelle fut sa réaction?

– Elle m'a répondu par télégramme que tous les engagements datant d'avant mon mariage avaient été remplis, que ceux auxquels je croyais pouvoir prétendre avaient été pris au nom de Chérie Chi-Chi et qu'il ne me restait plus qu'à en chercher d'autres. Elle savait que je n'avais pas le double de la lettre et que mon mari ne lèverait pas le petit doigt pour m'aider. Il n'avait qu'un désir, c'était de me voir sur le sable. Il avait même été jusqu'à donner mes éventails favoris à Irène.

– Qu'avez-vous fait?

– Je me mis donc en tête de lui jouer un tour à ma façon. Pour dire la vérité, Irène ne casse rien comme danseuse à l'éventail. Elle se contente d'enlever ses frusques et de se tortiller. Ses éventails ne sont qu'un prétexte. Le principal, pour elle, c'est d'avoir un air aussi voluptueux que possible. Cela plaît à un public d'un certain genre, car, vous le savez aussi bien que moi, il y a peu de types respectables parmi ceux qui fréquentent les boîtes de nuit, même lorsqu'ils se donnent l'apparence de l'être en y amenant leurs femmes ou leurs amies, auxquelles ils sont censés ne pas montrer des spectacles trop suggestifs. J'avais donc décidé de remplir cet engagement et de me produire sur les lieux avant Irène. Quand elle se présenterait pour faire son numéro, je la laisserais paraître en public, puis je demanderais au directeur de choisir entre nous deux. Après cela, je savais que la cause serait entendue.

– Mais vous ne l'avez pas fait?

– Irène m'a coupé l'herbe sous le pied. Avant que je puisse me rendre à Palomino, elle y était déjà. Son ami de cœur, Harry, en avait décidé ainsi. Donc, cette fois-là encore, je l'ai laissée jouer, mais j'étais résolue à la devancer à la prochaine étape de la tournée. Je raconterais au directeur que mon dernier engagement avait été écourté. Je lui offrirais de paraître deux nuits de suite comme numéro supplémentaire avec des cachets réduits de moitié, ou quelque chose dans ce goût-là.

– Pourriez-vous par hasard fournir un alibi qui vous mettrait hors de cause, dès l'instant où vous avez quitté Callender à l'hôtel Richmell?

Elle fit un signe de tête négatif.

– Alors, fit Mason, il faut que je vous fasse disparaître de la circulation pendant un certain temps, Loïs.

– Pourquoi?

– Parce que vous passez difficilement inaperçue. En ce moment, la police doit être à vos trousses. Ils doivent être en train d'examiner tous les registres d'hôtel. La radio et tous les haut-parleurs des voitures de police sont certainement en train de diffuser votre signalement.

– La ville est grande, riposta Loïs Fenton.

– Oui, la ville est grande, mais vous avez aussi peu de chances de ne pas attirer l'attention qu'une sirène qui essaierait de prendre le tramway. Avez-vous d'autres vêtements?

– Oui.

– Où?

– A mon hôtel.

– Vous y êtes inscrite sous votre nom?

– Oui.

Mason hocha la tête.

– Pas question d'y aller, fit-il. Avez-vous votre

voiture? Est-ce qu'il y a dedans de quoi vous changer?

– Non. Il y a quelques vieilles affaires dans la malle, mais rien que je puisse mettre.

– Je ne peux pas courir le risque de vous laisser retourner à l'hôtel, fit Mason qui arpentait son bureau. Il ne faut pas non plus que vous donniez l'impression de filer. Votre départ serait interprété comme une preuve de culpabilité. Ce serait la pire des choses à faire... J'ai une idée... Je vais vous conduire là où la police ne vous trouvera pas, et pourtant c'est un endroit où il paraîtra logique et normal que vous ayez eu envie de vous rendre, sans retourner à votre hôtel pour y changer de vêtements.

– Pensez-vous! Un tel endroit n'existe pas, fit-elle.

– Si. C'est l'endroit où l'on a conduit votre cheval, car nous l'avons retrouvé dans la vallée Impériale.

– C'est merveilleux! s'écria-t-elle, le visage épanoui. Dites-moi, Mr Mason, est-il blessé?

– Non. Il est en excellente forme, si ce n'est qu'il a une égratignure faite par la balle qui s'est logée dans le quartier de sa selle.

– Encore un des tours de John! fit-elle avec amertume. C'est tout à fait dans sa manière... c'est typique! Il avait certainement une idée derrière la tête. Je suis certaine à présent qu'il n'y a eu aucune tentative de vol et...

– Ne vous occupez pas de cela, fit Mason. John est mort. On ne peut nier que vous teniez beaucoup à ce cheval. Comment s'appelle-t-il?

– Starlight.

– Parfait. Vous êtes très attachée à Starlight. Vous venez à mon bureau où vous apprenez qu'on l'a retrouvé, qu'il a été conduit dans un manège à proximité de la ville. Vous apprenez en outre qu'il a été légèrement blessé. Il a une égratignure le long de la croupe, là où la balle a effleuré la peau. N'est-il pas naturel que vous laissiez tout tomber, et que vous insistiez pour aller le voir sur-le-champ ? Vous le voyez, puis vous êtes prise d'inquiétude. Vous avez peur qu'on ne cherche à le voler de nouveau. Alors vous exprimez le désir de rester sur place. Je vous crois tout à fait capable de jouer ce rôle à la perfection.

– Mais quel est le sens de tout ça ?

– Bon sang, fit Mason, je vous indique le thème dans ses grandes lignes ! Il n'est tout de même pas nécessaire que je vous donne les répliques par écrit ?

12

Une haute palissade en planches servait de support à un panneau réclame où les mots suivants : ÉCURIES ET ACADÉMIE D'ÉQUITATION DE L'ÉLITE, avaient été tracés en lettres vertes.

– C'est ça, l'endroit ?

Drake acquiesça d'un signe de tête. Il arrêta sa voiture devant un petit bâtiment sur lequel figurait le mot : BUREAU. Ils y entrèrent tous les trois.

L'homme qui était occupé à établir des notes d'une écriture gauche laissa tomber sa plume et leva la tête, comme s'il se réjouissait d'être interrompu dans sa besogne.

– Qu'y a-t-il pour votre service, m'ssieurs-dame ? demanda-t-il.

– Je m'appelle Drake. Il y a quelqu'un ici à qui j'ai téléphoné au sujet de la pension d'un cheval.

– Ah! oui. C'est à moi. Le cheval vient juste d'arriver. Il est encore dans son van, du côté des écuries. L'homme qui nous l'a amené n'a pas l'air d'être très au courant de vos intentions. Maintenant, il s'agit de savoir ce que vous avez décidé pour la nourriture de l'animal. J'ai de la bonne paille d'avoine et...

– De la paille d'avoine et un peu de grain aussi, fit Loïs avec assurance. Pas trop d'avoine. Je ne veux pas qu'il soit trop chaud. Juste assez pour le tenir en état, et il faudra le faire travailler un peu. Si je me trouvais dans l'impossibilité de le monter, vous serait-il possible de le confier à quelqu'un?

L'homme lui décocha un regard approbateur.

– Est-ce qu'il est parfaitement sage?

– Parfaitement.

– O.K.! Je veillerai à ce qu'on le promène.

– Pas sur les routes, fit Loïs Fenton, mais sur des pistes cavalières, et je ne veux pas qu'on le pousse.

– Bien sûr, répondit l'homme d'un ton conciliant. J'ai de bons lads ici. Quand je demande qu'on promène un cheval, cela veut dire qu'il sera promené. Voulez-vous le voir maintenant, m'ssieurs-dame?

– Oui. S'il vous plaît.

– Par ici, fit l'homme.

Il ouvrit une porte donnant sur une vaste piste circulaire que dissimulait la palissade. A l'autre extrémité de ce terrain se trouvaient les écuries près desquelles une voiture et sa remorque étaient arrêtées. Deux hommes étaient occupés à en faire descendre un cheval.

Comme les trois visiteurs s'approchaient du van, ils entendirent le choc sonore des sabots ferrés du cheval sur la trappe baissée du véhicule. Ils entrevirent la tête levée de l'animal qui résistait. Puis, d'un seul coup, il bondit en avant, tirant sur les rênes tenues par un lad qui se raidissait et cherchait un point d'appui sur la terre molle où s'incrustait le talon haut de sa botte de cow-boy.

– Starlight! appela Loïs Fenton. Hé! vieux frère. Ici, Starlight!

Le cheval tourna la tête, pointant ses oreilles en avant.

– Starlight! appela de nouveau Loïs.

Le cheval répondit par un hennissement sourd.

– Lâchez-le, cria Loïs à l'homme qui le tenait. Il est sage, maintenant.

L'homme regarda le cheval, puis abandonna les rênes. Starlight se tourna de façon à les faire retomber bien parallèles, les oreilles toujours pointées en avant, la tête dressée. Puis, tournant brusquement la tête d'un côté, et veillant à ce que ses pattes ne soient pas prises dans les rênes, il s'approcha d'eux à petits pas.

– Regardez comme il est intelligent! fit Loïs Fenton. Il sait qu'il doit se tenir droit quand on lâche les rênes, mais, pour ne pas s'empêtrer dedans, il tourne la tête de côté dès qu'il veut se déplacer. Et regardez son allure!

Loïs Fenton s'avança et le cheval s'approcha d'elle, hennissant de nouveau, en signe d'affection. Il la poussa d'un coup de tête, puis, élevant son museau velouté à la hauteur des joues de la jeune femme, il retroussa la lèvre supérieure.

L'homme qui dirigeait les écuries se mit à rire et déclara :

– Il n'y a pas de doute, c'est bien son cheval.

– Où est la selle? demanda Mason à l'homme chargé par Drake de conduire le van.

– A l'arrière de la voiture, fit l'homme. Et j'ai dû changer les rênes du cheval. Les vieilles sont avec la selle. Il y en a une qui est cassée. J'en ai gardé le bout.

– Voulez-vous une provision d'argent? demanda Mason au propriétaire de l'académie.

– Fichtre oui! Jamais je ne refuse de l'argent quand on m'en offre! fit-il d'un air convaincu.

Mason sortit son portefeuille et en tira un billet de cinquante dollars.

– Prenez bien soin du cheval.

L'homme regarda la coupure avec une sorte de respect, puis il la glissa dans la poche revolver de son pantalon.

– Pour sûr que nous le soignerons bien. Il sera on ne peut mieux. D'où venait-il? De la vallée Impériale?

– De cette région-là, répondit Mason. Pour le cas où cette jeune dame voudrait rester auprès de son cheval pendant un jour ou deux, y a-t-il dans le coin un endroit convenable où elle puisse descendre?

– A environ trois cents mètres, il y a un hôtel où l'on peut garer sa voiture.

– Est-ce qu'on y est bien?

– Pas mal.

– C'est épatant! fit Loïs Fenton. Je vais m'y installer. Chaque fois que je voudrai monter mon cheval, je vous passerai un coup de fil. Je suppose que l'un de vos garçons peut me l'amener.

– Oui, madame. Si ce n'est pas pour aller plus loin que l'hôtel, ça va.

Loïs Fenton sourit d'un air tranquillisé à Perry Mason.

– Tout va bien, fit-elle. Je vous en prie, ne vous faites pas de mauvais sang pour moi!

13

Le bureau que cherchait Mason était dans un bâtiment composé d'ateliers auquel l'aspect de l'ascenseur et des couloirs prêtait une apparence rien moins que conventionnelle.

Comme Perry Mason se renseignait sur la direction à prendre pour se rendre au bureau de Sidney Jackson Barlow, agent théâtral, l'homme préposé au fonctionnement de l'ascenseur – un vieux modèle, bruyant et poussif – lui coula un regard d'intelligence du coin de son œil flétri.

– Quatrième étage, fit-il en refermant la porte de l'ascenseur avec fracas. Vous n'avez qu'à prendre à droite. Impossible de le manquer.

C'était un homme dont les cheveux avaient dû être blonds. Maintenant, il ne restait de sa chevelure que des lambeaux de mèches collées à son crâne autour des oreilles et sur la nuque. Une longue moustache hirsute recouvrait sa lèvre supérieure.

– Barlow a une belle écurie de pouliches, fit-il d'un ton avenant.

– Pas possible!

– J'vous crois! Ça fait longtemps que vous le connaissez?

– Non.

– Chic type! Il est régulier. Faut pas lui demander des adresses; ça, c'est sa marchandise. Il la vend.

– Un type à inviter dans les réunions d'hommes? demanda Mason.

– Pour sûr, répondit le machiniste. Nous y voilà. Quatrième étage. Le bureau de Barlow est à droite, au fond du couloir.

Mason le remercia et s'engagea dans le hall. Sur

une porte, il lut : SIDNEY JACKSON BARLOW – ENTREZ SANS FRAPPER. Mason se plia à cette invite.

Le bureau comportait une longue rangée de chaises alignées le long du mur. On les avait peut-être mises là pour faire croire aux nouveaux venus que les affaires de Barlow étaient importantes et que, lorsqu'elles restaient vides, cela ne durait qu'une heure ou à l'occasion d'un jour creux, pendant la morte-saison. Cette abondance de sièges impliquait qu'en temps normal de nombreux acteurs et actrices faisaient la queue pour rencontrer le très important Mr Barlow, installé dans son fauteuil, derrière la porte d'acajou portant les mots : BUREAU PRIVÉ, en lettres d'or.

Mason, qui avait l'oreille fine, perçut en pénétrant dans la première pièce le son atténué d'une sonnerie derrière le panneau d'acajou. De toute évidence, un timbre électrique dissimulé sous le tapis annonçait l'entrée des visiteurs aux occupants du bureau directorial.

Presque instantanément, une beauté blonde portant un bloc-notes, trois ou quatre crayons et une demi-douzaine de lettres à la main ouvrit la porte d'acajou et se précipita d'un air affairé vers la machine à écrire qui se trouvait dans un coin. Son comportement était celui d'une secrétaire surchargée de travail et luttant contre la montre pour assumer son énorme tâche.

– Comment allez-vous ? fit-elle à Mason. Vous désirez voir Mr Barlow ?

– Oui.

– Votre nom, s'il vous plaît ?

– Mason.

– A quel sujet voulez-vous le voir ?

– Questions artistiques.

– Vous désirez peut-être monter une tournée ?

– Oui, quelque chose comme ça.

– Une minute, fit-elle en le gratifiant d'un aimable sourire.

Elle se précipita dans l'autre bureau, ferma soigneusement la porte derrière elle et reparut dix ou quinze secondes plus tard, le sourire aux lèvres.

– Vous pouvez entrer, Mr Mason.

Sidney Jackson Barlow était assis derrière son bureau jonché de télégrammes et de papiers. A première vue, il semblait que ces papiers avaient été posés là, pêle-mêle, mais un observateur attentif se serait immédiatement rendu compte que les télégrammes alternaient en diagonale avec les lettres, de sorte que les dates étaient invisibles. Les murs du bureau étaient recouverts de photographies dédicacées par des artistes professionnels. L'angle de certains profils masculins avait été minutieusement calculé. Quant aux portraits de femmes nues, généreusement décolletées, ou bien moulées du buste, la seule raison de leur présence était de mettre toutes sortes de charmes en valeur.

Barlow était chauve et avait l'apparence d'un homme trapu.

– Que désirez-vous, Mr Mason? fit-il en le jaugeant d'un œil froid, derrière ses lunettes aux verres épais.

– Je voulais vous voir pour des questions artistiques.

– Parfait. Nous avons toute une gamme de talents à vous proposer. Nous pouvons vous procurer n'importe quoi dans le domaine du divertissement.

– Je voulais vous voir en particulier au sujet d'une danseuse à l'éventail.

– Ah! oui... quelque chose d'assez, euh... intime, pour une réunion privée... Vous dirigez probablement une boîte de nuit quelque part, Mr Mason?

– Je voulais vous voir au sujet d'une danseuse à

l'éventail bien déterminée. Il s'agit de Loïs Fenton, dont le nom d'artiste est, je crois, Chérie Chi-Chi.

Les yeux froids perdirent immédiatement toute expression.

– Quels renseignements désirez-vous obtenir au sujet de miss Fenton, Mr Mason? Comme vous le savez, naturellement, notre gagne-pain à nous, ce sont nos adresses.

– Il ne s'agit pas de cela. Je me demande si vous vous êtes jamais rendu compte que vous êtes coupable d'une irrégularité en ce qui concerne cette danseuse?

– Je regrette, mais je ne vous comprends pas, Mr Mason.

– La Loïs Fenton à qui vous avez fait signer des contrats récemment n'est pas la Loïs Fenton dont vous représentiez les intérêts il y a six mois.

– Comment? C'est impossible, fit Barlow. De plus, Mr Mason, je ne vois pas quel but vous poursuivez en portant cette accusation.

– Je suis avocat.

– Oh!

– Perry Mason, reprit-il en posant sa carte sur le bureau. Vous avez peut-être entendu parler de moi?

– Oh! s'écria Barlow derechef et, cette fois, son accent était celui de la consternation.

– Assistez-vous aux prestations des artistes que vous placez, avant de leur procurer des engagements?

– Oui. Naturellement.

– Avez-vous vu Loïs Fenton danser?

– Oui.

– Quand?

– Pourquoi? Je ne sais pas, Mr Mason. Il y a déjà un certain temps, je ne peux pas vous donner une date précise.

– Vous a-t-elle laissé une forte impression?

– C'est une danseuse à l'éventail remarquable, Mr Mason. Elle a déjà fait une brillante carrière.

– Avez-vous des photographies?

– Professionnelles?

– Oui.

– Sans aucun doute. Vous désirez les voir?

Mason acquiesça d'un signe de tête.

Barlow appuya sur un bouton. Aussitôt, la jolie blonde parut dans l'encadrement de la porte, comme une secrétaire modèle.

– Que désirez-vous, monsieur?

– Apportez-moi le dossier de Loïs Fenton, fit Barlow.

La jeune femme se dirigea vers un classeur métallique. Elle en sortit une chemise pliante que Barlow ouvrit, et d'où il retira une grande photo sur papier glacé.

Cette image représentait une gracieuse jeune femme souriant à l'opérateur et dissimulant partiellement sa nudité sous deux éventails de plume d'autruche.

– Est-ce la seule photo que vous possédiez?

La secrétaire s'avança vers un meuble dont elle ouvrit l'un des tiroirs et, parmi la vingtaine de photos glacées qui s'y trouvaient, elle en choisit deux qu'elle tendit à Barlow.

Barlow les remit à son tour à Mason. L'une d'elles représentait Loïs en tenue de ville, c'est-à-dire dans un tailleur à jupe très courte semblable à celui qu'elle portait dans le bureau de l'avocat. L'autre la montrait nue, avec deux éventails négligemment déployés pour tout costume.

Mason étudia les photographies.

– C'est bien ce que je pensais, Barlow. Ce n'est pas la même fille!

– Quoi? fit Barlow d'un air incrédule.

– Ce n'est pas la même fille.

Barlow prit les deux images, les étala côte à côte pour les comparer.

– Bon Dieu! s'écria-t-il d'une voix sourde.

La secrétaire s'approcha et regarda par-dessus l'épaule de son patron.

– Comment se fait-il que vous n'ayez pas vu ça, Elsie? demanda Barlow sans lever la tête.

Il n'y eut pas de réponse.

Barlow reposa les photographies, puis il se mit à scruter attentivement le visage de Mason.

– Qui représentez-vous?

Mason soutint son regard sans ciller les paupières.

– Loïs Fenton.

– Laquelle?

– La vraie.

– Comment se fait-il qu'elle ne m'ait jamais prévenu?

– Elle ignorait ce qui se passait.

Barlow s'humecta les lèvres du bout de la langue.

– Tout ça, c'est de la foutaise, déclara la secrétaire d'une voix calme et nette.

– Allons, Elsie, intervint Barlow d'un ton inquiet. Ne vous mêlez pas de ça. C'est une question de...

– C'est de la foutaise, reprit-elle en haussant la voix et avec une certaine véhémence.

Barlow soupira. Il prit l'attitude impuissante du pauvre type qu'une femme réussit à mener par le bout du nez.

– C'est ma secrétaire qui s'occupe des questions matérielles ayant trait aux contrats, expliqua-t-il en manière d'excuse.

Cette déclaration faite, il se cala dans son fauteuil, les deux mains derrière la nuque, exactement comme s'il voulait donner à entendre par ce geste qu'il ne prendrait plus part à la discussion, et que cette affaire ne le concernait plus.

– D'après ce que je vois, votre secrétaire est plutôt sceptique pour l'instant? fit Mason.

– Vous pouvez le dire que je suis sceptique! répliqua celle-ci. Ne me racontez pas, à moi, que Loïs Fenton ignorait qu'on piétinait ses plates-bandes. Ça n'existe pas. Ça ne se serait jamais vu dans le métier. Cette photo de Chérie Chi-Chi a été prise il y a trois mois.

– Miss Fenton a été très occupée, fit Mason.

– Ça, c'est vous qui le dites!

– Allons, allons, du calme! N'offensez pas Mr Mason, murmura Barlow.

– Elle a fait une petite expérience matrimoniale, reprit Mason, mais, comme les choses n'ont pas tourné comme elle le désirait, elle veut reprendre son métier. Or, elle découvre que du fait de votre négligence, Mr Barlow, quelqu'un s'est servi de sa réputation et, selon toute vraisemblance, vous n'étiez pas sans le savoir.

– O.K.! allez-y, et qu'on en finisse, fit la blonde secrétaire d'un ton rogue. Qu'est-ce que vous voulez? Allez-y, crachez le morceau.

– Je veux avoir un entretien avec la personne pour qui vous contractez des engagements au nom de Loïs Fenton ou de Chérie Chi-Chi en ce moment. Vous avez sûrement son adresse.

Barlow passa le bout de ses doigts aux ongles soigneusement faits sur ses joues lisses et intervint :

– Il est préférable que je consulte mon avocat.

– O.K.! puisque vous l'entendez ainsi! répliqua Mason. Je voulais me rendre compte par moi-même si vous n'étiez pas l'innocente victime d'une fausse déclaration, afin d'éviter de vous mettre en cause.

– Toutes ces histoires d'avocat, c'est de la foutaise! s'écria la blonde. Laissez-moi m'occuper de cette affaire, Sidney.

Elle fit quelques pas et vint s'installer devant Mason sur l'un des angles du bureau. Un de ses pieds touchait le tapis, l'autre se balançait, nerveusement, d'arrière en avant.

– Si vous voyiez cette femme et si vous aviez la certitude qu'elle nous a eus, qu'est-ce qui se passerait?

– Dans ce cas, ma cliente serait encline à vous dégager de toute responsabilité.

– Et supposez que cette femme ne veuille pas vous parler?

– Cela donnera la mesure de votre bonne foi, répondit Mason avec un sourire.

– Qu'est-ce que cela signifie?

– Vous n'avez pas besoin de lui préciser l'objet de ma requête. Dites-lui qu'un homme qui s'intéresse à la danse voudrait la voir dans une heure et que vous la priez de passer ici, pour que nous puissions nous entendre.

– Cela pourrait nous occasionner des ennuis, murmura Barlow.

– Ne vous mêlez pas de cette affaire, Sidney, lança la belle blonde, sans daigner tourner la tête. Je m'en charge. Quel genre d'entrevue aurez-vous avec elle, Mr Mason?

– Cela dépendra des circonstances.

– Est-ce que ce sera orageux?

– Sûrement pas. La seule chose que je demande, c'est d'avoir quelques précisions sur cette affaire.

– Pourquoi?

– Afin de protéger ma cliente.

– Dites-moi, vous n'êtes tout de même pas assez stupide pour croire que vous pouvez faire un procès à une danseuse et en tirer de l'argent?

– La situation pourrait être redressée, fit Mason.

Les yeux de la secrétaire se rétrécirent :

– Alors dans une heure ?

– Oui.

– Après tout, pourquoi pas ? fit-elle en se tournant vers Barlow.

Pour toute réponse, celui-ci se contenta de hausser les épaules.

– O.K. ! conclut la secrétaire, nous allons la faire venir.

Mason la remercia et sortit.

De la cabine téléphonique d'un drugstore, deux pâtés d'immeubles plus loin, il composa son numéro privé.

Lorsqu'il eut Della Street au bout du fil, Mason la prévint immédiatement :

– Faites attention à ce que vous allez dire, Della. Y a-t-il quelqu'un dans le bureau ?

– Non.

– Personne dans la salle d'attente ?

– Deux clients qui n'avaient pas de rendez-vous. Je leur ai expliqué que vous étiez retenu dehors par une affaire et que vous ne rentreriez peut-être pas de la journée. Ils ont décidé tous les deux d'attendre quand même.

– Personne d'autre ?

– Non.

– Personne ne m'a demandé ?

– Non.

– Je suis suivi, Della, fit Mason. C'est probablement la police. Le fait qu'ils ne m'aient pas appelé au bureau le prouve.

– Il y a longtemps qu'on vous file ?

– Depuis que j'ai quitté le bureau, après notre retour de la banlieue. Le zèbre m'a suivi jusque chez Barlow.

– Que dois-je faire?

– Ayez soin d'agir comme si vous saviez où je suis. Je ne veux pas que la police croie que j'ai délibérement semé leur flic.

– Vous l'avez semé?

– Pas encore.

– Mais vous avez l'intention de le faire?

– Oui.

– Et ensuite?

– Ensuite, le lieutenant Tragg se rendra chez Barlow. Il lui posera des questions et il rappliquera au bureau pour vous interroger. Dites-lui que j'avais à faire en dehors de la ville et que je ne serai pas de retour avant demain soir. Dites tout ça d'un air très naturel.

– O.K.! Rien d'autre?

– Fermez la boutique à 5 heures et rentrez chez vous. Il se peut qu'on vous suive. N'ayez pas l'air de vous en apercevoir. Souvenez-vous d'avoir en toute circonstance un comportement très naturel.

– O.K.! Rien d'autre?

– Soyez sage, fit Mason.

– Ça aussi, je suppose, je devrai le faire très naturellement, répondit Della.

14

Le silence du petit matin qui régnait encore sur le désert était bienfaisant comme le sont des doigts frais sur le front d'un malade.

Mason engagea sa voiture dans le chemin qui menait au ranch de Nolan. Il prit un virage devant la grange et décrivit un cercle pour s'arrêter tout près de la porte qui ouvrait sur la façade arrière de la ferme.

Un chien à la queue coupée se mit à pousser des aboiements précipités et furieux, comme tout chien qui sait que son maître va lui imposer silence et qui tient à faire un maximum de tapage avant d'être obligé de se taire.

La porte de la maison s'ouvrit. Un homme fort, dont le ventre proéminent saillait sous une salopette, se tourna vers le chien :

– Tais-toi, Butch, dit-il, puis il sourit d'un air aimable en se tournant vers la voiture.

Le chien remua son bout de queue pour saluer l'ordre de son maître, mais continua d'aboyer de plus belle.

L'homme se pencha vers le sol, ramassa un caillou et le jeta dans la direction du chien, qui se tut immédiatement. Après avoir tourné autour de quelques arbustes, il s'assit à l'ombre, la gueule ouverte, la langue pendante, prêt à toute éventualité.

Le fermier se dirigea vers l'automobile de Mason. Celui-ci ouvrit la portière et descendit, le visage éclairé par un sourire.

– Votre nom est bien Nolan?

– C'est exact.

– Moi, je m'appelle Mason.

– Enchanté de vous rencontrer, Mr Mason.

– Je suppose que vous êtes passablement occupé.

– On a toujours quelque chose à faire.

– Ne craignez rien. Je n'abuserai pas de votre temps. Je suis ici pour...

– Pour vous renseigner au sujet d'un cheval.

– Comment le savez-vous? demanda Mason.

Nolan se mit à rire.

– Ce cheval, fit-il, eh bien! on dirait qu'il est en train de devenir célèbre.

– Comment ça?

– Le diable m'emporte si je le sais! Mais, ce qu'il y a de sûr, c'est qu'il y a des tas de gens qui s'y intéressent. Le premier gars qui s'est amené ici prétendait être le représentant du propriétaire. C'était un jeune homme d'apparence bien convenable qui voulait me rembourser tout ce que j'avais dépensé pour l'animal et l'emmener avec lui. Il paraissait le connaître parfaitement, si bien que j'ai cru tout de suite qu'il me disait la vérité.

– Oui, je le connais, s'empressa de dire Mason pour le rassurer, il représentait vraiment le propriétaire.

– Moi, reprit Nolan, je suis plutôt un bon bougre, mais ma femme est assez méfiante. C'est elle qui a eu l'idée de noter le numéro de la voiture du jeune homme.

Mason fit un signe de tête approbateur.

– Il n'y avait pas deux heures que le premier visiteur était parti que voilà un autre gars qui s'amène. Il voulait connaître tous les tenants et aboutissants au sujet du cheval. Ensuite, j'ai compris que c'était un détective de la ville. Avant tout, il voulut savoir comment j'avais eu la preuve que le jeune homme représentait bien le propriétaire du cheval. Je lui ai répondu que ce garçon m'avait minutieusement décrit l'animal, qu'il affirmait être le représentant du propriétaire et que cela m'avait suffi. Alors voilà ce qu'il m'a répliqué : « Chaque fois qu'un escroc vend le pont de Brooklyn à une poire, à tous les coups, il prétend qu'il en est le propriétaire. »

» Eh bien! ça m'a donné à réfléchir et j'ai commencé à me faire un peu de bile. Je suis rentré à la maison pour en parler à ma femme, et c'est à ce moment-là qu'elle m'a dit qu'elle avait relevé le numéro de l'automobile. Le détective l'a noté, puis il est parti.

– Ensuite, que s'est-il passé?

– Voilà. Hier soir, le sheriff s'est amené à son tour pour me parler du cheval. Il voulait savoir d'où il venait, etc. Avant de me quitter, il m'a bien recommandé de ne pas donner trop de détails dans le cas où d'autres gens viendraient m'interroger.

» Puis vous voilà, Mr Mason. Il y a des choses sur lesquelles je ne voudrais pas en dire trop long.

– Eh bien! fit Mason négligemment, vous n'avez qu'à me faire connaître celles dont vous pouvez parler, puis celles dont vous ne pouvez rien dire, alors, nous éviterons de parler de celles dont vous ne pouvez rien dire et...

L'homme rejeta la tête en arrière et se mit à rire :

– Je parie que vous êtes avocat...

– En effet, reconnut Mason.

– Ah! mais, dites-moi, j'ai entendu parler de vous quelque part. Est-ce que vous ne seriez pas Perry Mason?

– Si.

– Nom d'une pipe! Il faut que je vous serre la main de nouveau. J'ai lu beaucoup de choses sur votre compte. Jamais je n'aurais pensé que je vous rencontrerais dans de pareilles circonstances. Dites-moi, pourquoi vous intéressez-vous à ce cheval?

– D'une façon générale, fit Mason, j'essaie de découvrir moi-même ce qui peut aider un client, mais voyez-vous, il y a des choses dont un avocat ne peut pas parler.

– Si vous vouliez bien m'indiquer les choses dont nous ne pouvons point parler, Mr Mason, fit Nolan avec sympathie, alors, nous saurions les sujets qu'il faut éviter.

Ils se prirent à rire l'un et l'autre.

– Pouvez-vous me préciser quand le cheval est arrivé ici? demanda Mason.

– Le 11 au matin. Environ une demi-heure avant qu'il ne fasse jour.

– Comment est-il venu?

– De la même façon que tous les autres chevaux, compère. Il s'est amené sur ses quatre pattes.

Mason ne put s'empêcher de sourire.

– Vous croyez qu'il aurait pu venir autrement?

– Je n'en sais fichtre rien, répondit Mason, mais, d'après votre attitude, je pourrais tout aussi bien croire qu'on l'a parachuté d'un bombardier sur le ranch!

– Non. Il s'est amené au pas, un peu avant le jour, et le chien a commencé d'aboyer. Sacré chien! Il n'aboie jamais à la lune ou à des trucs imaginaires. Quand il aboie, c'est qu'il y a quelque chose qui ne tourne pas rond, et il continue d'aboyer jusqu'à ce qu'on aille voir ce qui se passe.

» Donc, j'ai cru que c'était peut-être un skunks ou un chat sauvage qui rôdait autour de la basse-cour. Alors, je me suis levé, j'ai pris mon fusil et je suis sorti avec ma lampe électrique. Le chien était venu à ma rencontre. Il courait devant moi pour me conduire vers ce qui le faisait aboyer et, bon Dieu, qu'est-ce que je vois? un cheval tout sellé, tout harnaché, qui se met à hennir doucement à mon approche.

– Et qu'avez-vous fait?

– Je l'ai conduit à l'écurie. Je l'ai attaché pendant quelques instants, puis je lui ai ôté sa bride. Ensuite, je lui ai donné du foin, et pour finir, je lui ai enlevé sa selle.

– Vous n'avez rien remarqué d'anormal en la lui retirant?

Les lèvres de Nolan se pressèrent l'une contre

l'autre à tel point que sa bouche paraissait n'être plus qu'un trait.

– Si je comprends bien, c'est une des choses dont on vous a défendu de parler, constata Mason.

– Je n'ai rien dit, répliqua Nolan. Si vous lisez dans ma pensée, j'peux tout de même pas vous empêcher de le faire.

– Etes-vous sorti pour chercher des traces de sabots? demanda Mason.

– Voilà enfin une question raisonnable! fit Nolan. Vous parlez comme si vous viviez à la campagne. Personne, jusqu'à présent, ne m'a interrogé de cette façon-là.

– Alors, est-ce bien ce que vous avez fait?

– Ouais! Je suis parti dans la nature et j'ai regardé les traces. Le cheval était venu du nord par la route où les empreintes de ses sabots étaient visibles dans la poussière. Puis il était retourné sur la grand-route. C'est difficile à dire jusqu'où il l'avait suivie. En y mettant le temps, j'aurais pu retrouver son point de départ, mais à ce moment-là je ne voyais pas la nécessité de le faire. J'ai marché environ un kilomètre pour m'assurer qu'il n'avait pas vidé son cavalier dans le fossé. Je n'ai vu personne et, comme il y avait quelques voitures qui circulaient, je me suis dit que, si le cavalier avait eu un accident pendant la nuit, un des automobilistes qui passaient n'aurait certainement pas manqué de lui porter secours.

– Rien d'autre?

– Eh bien! je sais que le cheval a eu peur.

– Qu'est-ce qui vous fait dire ça?

– Voyez-vous, les chevaux de l'Ouest ne sont pas dressés de la même façon que ceux de l'Est. D'habitude un bon cheval de cow-boy reste tranquille aussi longtemps que les rênes pendent au sol. C'est pour cette raison que les cow-boys se servent souvent de rênes coupées.

Mason approuva d'un signe de tête.

– J'ai mis une ou deux fois ce cheval à l'épreuve, poursuivit Nolan. Je l'ai monté pour le mener assez loin et, après avoir posé pied à terre, j'ai observé ses réactions.

– Qu'a-t-il fait?

– Il est resté sur place, comme s'il avait été attaché. Les chevaux ont du bon sens, Mr Mason, et lorsqu'un animal a été dressé à ne pas bouger, ce qui est le cas de celui-là, s'il décide de s'en aller, c'est qu'il y a quelque chose qui ne lui plaît pas du tout. Ce cheval avait l'une de ses rênes cassée.

– Est-ce que quelqu'un vous a interrogé sur ce point?

– Fichtre non! Tous les gens qui sont venus ici savaient tout. Vous êtes le premier à ne pas vous comporter comme si vous connaissiez d'avance toutes les réponses et comme si j'étais un vieux ballot! (Nolan se mit à rire et continua:) Mais quand vous êtes arrivé, pendant une minute ou deux, vous vous êtes bien défendu, vous aussi!

A son tour, Mason ne put s'empêcher de rire.

– Avez-vous essayé de faire peur au cheval pour voir jusqu'à quel point il était nerveux?

– Allons bon, fit Nolan, je ne sais pas si j'ai bien le droit de parler de ça?

– Quelqu'un vous a-t-il dit de ne pas le faire?

– Non. Vous êtes le seul à avoir pensé à ça.

– Alors, je ne vois pas pourquoi vous vous tairiez.

– C'est que, voyez-vous, Mr Mason, j'essaie de rester en bons termes avec le sheriff et je suppose que le sheriff est, lui aussi, en bons termes avec la police de la ville; or, s'ils me demandent d'être discret, rapport à ce cheval, c'est qu'il y a une raison.

– Allons, Nolan, soyons francs l'un avec l'autre, fit Mason. S'il y avait un trou fait par une balle ou même une balle dans le quartier de cette selle, et si les gens de la police vous avaient dit de ne pas en parler, vous pensez bien que je ne vous demanderais pas de le faire!

Nolan se mit à rire.

– Si, d'autre part, poursuivit Mason, vous vous étiez demandé ce qui avait pu effrayer le cheval et si vous l'aviez monté pour le soumettre à une petite expérience, je serais très intéressé de savoir ce que vous avez découvert.

– C'est d'ailleurs bien ce que je m'étais demandé.

– Donc, dit Mason, je dois comprendre que vous avez sellé le cheval, que vous lui avez mis une bride, que vous l'avez monté dans un champ et qu'en posant pied à terre vous avez laissé tomber les rênes, puis attendu ce qu'il allait faire.

– C'est exact.

– Qu'a-t-il fait?

– Rien. Il est resté là.

– Alors, reprit Mason, vous avez tiré un coup de fusil. Est-ce exact?

– J'ai dans l'idée que vous comprenez quelque chose aux chevaux, vous aussi! Pas vrai? fit Nolan avec une intonation respectueuse dans la voix. Ou bien vous lisez dans la pensée des gens! Quand j'ai tiré le coup de fusil, le cheval s'est agité, puis il a pris le large, et vite! Je crois bien qu'il serait encore en train de courir, si je n'avais pas pris soin de fermer la barrière de l'enclos.

– La police ne vous a posé aucune question là-dessus?

– Pensez-vous!

– Je voudrais bien rencontrer votre femme.

– Elle se méfie un peu des étrangers, répondit Nolan.

– Ça ne fait rien. Je voudrais lui parler quand même.

– Venez avec moi.

Nolan le précéda et ils franchirent la porte d'une cuisine où flottait une bonne odeur de nourriture. Une femme mince, au visage parcheminé, lavait la vaisselle, penchée sur l'évier.

– Ma femme, fit Nolan, Mr Mason.

Elle leva la tête, se sécha les mains avec une serviette et jeta sur Mason un regard méfiant. Puis elle se mit à sourire :

– Comment allez-vous? demanda-t-elle en lui tendant la main.

– Cela me fait plaisir de faire votre connaissance, commença Mason. Votre mari prétend que vous êtes le membre soupçonneux de la famille.

Ses lèvres minces barraient son visage d'un trait rectiligne.

– Il dit constamment des choses comme ça, fit-elle en lui jetant un bref coup d'œil.

– Pas possible?

– Faut bien qu'il y ait quelqu'un qui soit sur ses gardes ici! Rien qu'à voir comment Frank Nolan se conduit, on croirait que tous les gens sont des frères. Il donnerait sa chemise à n'importe qui et il est persuadé que le monde entier est peuplé d'honnêtes gens!

Gravement, Mason ouvrit son portefeuille. Il en sortit un billet de cinquante dollars qu'il tendit à Mme Nolan.

– Qu'est-ce que c'est que ça? demanda-t-elle.

– Ça, c'est pour vous encourager à être méfiante.

– J'comprends pas.

– Votre mari est un homme sociable, loquace. Il est gentil avec tout le monde.

– Beaucoup trop. Mais pourquoi me donnez-vous cet argent?

– Dans le cas où d'autres personnes viendraient se renseigner au sujet du cheval, c'est peut-être vous qui pourriez vous charger de leur répondre...

Nolan se mit à rire.

– Alors, je suis sûr que ça sera vite fait... Elle...

– Ne vous mêlez pas de ça, Frank Nolan! l'interrompit-elle d'un ton sec. J'imagine que, si cet homme tient à me payer pour que je vous empêche de parler, il faudra que j'essaie de gagner mon argent. De quoi faut-il qu'il ne parle pas?

– De rien, fit Mason.

– Eh bien! riposta Mme Nolan, c'est pas bien difficile de gagner cinq dollars. Je l'obligerai à se taire.

– Ce n'est pas un billet de cinq dollars! rectifia Mason.

– Non?

Mason secoua la tête.

Elle s'avança de quelques pas pour examiner la coupure en pleine lumière. Soudain, elle s'écria :

– Mon Dieu, c'est cinquante dollars!

Mason s'amusa de son air surpris et incrédule, puis il serra la main de Frank Nolan.

– Je vous remercie beaucoup, fit-il en tournant sa voiture dans la direction du nord.

Le chien à la queue coupée le suivit jusqu'à la grand-route tout en essayant de mordre sa roue avant.

A environ deux kilomètres, dans la direction du nord, Mason s'arrêta devant une boîte aux lettres au nom de « CAMPO ».

Une vieille Mexicaine, dont le bras droit était en

écharpe, longea lentement le vaste porche d'une maison. Elle ouvrit une porte et disparut.

José Campo s'approcha de la voiture.

– Bonjour... Que puis-je faire pour vous?

– Je me demande si vous me reconnaissez? fit Mason.

– Señor, j'ai déjà vu votre visage quelque part, mais je ne me rappelle pas où.

– Je viens me renseigner au sujet de la femme qui a eu le bras cassé. Je viens de la part d'une compagnie d'assurances.

– Señor, je vous en prie, ne vous occupez pas de ça, fit Campo avec un geste expressif pour le congédier. Ce n'est rien, je n'ai pas porté plainte. Il n'y a pas d'assurance.

– Mais l'autre automobiliste en avait une.

– Non, non, señor. C'est très bien comme ça. Nous ne réclamons rien.

– Comment se remet le bras cassé? demanda Mason.

– Le docteur dit qu'il va bien.

– Qui avez-vous consulté?

– Un médecin de Redlands.

– Pourquoi être allé jusqu'à Redlands?

– Il y a de bons médecins dans cette ville.

– Il y en a même d'excellents, reconnut Mason, mais pourquoi êtes-vous allé si loin?

– C'est elle qui l'a voulu, señor.

– Très bien, concéda Mason, maintenant, parlons du cheval.

– Du cheval... du cheval... ah! oui... c'est le señor qui était sur la route au moment de l'accident. C'est bien ça... le señor Mason. Ah! oui, je me rappelle maintenant.

– Et je voudrais avoir quelques renseignements au sujet du cheval que Callender vous avait demandé de garder, fit Mason.

– Non, non, non, ce n'était pas Callender. C'était l'autre homme.
– Quel autre homme?
– Le gros.
– Vous connaissez la danseuse à l'éventail Chérie Chi-Chi?
– Mais oui. Naturellement. Elle est venue chez nous avec cet homme au sujet du cheval... et on a même eu assez d'ennuis!
– Maintenant, nous allons tirer cela au clair, fit Mason. Commencez par le commencement et dites-moi ce que vous savez.
– C'était le jour de l'accident – un jour malheureux, on peut le dire.
– Qu'est-ce qui s'est passé?
– Ça a commencé quand cet homme et la Chérie Chi-Chi, la danseuse, sont venus au ranch avec le cheval.
– Comment ont-ils amené l'animal?
– Il faisait nuit. Le gros homme montait le cheval. C'est tout ce que je sais.
– Et Chérie Chi-Chi, la danseuse?
– Elle était en voiture et elle conduisait très lentement derrière. Il faisait nuit. D'abord, j'entends le clump, clump, clump, clump du cheval sur le trottoir, puis le bruit du moteur de la voiture qui roule au ralenti. Les phares éclairent ma maison et ces gens-là entrent. Ils sont très gentils et ils me demandent si je peux garder le cheval quelques jours. Ils disent que je dois le laisser dans l'écurie, où personne ne pourra le voir. Ils disent aussi que je dois prendre grand soin de la selle et de la bride.
– Continuez.
– Et ils me paient bien. Oh! vraiment très bien, señor. De ça, je ne peux pas me plaindre.
– Ensuite, que s'est-il passé?

– Ensuite, ce fameux jour, le jour de l'accident...
– Le mercredi 11? demanda Mason.
– C'est ça. Je crois bien que c'est un mercredi. Oui, c'est en effet le 11.
– Qu'est-il arrivé?
– L'homme me téléphone. Il me dit de mettre la selle et la bride au cheval. Il faut qu'il soit prêt.
– Prêt à quoi?
– Ça, je ne sais pas, fit Campo. Il me dit tout simplement de mettre la selle et la bride au cheval dès qu'il fera nuit et de le laisser comme ça.
– Quoi encore?
– Il me dit également que, si des gens me posent des questions au sujet du cheval, je n'ai qu'à répondre qu'il est venu tout seul au ranch, qu'il avait sa selle et sa bride exactement comme il les a en ce moment, que, s'il les a encore à cette heure, c'est que je viens de les lui remettre pour le conduire chez le sheriff, parce que je ne veux pas qu'on me fasse des ennuis.
– Très bien, et ensuite?
– Je mets la selle et la bride au cheval. C'est après que la chose arrive... Pas pendant la nuit, mais le matin.
– Quoi?
– Il est très tôt. Le jour n'est pas encore levé. Les poules font beaucoup de bruit. Il y a un coyote qui est très, très malin. J'ai déjà eu des embêtements avec lui. Chaque fois qu'il vient, c'est longtemps avant le jour.
» Ma tante, Maria Gonzales, elle a le sommeil très léger et elle me réveille. J'entends du bruit dans la basse-cour et je prends le fusil. Je sors par la porte de derrière avec une lampe électrique. Je lève la lampe et je vois les deux yeux du coyote. Je tire.
– Et qu'est-ce qui s'est passé?
– Je manque le coyote, mais le cheval se sauve.

– Où est-il allé?
– Ça, je ne sais pas. Je pense qu'il n'ira sûrement pas loin. Il fait nuit et je suis en train de chasser le coyote. Alors je me dis qu'aussitôt qu'il fera jour je m'occuperai du cheval. On ne peut pas se mettre à chercher un cheval dans la nuit. J'ai manqué le coyote. C'est un diable, celui-là, un malin!
– Alors, vous avez laissé partir le cheval?
– Non, non, señor, je ne l'ai pas laissé partir. Je me suis recouché pour attendre que le jour se lève et me mettre à sa recherche.
– Ensuite, que se passe-t-il?
– Voilà ce qui se passe, expliqua Campo. Cet homme, celui qui avait tout arrangé pour le cheval, je pense qu'il s'appelle Harry... oui, c'est bien ça, il s'appelle Harry. Son autre nom, c'est... ah! oui, je me le rappelle, son autre nom, c'est Cogswell... Harry Cogswell. Il me l'a écrit sur un papier. Harry Cogswell. Oui. C'est bien ça, le nom. Harry Cogswell m'a téléphoné. Il me dit que, dès le lendemain, je dois conduire le cheval au sheriff. Je dois aussi rapporter deux éventails que cette fille a laissés au ranch quand elle y est venue.
– Très bien, fit Mason, parlez-moi des éventails.
– Je demande à Harry ce qu'il faut en faire et il me dit que je dois les porter à Brawley. Le cheval, c'est pour le sheriff, mais maintenant, le cheval, il est parti. Et rien à faire pour le retrouver depuis qu'il fait jour.
» Ce cheval, il reste sur place pendant des heures quand ses rênes traînent par terre. Il reste tranquille, comme s'il était attaché. Je m'attends à le trouver dans le chemin, peut-être près du portail, mais, señor, qu'est-ce que je pouvais faire? Le jour se lève et pas de cheval en vue.
– Bon, qu'est-ce que vous avez fait?
– Alors, je dis à ma tante, Maria Gonzales, d'aller

à Brawley pour porter les éventails à cet homme, Harry, et que, moi, je vais chercher le cheval.

– Est-ce que vous l'avez trouvé?

– Pour ça, non, señor. Je n'ose pas poser de questions, parce que Harry m'a dit que le cheval, c'est un secret, que je dois le garder sans rien dire à personne.

– Vous n'avez pas trouvé de traces?

– Bien sûr que si. Je peux le suivre jusqu'à la route. Je vois la trace de ses rênes qui pendent. Il trouve une barrière ouverte et il se promène dans le pré. Pourtant il n'est plus dans le pré. Il y a une autre barrière ouverte au bout du pré, puis du chaume. Après ça, il y a d'autres routes et je perds sa trace. Plus de cheval. Il est parti.

» Comme je ne peux pas le trouver, je ne sais pas quoi faire. Je pense que je peux le retrouver si j'interroge les voisins, mais est-ce permis de poser des questions aux voisins? Ça, je ne sais pas.

– Continuez, fit Mason.

– Je sais que ma tante Maria va voir cet homme, Harry, et je décide que je dois me dépêcher d'aller voir cet homme, Harry, pour lui demander si c'est permis de poser des questions.

– Alors, que s'est-il passé?

– Je conduis très vite pour rattraper ma tante, Maria Gonzales, et ensuite vous savez le reste. Il y a l'accident. Elle a le bras cassé.

– Et les éventails?

– Je vous jure, señor, que je n'ai pas volé ces éventails. Maria Gonzales non plus. Nous sommes des gens honnêtes. Nous sommes pauvres, mais nous ne sommes pas des voleurs. Ces éventails ont été pris dans la voiture de ma tante. Je vous le jure, señor. Ils étaient dans la malle et ma tante avait eu bien soin de mettre des journaux dans le coffre pour que les éventails ne se salissent pas.

– Que pouvez-vous me dire de Harry?

– Il est très en colère, celui-là. Il pense que j'ai pris les éventails. Il dit que je suis trop paresseux pour surveiller un cheval. Il me fait beaucoup d'ennuis. Il dit qu'il n'est pas permis de poser des questions. C'est un jour terrible, terrible.

– Avez-vous le papier où il avait écrit son nom?

– Non. Je ne l'ai plus.

– Pourriez-vous le retrouver?

– Non, señor. Ce n'est pas possible.

– Vous avez dit que son nom était Harry Cogswell. Vous le reconnaîtriez, si vous le voyiez de nouveau?

– Sûrement, oui.

Mason lui serra la main.

– Je vous conseille de vous rappeler tout ce qui s'est passé, fit-il.

15

Au début de l'après-midi, Mason arrêta sa voiture devant l'hôtel où, la veille, il avait laissé Loïs Fenton.

L'atmosphère de somnolence et d'abandon qui régnait dans ce lieu était celle qui caractérise tous les relais automobiles vers le milieu de la journée. Les voyageurs de la nuit précédente sont partis depuis longtemps, et ceux qui arriveront le soir appuient sur le champignon pour couvrir les nombreux kilomètres qui les séparent encore de l'étape.

Mason, ayant gravi d'une allure preste et légère les quelques marches du petit chalet loué par Loïs Fenton, frappa quelques coups à sa porte.

– Qui est là?
– Mason. Etes-vous dans une tenue décente?
Loïs Fenton lui ouvrit immédiatement.
– Quoi de nouveau? demanda-t-elle.
– Vous avez meilleure mine, constata Mason. Comment avez-vous passé la nuit?
– J'ai dormi par à-coups.
– Donc, pas trop bien.
– Non.
– On va vous arrêter, fit Mason.
– Quand?
– Probablement assez vite. La police est sur la trace de votre cheval. Ils l'auront retrouvé dans quelques heures et vous avec. Peut-être vaut-il mieux que vous rentriez dans la circulation. Agissez comme n'importe quelle femme qui serait dans votre cas, et laissez-les vous cueillir.
– Comment ont-ils trouvé le cheval?
– Ils ont battu la Vallée en tous sens et découvert l'homme qui l'avait en garde.
– Est-ce que Jasper est mêlé à tout ça?
– Je pense que, pour le cheval, je peux les aiguiller sur Irène et son ami, Harry.
– Que voulez-vous que je fasse?
– Vous pourriez commencer par me dire la vérité.
– A quel sujet?
– Au sujet de la chambre que vous avez louée dans le garni d'East Lagmore.
Elle se mordit les lèvres.
– Ne pleurez pas, s'impatienta Mason, parlez.
– Je ne pleure jamais.
– Parlez donc!
– Arthur m'a bien recommandé de ne rien dire à personne, pas même à vous.
– Quand Sheldon a quitté l'hôtel, fit Mason, il est allé dans un garni qui se trouve au 791 d'East

Lagmore. Son nom figure dans le registre. Ce qui me paraît étrange, c'est qu'il s'y soit fait inscrire pendant la journée, bien avant de savoir qu'il aurait à quitter l'hôtel Richmell. Pouvez-vous me donner quelques explications?

Elle fit un signe de tête affirmatif.

– Pourquoi?

Pendant quelques secondes, elle resta silencieuse.

– C'était à cause de Jasper.

– Votre frère?

– Oui. Jasper devait venir en ville. Je voulais lui retenir une chambre. Les hôtels étaient pleins. Arthur a été obligé d'en prendre une qui se trouvait libre dans ce garni. Il l'a retenue à son nom et il a pris la clef. Nous avions l'intention d'y envoyer Jasper, mais, comme Jasper n'est pas venu, eh bien! je suppose qu'Arthur a pensé qu'il pouvait occuper cette chambre lui-même, puisqu'il était obligé de quitter son hôtel.

– Maintenant, fit Mason, et je vous préviens que cette question est importante : êtes-vous jamais allée là-bas, vous?

– Dans ce garni?

– Oui.

– J'y suis allée à 4 heures du matin.

Mason se mit à siffler.

– Voilà donc la chose dont Sheldon vous a recommandé de ne point parler! fit-il au bout d'un instant.

Silencieusement, elle acquiesça d'un air misérable :

– Rien que de penser à ça, je suis malade, Mr Mason...

– Vous étiez avec Sheldon, à cet hôtel?

– Non, non! Pas avec Sheldon. J'ai pris une chambre séparée. Il était possible d'en louer une de la façon suivante : la femme qui tient l'hôtel avait mis un écriteau sur la caisse et...

– Oui, je sais tout ça, fit Mason. Mais, dites-moi, pour quelle raison avez-vous loué cette chambre?

– Je... eh bien!... Arthur m'avait prévenue qu'il voulait me voir.

– Il vous avait donné cette adresse?

– Oui.

– Et que s'est-il passé?

– Arthur m'a dit qu'en arrivant dans sa chambre il avait trouvé quelque chose.

– Quelqu'un, sans doute?

– Non. Quelque chose.

– Un cadavre?

– Non, non... quelque chose d'autre. Quelque chose de terrible.

– Quoi?

– Un de mes éventails.

– Eh bien, quoi?

– Il avait été littéralement trempé dans le sang. C'était... c'était terrible!

– Et Arthur a prétendu qu'il avait trouvé ça dans sa chambre en y entrant?

– Oui.

– Qu'avez-vous fait?

– J'ai pris une chambre dans le même hôtel et je me suis mise au travail pour nettoyer cet éventail dans le lavabo, et enlever quelques-unes des plus vilaines taches.

– Ensuite, qu'est-il arrivé?

– J'ai jeté l'éventail.

– Où?

– Dans un endroit qu'on ne découvrira jamais.

– Un tel endroit n'existe pas, fit Mason.

– Oh! si. Je l'ai caché en dehors de la ville. Je l'ai enterré.

– Où?

– Dans un champ.
– Près de la grand-route?
– Non, j'ai pris un chemin de traverse et je l'ai suivi jusqu'à ce que je trouve un champ. J'ai creusé un petit trou avec une bêche que j'avais dans ma voiture, une petite bêche de jardin, et j'ai enterré l'éventail. C'est tout ce que j'ai à dire.
– Quelle heure était-il?
– Le jour se levait.
– Arthur était-il avec vous?
– Non.
– Arthur avait-il une idée de la raison pour laquelle il y avait du sang sur l'éventail?
– Non.
– Ou sur la façon dont il avait été déposé dans sa chambre?
– Non.
Mason fronça les sourcils. Pendant quelques secondes, il dévisagea Loïs d'un œil scrutateur.
– Savez-vous, demanda-t-il, à quoi s'exposent les petites filles qui mentent à leurs avocats?
– Comment?
– S'il y a meurtre, fit Mason, elles finissent dans le bâtiment des condamnées à mort à San Quentin. Si elles ont la chance d'être jolies, elles peuvent s'en tirer avec plusieurs années de prison. Cela vous plairait-il de passer dix ans dans la prison de Tchachapi? Dix ans de prison, ça serait agréable, n'est-ce pas? Imaginez-vous ce que ça signifie d'être cloîtrée pendant dix ans, sans maquillage? Dix ans à entendre le choc des portes de fer, dix ans d'une existence routinière et monotone. Vous...
– Assez! cria-t-elle. Assez! Mon Dieu, est-ce que vous essayez de me mettre complètement à bout de nerfs?
– J'essaie d'obtenir de vous la vérité.
– Je vous ai dit la vérité.

– Il faut vous ressaisir, fit Mason. Il faut apprendre à regarder les choses en face. Vous allez immédiatement venir avec moi dans ma voiture et nous irons trouver la police, comme si vous veniez d'apprendre qu'ils désirent vous interroger.

– Mais, Mr Mason, fit-elle, prise de panique, je pensais que c'était pour me cacher que vous m'aviez conduite ici, pour que je...

– Je vous ai cachée le temps qu'il fallait à la police pour suivre la fausse piste sur laquelle je les avais engagés, répondit Mason.

– Mais maintenant, cela veut dire que je...

– Exactement, fit Mason. La police a retrouvé la trace du cheval. Ils seront ici d'une minute à l'autre.

– Est-ce que l'affaire se présente vraiment mal pour moi?

– Ou bien vous me mentez, ou bien, c'est Sheldon qui vous a menti et vous êtes joliment stupide d'avoir cru l'histoire qu'il vous a racontée. De toute façon, pour le moment, les choses se présentent si mal pour vous que je ne veux pas courir le risque d'aggraver votre cas. Vous ne pouvez plus vous cacher. Vous ne devez à aucun prix chercher à fuir. Il faut aller vous présenter à la police. Ils vous laisseront parler, mais faites en sorte qu'ils ne vous prennent pas à mentir. Racontez-leur votre histoire jusqu'au moment où vous avez quitté Callender, à 2 heures du matin; ensuite, niez tout et bouclez-la.

– Il n'y a pas d'autre façon d'en sortir? Rien d'autre que je puisse faire?

– Non.

– Très bien, fit-elle. Je vais mettre mon manteau, mon chapeau, et me maquiller.

– Vous êtes parfaitement bien comme ça, répliqua Mason.

– Non, je... Cela ne me demandera pas plus d'une minute.

Elle se dirigea vers la salle de bains. Quand elle eut fermé la porte, elle cria :

– Vous trouverez un journal du matin sur la table, Mr Mason.

Mason prit le journal et s'installa dans un fauteuil. D'abord, il jeta un coup d'œil rapide sur les titres des articles. Il lut les histoires drôles et s'arrêta finalement à la rubrique des sports. Quand il eut examiné la chronique du base-ball et parcouru la page financière, il regarda sa montre-bracelet.

– Dites donc, Loïs, dépêchez-vous! cria-t-il.

Aucune réponse ne lui parvenant de la salle de bains, Mason se leva pour aller frapper à la porte.

La pièce était vide, mais la fenêtre, dont l'écran métallique avait été enlevé, bâillait, grande ouverte. Dehors, il y avait des traces laissées par deux talons sur le sol humide.

L'avocat revint dans l'autre pièce. Il prit son chapeau et sortit en ayant soin de refermer la porte derrière lui, puis il se dirigea vers l'endroit où il avait laissé sa voiture.

La voiture avait disparu. Mason dut marcher pendant près d'un kilomètre avant de trouver un poste d'essence et un téléphone. Il appela son bureau :

– Allô, Della, fit-il, que diriez-vous d'emprunter une voiture à Paul Drake et de venir me chercher?

– Où êtes-vous?

Mason lui donna l'adresse.

– Qu'est-il donc arrivé à votre voiture?

– Elle a été volée.

– Où est votre cliente?

– Pour autant que je sache, elle est dans ma voiture.

– J'arrive, fit gaiement Della. Tenez bon.

16

Della Street regarda Mason d'un œil malicieux. Elle ouvrit la portière, puis elle glissa de côté sur le siège pour que Mason pût s'installer au volant.

– Douloureux? demanda-t-elle.

– Moralement douloureux, avoua-t-il. Bon Dieu! voilà ce que c'est que de faire confiance aux femmes!

– Etait-il nécessaire de la cacher?

– Je le croyais. J'essayais de lui faire gagner du temps. Je pensais que, si le sergent Dorset réussissait à mettre la main sur Irène Kilby d'abord, il convoquerait des témoins pour l'identifier. Il y avait alors de fortes chances pour que les témoins tombent dans le panneau et la reconnaissent comme... En tout cas, maintenant, c'est foutu.

– Qu'allez-vous faire?

– Ce que je vais faire? Je vais dire à Loïs Fenton de se chercher un autre avocat, répliqua-t-il d'un ton indigné. Moi, je ne marche plus!

– Comment a-t-elle fait son coup, patron?

– Elle est allée dans la salle de bains et elle a fichu le camp par la fenêtre. Comme j'avais laissé mes clefs dans la voiture, il lui a suffi de monter dedans et de filer.

– L'idée ne vous est pas venue à l'esprit qu'elle pouvait faire une chose pareille?

– Fichtre non! Quelle raison avait-elle d'agir ainsi? J'étais en train de me démener comme un beau diable pour elle afin de lui donner des directives. Si elle n'appréciait pas mes conseils, elle n'avait qu'à le dire. Si elle voulait s'enfuir, elle n'avait qu'à passer par la porte. Elle s'est conduite comme si j'avais essayé de l'arrêter, moi!

– Est-elle coupable, patron?

Mason allait répondre, mais il se ravisa et garda le silence.

– Qu'allez-vous faire au sujet de la voiture? demanda Della au bout d'un instant. Allez-vous déposer une plainte pour vol?

– Non, je ne vais pas lui faire ça. Il faut que je lui laisse le temps de se retourner. Elle va probablement me donner signe de vie dans la journée pour m'annoncer que ma voiture est à Oxnard, à Ventura, à Santa Barbara, à Bakersfield, ou ailleurs, et je lui dirai qu'elle peut disposer de la provision d'argent qui m'a été versée à son nom pour la remettre à un autre avocat.

– Direz-vous à Paul Drake qu'elle vous a volé votre voiture?

– Je ne dirai rien à personne. Avisez tout simplement Paul que je renonce à m'occuper de cette affaire. Dites-lui de rappeler ses hommes. Et tenons-nous-en là. Je vais au bain turc. Prévenez Paul que nous lui avons ramené sa voiture et remerciez-le.

– Lui dirai-je où vous êtes?

Mason secoua la tête.

– Dites-lui simplement de rappeler ses hommes. J'abandonne l'affaire. Qu'elle aille au diable!

Il arrêta la voiture et descendit devant son club. Della se glissa sur les coussins pour prendre le volant. Tandis que Mason l'observait, elle lui décocha un regard malicieux.

– Je sais, fit-il en riant, c'est drôle! Moi-même, j'apprécierai tout le côté comique de la situation lorsque je reviendrai au bureau à 5 heures. D'ici là, vous serez la seule à penser que c'est une bonne plaisanterie. Au revoir.

Elle lui envoya un baiser. Mason traversa le trottoir d'un pas lourd. Il pénétra dans son club et dit au portier :

– Pourquoi diable, lorsqu'un homme s'est fait rouler par une femme, y en a-t-il une sur deux qui commence à lui témoigner de l'affection, parmi toutes celles qu'il connaît?

– J'pourrais pas vous dire, m'sieur, répondit le portier.

– Aucun homme ne voudrait l'avouer, répliqua Mason, mais je parie que c'est parce que, dans leur for intérieur, elles classent le type dans la catégorie des poires.

– Y a peut-être bien du vrai dans ce que vous dites, m'sieur!

– C'est probable, fit Mason comme il entrait dans l'ascenseur.

Deux heures plus tard, Mason somnolait et jouissait de la détente que procurent un bon bain turc et un massage, lorsque le garçon vint l'avertir qu'on le demandait au téléphone :

– C'est votre secrétaire et elle dit que c'est important.

Mason secoua l'agréable torpeur dans laquelle il avait été plongé par son demi-sommeil pour se diriger immédiatement vers le téléphone.

– Vous avez vu le journal du soir, patron? demanda Della d'une voix que l'excitation faisait vibrer.

– Non.

– Il vient juste de sortir. Vous feriez bien de vous en procurer un tout de suite et de venir au bureau.

– Qu'est-ce qui se passe? demanda Mason.

– Je vais vous lire les manchettes : UNE FEMME SUSPECTÉE DE MEURTRE FUYAIT DANS L'AUTOMOBILE D'UN AVOCAT. ELLE EST ARRÊTÉE. L'AVOCAT POURRAIT ÊTRE INCULPÉ COMME COMPLICE. DES TÉMOINS AFFIRMENT QUE LA SUSPECTE AURAIT ÉTÉ LA DERNIÈRE A AVOIR VU CALLENDER VIVANT.

– Ça suffit, Della. Inutile de continuer. J'arrive.

17

Mason, Della Street et Paul Drake conféraient d'un air lugubre, bien après l'heure de fermeture des bureaux.

– Ils ont des charges accablantes contre elle, fit Drake, et le juge d'instruction ne va pas manquer de vous mettre en cause, si vous n'essayez pas de vous entendre avec lui.

– M'entendre avec lui ? De quelle façon ?

– Ils vont l'inculper.

– D'homicide ?

– A mon avis, de meurtre.

– Et après ?

– Ils ont des preuves à revendre. C'est la seule chose à faire, Perry.

– Quelles preuves ont-ils donc, Paul ?

– Des masses de preuves, Perry. Des témoins l'ont reconnue comme étant la femme qui s'est présentée à l'hôtel vers 2 h 20. Le détective de l'hôtel peut jurer que Callender était vivant à ce moment-là, puisque, après avoir lui-même demandé la communication téléphonique, il a de ses propres oreilles entendu Callender répondre : « Allô ». Ce n'est qu'après cela qu'il a tendu l'appareil à la danseuse.

» Elle avait des mobiles à revendre. Elle essayait de protéger son frère. La police l'a retrouvé. C'est un jean-foutre. Il leur a signé une déclaration. Toute son histoire, il l'a racontée à la police en sanglotant. Pendant un certain temps, il avait travaillé pour John Callender. Il avait détourné de l'argent et signé de faux chèques. C'est un gosse faible et qui joue aux courses.

– Je sais déjà tout ça, fit Mason.

– Oui, mais voici quelque chose que vous ignorez. Tandis que Callender essayait pour la seconde fois de mettre le grappin sur Loïs, Fenton avait des idées, lui aussi! Donc, le voilà qui se met à fumer une ou deux cigarettes de marijuana et, quand il se sent bien gonflé, il décide d'aller chez Callender, de dévaliser le coffre-fort et de récupérer le document qui l'accable. Il connaissait la combinaison du coffre, puisqu'il avait travaillé chez Callender. Le jeune Fenton savait bien qu'il ne pourrait pas empêcher le chien d'aboyer ni d'échapper à la vigilance du gardien sans recourir à un subterfuge. Il a donc pris le cheval de sa sœur pour pénétrer dans le ranch pendant la nuit. Callender était un homme de cheval et il avait chez lui des invités qui montent quand cela leur dit : donc un homme pénétrant à cheval dans la propriété n'attirerait pas l'attention. C'est ce que pensait le jeune Fenton, en tout cas.

– Très bien, fit Mason. Donc, il a essayé de voler certains papiers, mais il n'y a pas réussi.

– En effet, il n'y est pas arrivé. Il s'est fait repérer par le veilleur de nuit qui lui a hurlé de s'arrêter, puis lui a tiré dessus. Il l'a manqué de peu. La balle a effleuré la croupe du cheval et s'est logée dans la selle.

– Fenton a-t-il reconnu tout ça?

– Une minute, vous ne savez encore rien.

– Allez-y.

– Ensuite, Fenton a été pris de panique. Il redoutait de ramener le cheval à sa sœur, car il se rendait compte que la balle dans la selle constituait une charge. Alors il s'est engagé dans une autre direction que celle qu'il devait prendre. Au bout d'un certain temps, il est descendu de cheval. Il l'a planté là, puis il est rentré à pied, comme un brave, jusqu'à Brawley.

– Charmant jeune homme, et malin avec ça! fit Mason.

– Oh! diablement malin!

– Et ensuite?

– Callender avait donné rendez-vous à Jasper Fenton, qu'il attendait au Richmell.

– A quelle heure?

– Le gosse devait s'y présenter à 2 heures. Il est arrivé en retard, car il avait besoin de boire quelques verres. Le temps d'ouvrir la porte et de voir le cadavre de Callender sur le tapis, et le voilà qui se tire. Il a eu tellement peur qu'il n'a pas osé prévenir la police avant le lendemain. C'est un pauvre type, une mauviette. Faulkner reconnaît en lui l'homme qui n'a fait qu'entrer et sortir de la chambre de Callender.

– Est-ce que le gosse aurait pu tuer Callender, Paul?

– Diable, Perry, il n'en a pas eu le temps; si nous n'avions pas eu cet homme surveillant le corridor, son compte était bon. La police n'aurait pas manqué de l'accuser du crime et le gosse n'aurait jamais réussi à se disculper. Mais en tout il n'est pas resté plus de dix secondes dans la chambre.

– Il ne faut pas longtemps pour planter un sabre dans une poitrine!

– Non, mais il faut un certain temps pour trouver une arme si vous n'en avez pas sous la main. Une chose est sûre, c'est qu'il n'aurait pas pu entrer dans la chambre de Callender, tourner autour de lui, se saisir d'une arme qu'il aurait trouvée là opportunément et l'enfoncer dans la poitrine de Callender. C'était le sabre de Callender. Il l'avait apporté avec lui en venant à l'hôtel.

– Et que dit la police?

– Des choses évidentes, Perry. C'est mathématique. Loïs Fenton essayait de protéger son frère. Elle avait épousé Callender et tenté de vivre avec lui, tout en sachant que ça ne marcherait pas. Ensuite elle aurait préféré faire n'importe quoi plutôt que de remettre ça. Très bien. Elle va donc voir Callender, qui remet probablement les vieilles histoires sur le tapis une fois de plus. Il la menace de porter plainte dès le lendemain matin, et tout ce qui s'ensuit. Une idée germe dans le cerveau de Loïs. Elle a vu le sabre de Callender dès son arrivée dans sa chambre. Elle...

– Une seconde, interrompit Mason. Etes-vous sûr que ce soit le sabre de Callender?

– Sans aucun doute. Il l'avait rapporté avec lui de son ranch. Peut-être avait-il l'intention de le vendre, de le faire réparer, ou que sais-je encore. En tout cas, il l'avait apporté avec lui. Le portier s'en souvient. L'employé de la réception se souvient également qu'il l'avait au moment de son arrivée à l'hôtel. Ce sabre lui appartenait, il était posé sur la table.

– Et vos filatures, vous ont-elles conduit quelque part?

– Rien de probant. Sheldon a quitté l'hôtel meublé, il a pris un autobus pour San Diego, puis il a frété un avion pour Nogales. Mon homme ne voulait pas faire la dépense, alors il m'a téléphoné. J'ai immédiatement chargé un gars de Tucson d'aller l'attendre à l'aéroport. Mais Sheldon avait pris le large. Comme son avion avait dû s'arrêter pour faire le plein d'essence, Sheldon était descendu pour se dégourdir les jambes sur le terrain. Depuis, on ne l'a pas revu. Son manteau et sa valise étaient restés dans l'avion. Naturellement, la police a été immédiatement prévenue et elle est en ce moment à sa recherche.

– Et la fille Chérie Chi-Chi?

– Pour elle, ç'a été du billard. Un de mes hommes l'a suivie quand elle est sortie d'ici. Elle est allée dans son appartement, où elle est restée un instant, puis de là chez Barlow, son agent théâtral. C'est là que le sergent Dorset l'a embarquée. Il l'a emmenée à toute allure, en faisant fonctionner sa sirène, si bien que mon homme a été obligé d'abandonner, car il ne pouvait pas le suivre. Apparemment Dorset l'a conduite chez le juge d'instruction ou à la sûreté générale. Il faut croire que ce qu'elle leur a raconté tenait debout, car ils l'ont relâchée; mais elle n'est pas encore de retour à son appartement. On le surveille pour la prendre de nouveau en filature quand elle rentrera.

– Très bien, fit Mason. Donc, il n'y a encore aucune charge décisive contre personne.

– Mais si, Perry. Rappelez-vous! Lorsque Loïs Fenton s'est présentée à l'hôtel à 2 h 23, le détective l'a interrogée. Elle lui a répondu qu'elle allait voir Callender. Il l'a obligée à lui téléphoner pour qu'il l'autorise à monter. Tout se résume à ceci. A 2 h 23, Callender était vivant. A 2 h 34, il était mort. Entre 2 h 23 et 2 h 34, il n'y a eu qu'une seule personne dans la chambre de Callender : votre cliente, Loïs Fenton. Elle a eu largement le temps de se disputer avec lui, de prendre le sabre et de le lui plonger dans la poitrine. Et voilà.

– Est-ce que Loïs a été identifiée?

Drake fit un signe de tête affirmatif.

– Ils n'ont pas identifié l'autre danseuse?

– Ne soyez pas stupide, Perry. Le lieutenant Tragg est un gars à qui on ne la fait pas et qui connaît son boulot. Je ne sais pas ce qui s'est passé quand le sergent Dorset a embarqué Chérie Chi-Chi. Je ne sais pas ce qu'elle lui a dit. Mais ce dont je suis sûr, c'est que la personne qui a été identifiée par les témoins est Loïs Fenton. Et c'est bien Loïs Fenton qui est inculpée de meurtre.

– A-t-on relevé des empreintes sur le sabre? demanda Mason.

– Non, elle a eu suffisamment de présence d'esprit pour essuyer la poignée. Je vous le répète, Perry, il vous faudra plaider l'affaire. Vous ne pouvez pas y couper.

– Et Sheldon?

– Callender était vivant après le départ de Sheldon.

– Comment Sheldon savait-il qu'il était mort quand il a mis l'écriteau : NE PAS DÉRANGER sur la porte?

– Le meurtre a sûrement été prémédité, Perry. Autrement, comment Sheldon aurait-il pu savoir que Callender était mort? Il devait connaître les intentions de Loïs. Après 1 h 30, il n'y a eu aucun appel téléphonique pour sa chambre ni de sa chambre. Les employés du standard sont formels. Allez-vous plaider qu'elle est coupable de meurtre non prémédité, Perry?

– Non, à moins qu'elle ne se reconnaisse coupable, fit Mason d'un air sinistre. Elle est ma cliente maintenant. Le fait qu'elle se soit fait prendre alors qu'elle s'enfuyait dans ma voiture me lie à elle. Je suis embringué avec elle, mais tant qu'elle sera ma cliente, je jouerai son jeu.

– Ne pourriez-vous pas signaler à Tragg qu'elle avait volé votre voiture, Perry?

Mason se mit à rire sans conviction. Après un silence, Paul Drake reconnut :

– Oui, je me mets à votre place, Perry.

Mason se leva.

– Bon, je ne la laisserai pas tomber. Vous venez, Paul ?

18

La salle d'audience était chargée d'électricité. Il y régnait un tel silence que le bruit d'une simple toux prenait une ampleur disproportionnée.

– Messieurs, l'accusée est dans la salle, fit le juge Donahue. Un jury a été choisi pour juger l'affaire. L'acte d'accusation a été lu par le district attorney. La défense veut-elle prendre la parole dès à présent ?

– Non, Votre Honneur, fit Mason. Nous nous réservons d'exposer les faits au moment du plaidoyer.

– Bien. Le district attorney va donc faire appeler le premier témoin.

– Le Dr Jackson Lambert, annonça Burger.

Le Dr Lambert vint à la barre.

– En vertu du droit de contre-interrogation, fit Mason, nous ferons préciser au Dr Lambert les conclusions de son rapport.

– Très bien, fit Burger. Docteur Lambert, vous êtes-vous livré à un examen *post mortem* sur le corps de John Callender ?

– Oui, monsieur.

– Lorsque vous avez été en présence du cadavre, voulez-vous nous expliquer la position et l'état dans lesquels vous l'avez trouvé ?

– Le corps était à demi couché sur le côté droit,

répondit le Dr Lambert. Un sabre avait été enfoncé dans le thorax de la victime, et si profondément qu'environ dix centimètres de lame ressortaient dans le dos. Cette lame avait traversé la poitrine de part en part. Je parle de ce que j'ai constaté à première vue.

– Continuez, docteur.

– Je me suis donc livré à l'examen *post mortem* du défunt. La mort avait été causée par l'introduction de la lame du sabre. D'après la température du corps, de la pièce, le temps que met un cadavre à se refroidir et plusieurs autres facteurs, la mort pouvait avoir eu lieu entre 1 h 30 et 3 heures, dans la matinée du 17 septembre.

– Maintenant, docteur avez-vous trouvé des substances étrangères près de la blessure ou dans le thorax?

– Oui.

– Quoi?

– J'ai trouvé des fragments de plume. Peut-être puis-je donner quelques explications. Une plume est composée de différentes parties. Il y a une tige centrale dont la base est creuse. De chaque côté de cette tige, il y a des éléments qui sont appelés barbes. Ces barbes se divisent en barbules, qui se divisent à leur tour en barbicelles. On voit, sous le microscope, que ces barbicelles possèdent des crochets qui les retiennent à d'autres barbules et barbicelles, de sorte que la plume présente une certaine homogénéité.

» Au cours de mon examen, j'ai trouvé des fragments de barbes de plume d'autruche ainsi que des barbules et des barbicelles en quantité suffisante pour affirmer que j'étais en présence de fragments d'une plume d'autruche.

– Avez-vous ces particules avec vous, docteur?

– Oui, je les ai.

– Comment les avez-vous conservées?
– Dans un tube à essai rempli d'alcool.
Le docteur sortit un petit tube de sa poche et le tendit au juge d'instruction.
– Donc, voici les plumes et les fragments de plume que vous avez prélevés sur la victime?
– C'est exact.
– Nous demandons que ceci figure au dossier des pièces à conviction sous le numéro un, fit Burger.
– Aucune objection? demanda le juge Donahue à Mason.
– Aucune objection, Votre Honneur.
– Avez-vous remarqué quelque chose d'autre, docteur?
– Les mains de la victime, reprit le médecin, étaient crispées autour du sabre à la lame tranchante comme un rasoir. Elles étaient profondément sectionnées par le tranchant de cette lame. L'un des deux yeux était entrouvert, l'autre fermé. Le corps était entièrement vêtu. Une assez forte hémorragie externe s'était produite par la plaie du dos, mais l'hémorragie interne avait été beaucoup plus importante.
– La mort a-t-elle été instantanée?
– Pratiquement instantanée.
– La parole est à la défense, annonça Burger.
Mason secoua la tête, comme s'il se désintéressait totalement du sujet.
– Je n'ai pas de questions à poser, fit-il. Dans sa déposition, je suis sûr que le docteur décrit la situation telle qu'il l'a vue.
Hamilton Burger ne dissimula point sa surprise.
– Vous n'avez pas de questions à poser? demanda-t-il.
– Aucune question, répondit Mason en souriant, et le ton de ses paroles semblait impliquer que la

présence des fragments d'une plume d'autruche sur le cadavre n'avait, après tout, aucune importance.

– Votre Honneur, reprit Hamilton Burger, il y a un témoignage que je voudrais entendre dès maintenant, car il s'apparente à celui du Dr Lambert. Je ne m'en tiens peut-être pas à l'ordre qui a été prévu pour la comparution des témoins, mais je voudrais entendre cette déposition à la suite de laquelle je poserai d'autres questions au Dr Lambert. Puis-je procéder à l'interrogatoire de ce témoin ?

– Vous dirigez les débats, fit le juge Donahue, menez-les à votre guise. Je ne pense pas qu'il y ait une loi qui interdit de modifier l'ordre dans lequel les dépositions doivent être faites, excepté dans le cas où il s'avère indispensable de prouver le *corpus delicti* avant d'envisager l'affaire sous d'autres aspects. Et même dans ce cas, en l'absence d'objections, les témoignages peuvent être entendus et rapprochés ultérieurement.

– Très bien, je voudrais faire appeler Freeman Gurley.

Freeman Gurley, vêtu d'une combinaison de travail et d'un pull-over, s'avança vers la barre des témoins avec l'allure nonchalante et paisible d'un homme qui vit au plein air.

Gurley répondit rapidement aux questions préliminaires qui lui furent posées sur son âge, sa profession et son lieu de résidence. Il expliqua, d'ailleurs sans nécessité, vu les vêtements qu'il portait, qu'il exploitait une ferme.

– Dites-nous, enchaîna Hamilton Burger d'un air triomphant, avez-vous déjà vu l'accusée, la jeune femme qui est assise derrière son avocat et à la droite du sheriff ?

– Oui, monsieur, je l'ai déjà vue.

– Quand ?

– Le matin du 17 septembre.

– Où était-elle?
– A la limite sud-est de mon ranch.
– Je voudrais me rendre compte de ce qu'est votre ranch d'une façon précise. J'ai ici une carte que nous examinerons minutieusement un peu plus tard, mais, entre-temps, voyons-en les grandes lignes, car je désire vous poser quelques questions.
– Bien, monsieur.
Burger déroula une carte.
– Reconnaissez-vous ce qu'elle est censée représenter?
– Oui, monsieur.
– Que montre-t-elle?
– Voici mon ranch, la maison. La route et la clôture y sont également indiquées, ainsi que la grange. Il y a aussi l'emplacement des arbres et celui du corral près de la grange.
– Donc, ceci est censé représenter le ranch où vous viviez le matin du 17 septembre?
– C'est exact.
– Cette carte a-t-elle l'apparence de l'exactitude?
– Oui, monsieur.
– Maintenant, vous avez déclaré avoir vu l'accusée à la date déjà mentionnée?
– Oui.
– Que faisait-elle?
– Elle conduisait une voiture.
– Nous allons pendre cette carte au tableau, fit Hamilton Burger. Avancez-vous et montrez-nous sur la carte les emplacements dont vous parlerez. Allez-y.
La carte fut suspendue et Gurley reprit :
– C'est par ici qu'elle a stoppé sa voiture.
– Bien. Montrez le point précis sur la carte.
– Elle est descendue. Elle a regardé autour d'elle,

puis elle a ouvert la portière gauche de la voiture et en a sorti une bêche.

– Qu'a-t-elle fait ensuite?

– Elle en a retiré autre chose; mais je ne pouvais voir ce que c'était. On aurait dit une sorte de caisse noire...

– De la forme et de la dimension d'un étui à violon? demanda Burger.

– Cette question est tendancieuse et suggestive, protesta Mason. Je demande à la cour que le témoin dise ce qu'il a vu et non ce que le district attorney désire qu'il ait vu.

– Accordé, fit le juge Donahue. La cour rappelle aux avocats qu'il y a vice dans le seul fait de poser une question tendancieuse. Rejeter une question suggestive ne signifie réellement plus rien, car à ce moment-là l'idée a déjà été implantée dans l'esprit du témoin. Donc, je demande que le conseil s'abstienne de poser des questions tendancieuses, sauf au moment du contre-interrogatoire ou lorsque de semblables questions seront autorisées. Continuez, Mr Burger.

– Je m'excuse, Votre Honneur, fit Burger. Pouvez-vous décrire cet objet noir, Mr Gurley?

– Eh bien! c'était une espèce de caisse; quelque chose comme un étui à fusil; pourtant ça n'en était pas un, car ça n'en avait pas la forme et c'était noir.

– Très bien. Et que s'est-il produit?

– Cette jeune femme a lancé ces objets par-dessus la clôture, puis elle a relevé sa jupe.

– Ensuite?

– Elle a escaladé la clôture de barbelés.

– Qu'entendez-vous par là quand vous dites : « Elle a escaladé la clôture »?

– Elle a posé les mains sur l'extrémité d'un poteau de bois et elle a grimpé sur les fils de fer

barbelés, exactement comme s'il s'agissait d'une échelle. En arrivant au dernier fil, elle a pris son élan et elle a sauté de l'autre côté.
– Ensuite, qu'a-t-elle fait?
– Elle a ramassé la caisse et la bêche. Puis elle s'est mise à creuser un trou. Elle a sorti quelque chose de la caisse, elle l'a déposé dans le trou qu'elle a recouvert de terre, puis elle est retournée vers l'automobile.
– Ensuite?
– Elle a remis la bêche et l'étui dans la voiture. Elle est montée dedans et elle est partie.
– Qu'est-ce que vous avez fait?
– Après son départ, je me suis rendu à l'endroit où elle avait creusé le trou pour regarder ce qu'elle y avait enterré.
– Et qu'est-ce que vous avez trouvé?
– Un éventail de plume d'autruche qui avait été trempé dans le sang et...
– Une minute, une minute, fit Hamilton Burger, ne déposez pas comme un expert, Mr Gurley. Vous ne savez pas que l'éventail avait été trempé dans le sang, c'est l'affaire des médecins de déterminer cela. Dites-nous simplement ce que vous avez trouvé.
– Eh bien! j'ai trouvé un éventail.
– Qu'en avez-vous fait?
– J'ai téléphoné au bureau du sheriff et je l'ai informé de ma trouvaille. Le sheriff est venu avec un homme et a pris l'éventail.
– Cet homme est-il le lieutenant Tragg, de la brigade criminelle métropolitaine?
– Je crois que oui, monsieur. On me l'a présenté comme le lieutenant Tragg.
– Reconnaîtriez-vous l'éventail si vous le voyiez de nouveau?
– Oui, monsieur.
– Avez-vous fait quelque chose à cet éventail

avant de le remettre au lieutenant Tragg et au sheriff?

– Si je lui ai fait quelque chose? Non.

– Voilà ce que je veux dire : avez-vous fait quelque chose qui vous permette de le reconnaître?

– Ah! oui, sur le conseil du lieutenant Tragg, j'ai tracé mes initiales dessus.

Hamilton Burger fit une sorte de plongeon sous la table du conseil et produisit un long étui duquel il extirpa un éventail qu'il tendit au témoin.

– Avez-vous déjà vu cet objet?

– Oui, monsieur, c'est l'éventail que j'ai déterré, mes initiales sont dessus.

– Votre Honneur, fit Burger, je reviendrai sur cet éventail ultérieurement. Je désire qu'il figure au dossier des pièces à conviction sous le numéro deux. (Puis il se tourna vers Perry Mason, qu'il interpella d'une voix mordante :) Vous pouvez interroger le témoin.

Mason se dirigea vers la carte :

– A quelle échelle est cette carte? fit-il. Ah! oui – voyons... mesurons ceci... Il semble qu'il y ait un peu plus de trois cents mètres de la maison à l'endroit où l'éventail a été enterré. Est-ce exact?

– Oui, environ deux cent quatre-vingts mètres.

– Ainsi vous avez pu voir le visage de l'accusée à une distance de deux cent quatre-vingts mètres?

Hamilton Burger se tourna vers le jury avec un large sourire triomphant.

– Oui, monsieur, fit le témoin.

– Avez-vous une vue exceptionnelle, meilleure que celle de la plupart des gens? demanda Mason.

– Non, je ne crois pas.

– Alors, comment avez-vous pu voir si précisément l'accusée à cette distance?

– Avec des jumelles, fit le témoin.

Hamilton Burger renversa la tête et se mit à rire d'une manière ostensible.

Mason ne broncha pas.

– Bon! fit-il comme s'il s'était attendu à cette réponse, vous aviez des jumelles. Alors vous dites que cet incident s'est produit de bonne heure le matin?

– Oui, monsieur.

– Le soleil était-il levé?

– Eh bien!... le soleil était juste... je ne peux pas dire que le soleil était levé.

– C'était donc avant le jour?

– Oui.

– Et ces jumelles diminuent sept fois la distance de l'objet?

– C'est exact. Si je comprends bien les choses, on peut dire qu'un objet placé à trois cent trente mètres en chiffre rond a l'air d'être à environ quarante-cinq mètres.

– Si toutefois les conditions de visibilité sont parfaites et en ne tenant pas compte de la quantité de lumière qui est absorbée par la lentille elle-même, fit remarquer Mason.

– En tout cas, je pouvais la voir suffisamment bien pour la reconnaître. Je l'ai vue aussi nettement qu'en plein jour.

– Et vous l'avez observée pendant qu'elle enterrait l'éventail?

– Oui.

L'assistance put se rendre compte que Burger riait, car il déplaçait son fauteuil tournant, s'amusant ouvertement de ce contre-interrogatoire.

– Vous étiez levé, vous vous prépariez sans doute à vous rendre à votre travail? demanda Mason.

– Oui.

– Où étiez-vous? Dans la cuisine ou dans...

– Dans la cuisine.

– Vous aviez pris votre petit déjeuner ou vous étiez en train de le faire?

– Je venais juste de finir.

– Vous êtes marié?

– Oui, monsieur.

– Votre femme était-elle dans la cuisine?

– Oui, monsieur.

– Maintenant, pensez-vous faire admettre au jury, fit Mason d'un ton accusateur, que pendant que vous regardiez toutes ces allées et venues à travers vos jumelles, votre femme ne vous a pas demandé à les prendre et que vous avez été assez égoïste pour ne pas la laisser regarder ce qui se passait?

– Elle a regardé pendant un certain temps, fit le témoin après avoir marqué une légère hésitation.

– C'est-à-dire?

– Elle les a prises quand la fille a escaladé la clôture.

– Oh! oui, fit Mason, et vous les a-t-elle rendues?

– Oui.

– Quand?

– Au bout de quelques secondes.

– Vous avez vu la fille sauter par-dessus la clôture?

– Oui.

– Et alors votre femme a pris les jumelles?

– Oui, monsieur.

– Qui avait les jumelles pendant que la fille creusait le trou?

– Ma femme.

– Qui avait les jumelles pendant que la fille ouvrait l'étui?

– Ma femme.

– Qui avait les jumelles pendant que la fille mettait ce qu'elle avait sorti de l'étui dans le trou?

– Encore elle.
– Qui avait les jumelles pendant que la fille bouchait le trou?
– Toujours elle.
– Qui avait les jumelles quand la fille est revenue vers la clôture?
– Moi.
– Qui avait les jumelles quand la fille a relevé sa jupe et sauté la barrière une seconde fois?
– Ma femme.
– Qui avait les jumelles quand la fille est montée dans la voiture et s'est éloignée?
– Moi.
– Alors comment pouvez-vous témoigner, fit Mason, au sujet de ce que la fille faisait quand elle mettait quelque chose dans ce trou? Comment pouvez-vous affirmer qu'elle avait retiré quelque chose de l'étui noir?...
– Pendant tout le temps que ma femme avait les jumelles, elle me racontait ce qu'elle voyait.
– Donc, vous êtes en train de témoigner au sujet de ce que votre femme vous a dit.
– Bien sûr.
Hamilton Burger cessa de rire.
– Je demande qu'on élimine de la déposition tout ce qu'il a déclaré au sujet de la jeune femme sortant un objet d'un étui et le déposant dans un trou creusé dans le sol, car il est avéré maintenant que ce témoignage ne repose que sur des ouï-dire, conclut Mason.
– Je crains que la cour ne soit obligée d'accorder cette requête, Mr Burger, dit le juge Donahue.
– Une seconde, fit Burger au désespoir. Puis-je poser quelques questions directes?
– Sans doute afin d'essayer de voir plus clairement la situation qui vient d'être exposée?
– Oui, Votre Honneur.

– Apparemment, Mr Burger, fit le juge Donahue, la requête de la défense est justifiée. Les parties du témoignage dont le conseil demande le retrait sont nettement des témoignages par ouï-dire. La requête doit être accordée. Maintenant, vous avez la possibilité par votre interrogatoire de faire préciser des faits nouveaux ou des faits susceptibles d'apporter des éclaircissements.

– Très bien, Votre Honneur, répondit Hamilton Burger d'un ton âpre et ne faisant aucun effort pour cacher le dépit que lui causait le tour pris par les débats. Mr Gurley, pendant que votre femme avait les jumelles, que faisiez-vous?

– Je me tenais à côté d'elle et j'écoutais ce qu'elle disait.

– Il ne s'agit pas de savoir si vous écoutiez ou non ce que disait votre femme, répliqua-t-il d'un ton hargneux. Dites-moi où vous vous trouviez.

– Juste derrière elle.

– Et elle était à la fenêtre?

– Oui.

– Donc, vous pouviez regarder par la fenêtre et voir ce qui se passait?

– Oui.

– Donc, vous avez vu cette jeune femme vous-même...

– Un moment! interrompit Mason. Voici que vous posez de nouveau des questions tendancieuses.

– C'est exact, concéda le juge Donahue, je crois qu'il est essentiel que l'avocat général veille à ne pas diriger les réponses du témoin.

– Très bien, riposta Burger, qu'avez-vous fait?

– J'ai regardé par la fenêtre.

– Qu'avez-vous vu?

– Ce qui se passait.

– Donc, vous n'avez pas témoigné sur des ouï-dire, fit Burger. Votre témoignage porte sur ce que vous avez vu, est-ce exact?

– C'est exact.

– Donc, vous l'avez vue...

– Je vous en prie, n'orientez pas les réponses du témoin, fit sèchement le juge Donahue.

– Bien. Qu'avez-vous vu?

– Eh bien! je l'ai vue faire tout ce que j'ai raconté.

Burger se tourna vers Mason.

– Maintenant, vous avez de nouveau la parole, si vous le désirez, fit-il d'une voix tranchante.

– Vous vous teniez derrière votre femme? demanda Mason.

– Oui.

– Vous regardiez par-dessus sa tête?

– Oui.

– Pendant que vous n'aviez pas les jumelles, vous regardiez les gestes de cette jeune femme à une distance de plus de trois cents mètres?

– Non, disons un peu moins de trois cents mètres.

– Nous n'avons qu'à mesurer sur la carte, fit Mason.

Il sortit une règle de sa poche, mesura la distance d'après l'échelle de la carte et annonça :

– Je trouve trois cent quarante mètres.

– Je ne pensais pas que c'était si loin!

– La carte le prouve, et vous avez reconnu qu'elle était exacte, ce qui est également mon avis. Admettons que la distance ait été de trois cent quarante mètres, en tout cas d'au moins trois cent trente mètres. Vous dites que vous regardiez ce qui se passait avant le lever du jour à une distance de plus de trois cents mètres?

– Oui.

– De plus, fit Mason, quand votre femme regardait avec les jumelles, avait-elle relevé la fenêtre ?

– Non, mais j'avais eu soin de le faire moi-même.

– En effet, reprit Mason, on a une vision absolument déformée quand on regarde à travers des vitres au moyen de jumelles.

– Oui, et la vitre était assez sale. Nous avions eu de la pluie, du vent, et ma femme ne l'avait pas encore nettoyée.

– Donc, vous aviez relevé la partie inférieure de la fenêtre ?

– Oui.

– Lorsque vous regardiez par-dessus l'épaule de votre femme, vous étiez placé plus haut qu'elle, demanda Mason, et votre femme était assise sur une chaise près de la fenêtre ?

– Oui.

– Ses coudes reposaient sur le rebord de la fenêtre pour qu'elle puisse bien maintenir les jumelles ?

– Oui.

– Donc, vous ne pouviez regarder qu'à travers la partie supérieure de la fenêtre, c'est-à-dire à travers deux épaisseurs de vitre ?

– Oui, sans doute.

– Or, vous voulez faire admettre au jury que vous pouviez reconnaître l'accusée, suivre chacun de ses mouvements, à travers l'épaisseur de deux vitres sales, avant le lever du jour et à une distance de trois cent quarante mètres ?

Le témoin s'agita :

– Mais je l'avais déjà vue avec les jumelles.

– C'est juste, mais, en ce qui concerne le reste de la déposition, vous ne saviez réellement pas qui se trouvait à cette distance.

– Oh! ça devait être la même personne que celle que j'avais vue avec les jumelles.

– Mais vous ne pouvez pas jurer que c'était la même personne?

– Non, ça, je ne peux pas le jurer.

– C'est tout, fit Mason.

– Pourtant, vous savez bien que cela ne pouvait être que la même personne! hurla Burger.

– Tut! Tut! fit Mason. Encore des questions tendancieuses!

– Mais c'est une conclusion qui s'impose, fit Burger avec irritation. Le témoin sait que personne n'a pu prendre sa place. C'est une conclusion purement mathématique, Votre Honneur.

– Tenons-nous-en donc à une conclusion mathématique, fit le juge Donahue. Vous frôlez dangereusement les limites permises, monsieur l'avocat général.

– Oui, Votre Honneur. Je m'en excuse.

– Tâchez de faire attention. Vous pouvez faire appeler le témoin suivant.

– S'il est possible que le Dr Lambert revienne, je voudrais lui poser quelques questions supplémentaires, fit Burger, le visage encore rouge de colère.

Le Dr Lambert revint prendre place à la barre des témoins.

– J'attire votre attention sur cet éventail, qui a été reconnu par le témoin Gurley dont vous avez, je suppose, entendu la déposition?

– Oui, monsieur.

– Avez-vous déjà vu cet éventail?

– Oui.

– L'avez-vous examiné?

– Oui, monsieur.

– Quelle sorte d'examen?

– Un examen microscopique des plumes et des

différents fragments. Un examen chimique des taches de sang.

– Maintenant, docteur, voulez-vous tenir l'éventail partiellement ouvert devant vous, de façon qu'il forme un écran devant votre visage? Et maintenant que vous avez fait cela, docteur, pouvez-vous observer quelques marques particulières à la base de l'éventail?

– Oui, monsieur.

– Quelle sorte de marques?

– Une des plumes a été sectionnée net.

– D'après l'apparence que présente cette coupure, aurait-elle pu être faite par le sabre que vous avez trouvé dans le corps de la victime, en admettant que ce sabre ait été enfoncé dans la poitrine à travers l'éventail?

– Je proteste contre cette question! s'écria Mason. Elle prête à discussion et elle incite le témoin à conclure sur un fait qui ne relève pas de l'examen médical. C'est une des questions que messieurs les jurés devront étudier quand la culpabilité aura été établie. Cette question est une tentative d'interprétation plutôt qu'un exposé des faits, tels qu'ils doivent être décrits par un expert médical à l'autorité légitimement reconnue.

– Il sera tenu compte de votre protestation, fit le juge Donahue.

– Bien! continua Burger d'un air excédé. Maintenant, docteur, j'appellerai votre attention sur les particules de plume qui sortent de cette tige, et je voudrais savoir si vous avez fait non seulement l'examen microscopique des fragments qui ont été portés au dossier des pièces à conviction sous le numéro un, mais celui des fragments similaires qui sont visibles autour de la section en forme de V que montre la tige centrale de la plume.

– Oui, monsieur.

– Qu'avez-vous trouvé?

– J'ai constaté, pour autant qu'il soit possible de le prouver, que ces différents fragments sont absolument identiques par la couleur, la contexture et la composition.

– De quelle nature sont les taches brunes et légèrement rougeâtres de l'éventail, docteur?

– Ce sont des taches de sang.

– Quelle sorte de sang?

– Du sang humain.

– Vous avez la parole, fit sèchement Burger en se tournant vers Mason.

– Vous dites que les fragments de plume que vous avez prélevés sur le corps de la victime sont exactement les mêmes à trois points de vue différents?

– C'est exact.

– Quels sont ces différents points de vue?

– La couleur, la contexture et la composition.

– Ceci me paraît extraordinaire, docteur, fit observer Mason sur le ton de la conversation. Pour ce qui est de la couleur, elle est blanche, je crois.

– C'est exact.

– Avez-vous jamais vu qu'une danseuse à l'éventail utilise autre chose qu'un éventail blanc pour danser?

– Non.

– Parfait. Donc, en ce qui concerne la couleur, c'est exactement celle de n'importe quel éventail employé par n'importe quelle danseuse. Est-ce exact?

– Cela me paraît exact.

– Maintenant, qu'entendez-vous par contexture?

– Je veux dire par là que c'était la même substance que celle de la plume de cet éventail.

– Donc, de la même contexture que n'importe

quelle plume d'autruche. Avez-vous essayé de différencier plusieurs plumes d'autruche?

– Non.

– Avez-vous comparé les fragments prélevés sur la blessure avec une autre plume d'autruche?

– Non, monsieur.

– Seulement avec les plumes d'autruche de cet éventail?

– Oui.

– Donc, pour nous résumer, docteur, alors que votre témoignage sur ces trois points de vue rend un son relativement convaincant lorsque vous vous servez de termes techniques, il n'en reste pas moins vrai qu'en langage ordinaire, voilà ce que cela donne : cet éventail est composé de plumes d'autruche, et les fragments de plume que vous avez trouvés sur le corps de la victime proviennent à votre avis d'une plume d'autruche. C'est bien tout ce que vous savez. Est-ce exact?

– Bon, bon, si vous tenez à vous exprimer ainsi, je dois dire que cela est vu avec justesse.

– En d'autres termes, d'après ce que vous savez, ces fragments de plume auraient tout aussi bien pu provenir de n'importe quelle autre plume d'autruche?

– Non, il y a cette coupure dans la tige de cette plume qui aurait pu être faite...

– Qui aurait pu être faite par n'importe quelle sorte de couteau et n'importe quand. Est-ce exact, docteur?

– Elle a été faite par un couteau très tranchant et il semble que la lame y ait pénétré sous un certain angle.

– Vous ne savez pas avec quelle sorte de lame cette coupure a été faite?

– On peut naturellement deviner...

– Voilà, docteur, exactement ce que nous ne

voulons pas faire : deviner! Nous voulons des faits. Or, il y a sur cette tige une section nette et sans bavures qui ne nous permet pas de préjuger de l'angle sous lequel la lame l'a attaquée.

– C'est possible.

– Par conséquent, cette coupure aurait pu être faite par n'importe quel couteau?

– Je le crois.

– Y a-t-il quoi que ce soit qui puisse indiquer le moment auquel cette section a été faite?

– Non, monsieur.

– Donc, cette section aurait pu être faite n'importe quand et par n'importe quel couteau?

– Oui, monsieur.

– Les fragments de plume que vous avez trouvés sur le corps de la victime auraient pu provenir de n'importe quelle plume d'autruche. Est-ce exact?

– Libre à vous de vous exprimer ainsi.

– Mais je me suis déjà exprimé de la sorte. Répondez à ma question. Est-ce exact?

– Oui, c'est exact, fit le docteur au comble de l'exaspération.

– C'est tout, conclut Mason en se tournant avec un sourire dans la direction du jury.

Trois ou quatre jurés marquèrent le coup sans aucune retenue, en souriant eux aussi.

Apparemment, Hamilton Burger avait eu l'intention de mener les débats de telle façon que les jurés aient dès le départ un préjugé défavorable contre l'accusée. Sa tentative ayant échoué, le district attorney se borna ensuite à suivre la routine habituelle pour mener la procédure. Après avoir établi l'identité de la victime, il fit circuler des photographies montrant le cadavre tel qu'il avait été découvert dans la chambre de l'hôtel. Puis, une fois de plus, il tenta de redonner à l'affaire une tournure dramatique, car la pendule annonçait que l'heure de clôture de la séance allait bientôt sonner.

– Qu'on introduise Samuel Meeker, dit-il.

Samuel Meeker s'approcha de la barre. Il déclina ses qualité, nom, âge, lieu de résidence et profession, c'est-à-dire employé d'hôtel.

– A quel titre êtes-vous employé par l'hôtel? demanda le district attorney.

– Comme détective, monsieur.

– Dans quel hôtel?

– L'hôtel Richmell.

– Est-ce l'hôtel où le corps de John Callender a été trouvé?

– Oui, monsieur.

– Y étiez-vous employé comme détective les 16 et 17 septembre?

– Oui, monsieur.

– Rappelez vos souvenirs sur les événements qui se sont déroulés de très bonne heure le matin du 17. Pouvez-vous nous raconter ce que vous savez sur ce qui s'y est passé?

– Oui, monsieur.

– Qu'est-il arrivé?

– Donc, à 2 h 20 du matin, cette jeune femme s'est présentée dans le hall de l'hôtel.

– Quand vous dites : « Cette jeune femme », qu'entendez-vous par là?

– La jeune femme qui est assise ici.

– Vous montrez l'accusée, Loïs Fenton?

– Oui, monsieur.

– Donc, c'est bien elle que vous désignez quand vous dites : « Cette jeune femme s'est présentée dans le hall de l'hôtel »?

– Oui, monsieur, c'est exact.

– Qu'a-t-elle fait?

– Elle s'est dirigée vers l'ascenseur.

– Et que s'est-il passé?

– Je l'ai apostrophée pour lui demander si elle avait une chambre dans l'hôtel. Sur sa réponse négative, j'ai voulu savoir si elle se rendait chez un client. Etant donné qu'il était très tard et qu'à une heure aussi insolite une femme ne va généralement pas voir quelqu'un dans un hôtel, j'ai insisté pour qu'elle me dise le nom de la personne.

– Vous l'a-t-elle donné?

– Oui, monsieur.

– Qu'a-t-elle dit?

– Elle m'a dit qu'il s'agissait de John Callender.

– Et qu'avez-vous fait?

– Je lui ai demandé si John Callender l'attendait. Sa réponse étant affirmative, j'ai insisté pour l'accompagner aux cabines du téléphone intérieur. J'ai décroché le récepteur et j'ai demandé la chambre de Mr Callender.

– Ensuite?

– Au bout d'un instant, Mr Callender a répondu : « Allô ». J'ai immédiatement donné l'appareil à la jeune femme.

– Il est indispensable qu'un point soit d'ores et déjà clairement précisé, fit Burger. Quand vous parlez de cette jeune femme, de qui s'agit-il?

– De l'accusée Loïs Fenton, ici présente.

– Très bien. Il s'agit de l'accusée Loïs Fenton, ici présente.

– C'est exact.

– Ensuite vous lui avez passé l'appareil après avoir entendu la voix de John Callender à l'autre bout du fil?

– Oui, monsieur.

– Et que s'est-il produit?

– Naturellement je n'ai pu entendre que l'un des deux interlocuteurs pendant la conversation.

– Evidemment! Continuez.

– Cette jeune femme, c'est-à-dire Loïs Fenton,

l'accusée ici présente, a dit au téléphone qu'elle était dans le hall, que le détective de l'hôtel lui faisait des difficultés pour la laisser passer, car il voulait être sûr qu'elle avait un rendez-vous. Pour cette raison, il l'avait obligée à téléphoner, mais elle allait monter sur-le-champ.

– Avez-vous entendu la réponse que Callender lui a faite ?

– Non, j'ai juste entendu la jeune femme dire qu'elle allait monter tout de suite. Elle a raccroché l'appareil. Apparemment, ils étaient d'accord. En ce qui me concerne, je ne désirais qu'une chose, c'est qu'elle se fasse annoncer. Mr Callender jouissait dans l'hôtel d'un traitement de faveur. Il pouvait faire certaines choses qui étaient interdites aux autres clients. Voyez-vous, dans un hôtel de ce genre, nous cherchons à contenter tout le monde, mais nous veillons à ce que les clients ne se gênent pas les uns les autres en faisant du bruit, etc. Eh bien ! Mr Callender était un homme très tranquille. C'était pourtant un oiseau de nuit. Il s'occupait de ses affaires très tard dans la soirée. Les gens venaient le voir à n'importe quelle heure. Quelquefois à 2 ou 3 heures du matin, et même plus tard; mais il était très discret. Il ne faisait jamais de tapage et nous n'avions jamais de plaintes contre lui.

– Si je comprends bien, Mr Callender avait une chambre en permanence à cet hôtel ?

– Oui, monsieur, c'est exact.

– Alors, l'accusée a raccroché le téléphone et qu'a-t-elle fait ?

– Elle s'est dirigée vers l'ascenseur, qu'elle a pris jusqu'au cinquième étage.

– Comment savez-vous que c'était le cinquième étage ?

– J'ai regardé sur le voyant pour m'assurer que c'était bien là qu'elle s'arrêtait.
– Portait-elle quelque chose à la main?
– Oui, monsieur.
– Quoi?
– Un étui à violon noir.
– Paraissait-il lourd ou léger, d'après la façon dont elle le portait?
– Objection, fit Mason. Que Votre Honneur veuille bien reconnaître que cette question incite le témoin à conclure d'après une opinion.
– Accordé.
– Savez-vous quand elle est descendue?
– Oui.
– Quand?
– Un peu après 2 h 33. Il se trouve que je regardais la pendule comme elle sortait.
– Ensuite, avez-vous constaté des choses insolites pendant les premières heures de la matinée du 17 septembre?
– Oui, monsieur.
– Que s'est-il passé?
– A environ 2 h 35 du matin, je suis monté au cinquième étage.
– C'est-à-dire une minute ou deux après le départ de l'accusée?
– En effet, monsieur.
– Vous êtes monté au cinquième étage dans quel but?
– Objection. Cette question est inutile, injustifiée et inopportune, fit Mason.
– Accordé.
– Donc, vous êtes allé au cinquième étage?
– Oui.
– Quand vous avez quitté l'ascenseur, fit Burger sans chercher à dissimuler son exaspération, êtes-

vous allé du côté de la chambre de Callender ou dans la direction opposée?

– Du côté de la chambre de Callender.

– Et où êtes-vous allé?

– Je n'ai fait que quelques pas. A ce moment, j'ai vu que la porte du placard aux balais n'était pas très bien fermée. Je l'ai ouverte et j'ai découvert Mr Faulkner. Il m'a dit qu'il était...

– Peu importe ce que Mr Faulkner vous a dit. Je veux tout simplement vous faire préciser que vous avez bien trouvé Mr Faulkner à ce moment-là.

– C'est exact.

– Avez-vous pris la place de Mr Faulkner dans le réduit aux balais à un moment quelconque de cette matinée?

– Oui, monsieur.

– A quel moment?

– Il était approximativement 3 h 03 du matin.

– Pourquoi l'avez-vous fait?

– Pour surveiller le couloir.

– Pour quelle raison surveilliez-vous le couloir?

– Parce que Mr Faulkner le surveillait.

– Ne vous occupez pas de Mr Faulkner. Je vous demande ce que vous avez fait, vous.

– Bien, monsieur. A environ 3 h 03 du matin, ou peut-être 3 h 04, quand je suis sorti de l'ascenseur, je suis entré dans le réduit aux balais pour surveiller le couloir.

– Quelle partie du couloir?

– Le couloir qui conduit à la chambre occupée par John Callender au cinquième étage.

– Avez-vous vu quelque chose? C'est-à-dire, quelqu'un entrer dans la chambre de John Callender ou en sortir?

– Non, monsieur.

– La parole est à la défense, fit Burger.

– Etes-vous absolument sûr que la personne que vous avez vue dans le hall était l'accusée? demanda Mason.

– Oui, monsieur, absolument sûr.

– L'avez-vous reconnue dans les bureaux de la police?

– Oui, monsieur.

– Où était-elle?

– On l'a fait entrer dans une pièce connue sous le nom de chambre des ombres avec cinq ou six autres femmes ayant à peu près le même âge et la même stature.

– L'avez-vous reconnue?

– Oui, monsieur. A ce moment-là, je l'ai positivement et formellement reconnue.

– L'avez-vous revue depuis?

– Oui, monsieur, plusieurs fois.

– Lui avez-vous parlé?

– Oui, monsieur.

– Aviez-vous déjà rencontré cette jeune femme avant son entrée dans le hall de l'hôtel Richmell le matin du 17?

– Non, monsieur, pas à ma connaissance.

– L'avez-vous revue avant de la retrouver dans les locaux de la police?

– Je l'ai revue quand elle est sortie de l'hôtel.

– Je comprends. Vous l'avez vue entrer dans l'hôtel, puis en sortir. Mais, après cela, vous ne l'avez revue que dans la chambre des ombres, où l'on vous avait convoqué pour l'identifier. Est-ce exact?

– C'est exact.

– Quand était-ce?

– Le 18. Le lendemain du crime.

– Et vous avez reconnu l'accusée?

– Oui, monsieur.

– Vous êtes absolument sûr de ne pas vous être trompé en croyant la reconnaître?
– Absolument sûr.
– Vous portez des lunettes?
– Oui, monsieur.
– Les aviez-vous dans la matinée du 17?
– Oui, monsieur, je les avais.
– Et le 18, vous avez positivement reconnu l'accusée?
– Oui, monsieur.
– Je n'ai plus de questions à vous poser, fit Mason.
– Plus de questions directes. C'est tout, Mr Meeker, confirma Burger. Si la cour le permet, je crois que nous avons le temps d'entendre un autre témoin, du moins le commencement de sa déposition.
– Très bien, allez-y, nous siégerons jusqu'à 5 heures, fit le juge Donahue.
– Qu'on introduise Frank Faulkner, demanda Burger.

Frank Faulkner s'avança, prêta serment, déclina ses nom et qualité, reconnut le fait qu'il connaissait Perry Mason, qu'il était employé comme détective à l'agence privée Drake et qu'aux premières heures du matin du 17, il avait été chargé de se rendre à l'hôtel Richmell, de s'installer dans un endroit d'où il pourrait surveiller le couloir, qu'il était arrivé à cet hôtel le matin du 17 à environ 2 h 20, qu'il s'était dissimulé dans le réduit aux balais et qu'à peine y était-il installé qu'il avait vu un homme sortir de la chambre 511 occupée par John Callender, puis se précipiter dans le couloir et entrer dans la chambre 510 située juste en face, et qu'à environ 2 h 22 mn 30 s l'accusée Loïs Fenton avait quitté l'ascenseur, suivi le couloir et pénétré dans la chambre 511, qu'elle y était restée un peu plus de neuf minutes, quittant la chambre à 2 h 33 et reprenant l'ascenseur quelques secondes plus tard, qu'à 2 h 44 un homme dont il apprit par la suite qu'il s'appelait Joseph Fenton avait quitté l'ascenseur, pénétré dans la chambre 511 de laquelle il était presque immédiatement ressorti pour se précipiter à travers le couloir dans la direction de l'ascenseur et disparaître, qu'à 3 h 02, Arthur Sheldon, l'occupant du numéro 510, avait quitté sa chambre pour descendre dans le hall, que, par suite de l'accord passé entre le témoin et le détective de la maison, ce dernier était venu remplacer le témoin sitôt après le départ de Sheldon, puis que le témoin était descendu au bureau de l'hôtel pour louer la chambre 510, qu'ensuite il était retourné à la chambre 510 et que de ce poste d'observation il avait continué de surveiller la chambre 511, que personne n'y était entré ou n'en n'était sorti jusqu'à ce que son collègue vînt le remplacer, moment où il s'était enfin étendu sur le lit.

Comme il faisait cette dernière déclaration, il jeta un regard de connivence à Mason, évidemment pour essayer de lui faire comprendre qu'il s'était délibérément abstenu d'informer la police de son incursion dans la chambre où l'on avait découvert le cadavre. Sa déposition se termina sur une dernière précision, c'est-à-dire qu'à 5 h 30 du matin, Harvey Julian, l'autre détective de l'agence privée Drake, s'était présenté pour le remplacer.

– Et vous affirmez positivement que la personne que vous avez vue sortir de l'ascenseur à 2 h 22 mn 30 s pour se diriger vers la chambre de John Callender était l'accusée Loïs Fenton? demanda Hamilton Burger.

– Je l'affirme.

– Etait-ce la même personne qui est ressortie plus tard de la chambre 511 pour se diriger à travers le couloir dans la direction de l'ascenseur?

– Oui, monsieur, c'était la même personne.

– Portait-elle quelque chose à la main?

– Oui, monsieur.

– Quoi?

– Un étui à violon noir.

– Alors qu'elle se dirigeait vers la chambre?

– Oui, monsieur.

– Lorsqu'elle est revenue, le portait-elle également?

– Oui, monsieur.

– Vous avez la parole, fit Burger en se tournant vers Mason.

– A votre connaissance, aviez-vous vu l'accusée auparavant? demanda Mason.

– Non, je ne l'avais jamais vue.

– Vous rappelez-vous m'avoir informé de tout ce qui s'était passé dans un rapport que vous m'avez fait oralement?

– Oui, monsieur.

– Les faits à ce moment-là étaient encore très présents à votre esprit.

– C'est exact, mais ils le sont restés.

– Sans doute, mais ils l'étaient davantage, à ce moment-là.

– Peut-être, bien que cela ne fasse pas une très grande différence.

– Mais ils étaient plus précis?

– Oui... ils étaient plus précis.

– Très bien. Lorsque vous m'avez décrit la personne qui avait suivi le couloir, n'avez-vous pas dit que ce qui vous avait le plus frappé chez elle, c'étaient ses jambes?

– Non, monsieur, je ne pense pas vous avoir dit ça!

– N'avez-vous pas dit que la pointure de ses bas vous avait paru être du 38?

– Oui, en effet.

– Or, de ce fait, prétendez-vous faire admettre au jury que vous n'avez pas regardé ses jambes?

Faulkner changea de position, se mit à rire et répliqua :

– Je l'ai regardée des pieds à la tête.

– Quand avez-vous revu l'accusée?

– Le 18, quand elle est entrée dans la chambre des ombres.

– Qui s'y trouvait en même temps que vous?

– Le sergent Dorset, un autre détective, et Sam Meeker, le détective de l'hôtel Richmell.

– Personne d'autre?

– Non, monsieur, c'est tout. Il y avait un officier de police qui prenait des notes, assis à l'entrée de la chambre des ombres.

– Décrivez-nous cette chambre, s'il vous plaît.

– Elle se compose d'une scène violemment éclairée. Sur le mur du fond, il y a des lignes. Ces lignes sont là pour déterminer la taille d'une personne. La plus basse de ces lignes est à une hauteur d'un mètre soixante-cinq, et les autres sont espacées d'environ deux centimètres et demi, jusqu'à une hauteur d'un mètre quatre-vingt-quinze.

– Et vous dites que la scène est violemment éclairée?

– Oui.

– Qu'y a-t-il encore?

– Un rideau de tissu blanc qui ressemble à de la mousseline à beurre, mais ça n'en est pas. Les officiers de police sont assis dans une pièce sombre, de sorte que les personnes qui doivent être identifiées ne voient pas ce qui se passe de l'autre côté du rideau. Quand elles sont amenées sur la scène pour être identifiées, elles doivent marcher et parler.

– De quoi?
– Cela n'a aucune importance; elles doivent parler pour que les gens qui les observent entendent le son de leur voix et se rendent compte de leur façon de s'exprimer.
– Et vous avez vu l'accusée dans cette chambre?
– Oui, monsieur.
– Le 18?
– Oui.
– Et vous l'avez reconnue?
– Absolument.
– Vous dites que Samuel Meeker était là?
– Oui, monsieur.
– L'a-t-il reconnue?
– Oui. Nous l'avons reconnue tous les deux.
– Sans hésitation?
– Sans hésitation.
– Avez-vous remarqué la façon dont elle était habillée?
– Oui, monsieur.
– Vous êtes-vous rendu compte si ses vêtements étaient les mêmes que ceux portés par la personne que vous aviez vue dans le couloir, le matin du 17?
– Oui, monsieur, c'étaient les mêmes vêtements.
– Les mêmes jambes? demanda Mason.
– Les mêmes jambes, répondit le témoin en riant.
– Vous avez entendu sa voix?
– Une minute! fit le témoin... J'ai entendu sa voix, mais pas d'une façon distincte la première fois que je l'ai vue dans la chambre des ombres.
– L'avez-vous vue à plusieurs reprises?
– Oui, monsieur.
– Dans quelles circonstances est-elle revenue dans la chambre des ombres?

– Je pense que le sergent Dorset devait avoir une arrière-pensée, si j'en juge d'après la façon dont il s'est comporté. Il discutait pour...

– Objection, fit Hamilton Burger. Cet interrogatoire a été mené beaucoup trop loin, Votre Honneur, et cela nous a fait perdre du temps. D'ailleurs ce témoin ne peut certainement pas préjuger de ce qui s'est passé dans l'esprit du sergent Dorset. Le sergent Dorset s'en chargera lui-même, si c'est nécessaire. En tout cas, pas ce témoin.

– C'est exact, admit le juge Donahue. Accordé. Il s'agit tout au plus d'une conclusion du témoin.

– Le sergent Dorset m'a dit...

– Cela ne fait aucune différence, répliqua le juge Donahue, puisqu'il ne s'agit que d'un ouï-dire.

– Très bien, intervint Mason. Vous, personnellement, avez-vous remarqué quelque chose?

– Lors de sa première apparition dans la chambre des ombres, j'avais noté qu'elle n'avait pas parlé distinctement. Elle avait un air boudeur et buté. Elle baissait la tête et le sergent Dorset n'avait pas beaucoup apprécié cette démonstration. Il avait dit que l'officier qui était de service à ce moment-là... mais j'imagine que je n'ai pas le droit de déposer au sujet des choses qu'il a dites.

– Il y a eu une discussion? demanda Mason.

– Je pense bien! Finalement, l'homme qui était chargé du travail a déclaré au sergent Dorset : « Si vous croyez que vous pouvez faire mieux, essayez vous-même », ou quelque chose comme ça. Dorset a répondu en jurant qu'il s'y emploierait, puis il a fait revenir la fille.

– Vous étiez resté dans la chambre des ombres pendant ce temps-là?

– Non, non, nous étions sortis et nous discutions dans le local de la police. Avant notre départ, Dorset avait déclaré qu'il n'aimait pas la façon dont la fille s'était présentée dans la chambre des ombres. Il nous avait demandé de l'excuser un moment et quinze à vingt minutes plus tard, peut-être davantage, il revint en disant que plus il songeait à cette affaire, et moins il en était satisfait. Alors, il a envoyé chercher l'officier qui avait été chargé de l'examen dans la chambre des ombres et ils ont longuement discuté ensemble.

– Tout ceci, naturellement, remarqua Hamilton Burger, n'a trait qu'à des propos qu'aurait tenus le sergent Dorset. Je me suis déjà élevé contre ce genre de témoignage, et il me semble que nous irions plus vite si le témoin s'abstenait de raconter tout ce qu'il a entendu dire.

– Désirez-vous que cela ne figure pas dans sa déposition?

– Non, fit Burger, bien que cela n'ait aucune raison d'y être. Je veux tout simplement que le jury se rende compte que tous ces propos rapportés sont totalement à côté de la question.

– Demandez qu'ils soient rayés de la déposition, et ils n'y figureront pas, intervint le juge Donahue.

– Oh! qu'on les laisse, répondit Burger, magnanime, et il agita la main comme s'il voulait faire entendre qu'il renonçait à être sourcilleux du point de vue technique, pourvu que la justice soit promptement rendue et qu'un sage verdict soit prononcé.

Mason, manifestant soudain de l'intérêt pour la question, demanda au témoin :

– Y avait-il de l'animosité dans le ton des officiers de police?

– Certainement.

– Grand Dieu! s'écria Hamilton Burger. C'est tout de même un peu excessif, car je ne vois vraiment pas en quoi cela diffère, de près ou de loin, d'un ouï-dire.

– Il est certain que le contre-interrogatoire n'est pas dirigé comme il devrait l'être, admonesta le juge Donahue. La défense a le droit de définir les circonstances dans lesquelles l'identification a été obtenue, mais toute considération faite quant à la manière dont les officiers de police ont réagi entre eux et conduit leur enquête est parfaitement inutile dans cette affaire. Messieurs, je m'aperçois qu'il est maintenant l'heure de suspendre les débats, c'est-à-dire 5 heures. Il me faut renvoyer la prévenue à la prochaine audience. Le jury sera sous la garde du sheriff. Je suppose que des dispositions ont été prises pour loger messieurs les jurés à l'hôtel, sheriff?

– Oui, Votre Honneur.

– Très bien. Nous allons vous demander de prêter serment de prendre le jury en charge.

Le juge Donahue fit prêter serment au sheriff, puis, se tournant vers les jurés, il leur dit :

– Messieurs les jurés, je vous avertis que vous ne devrez exprimer aucune opinion sur la façon dont les débats sont conduits, sur la culpabilité ou l'innocence de l'accusée, tant que les preuves du crime n'auront pas été établies. Vous êtes prévenus que vous ne devrez point discuter de cette affaire entre vous ni même permettre qu'on en discute en votre présence. Vous ne vous quitterez pas et vous ne tolérerez pas qu'on vous adresse la parole. Vous devrez vous soumettre à l'autorité du sheriff. Il sera veillé à ce que vous soyez confortablement installés, mais tant que l'affaire ne sera pas jugée, vous devrez vous soumettre à l'autorité du sheriff qui vous a pris en charge. Toute infraction à mes instructions pourrait engendrer une nouvelle procédure qui entraînerait des dépenses superflues pour l'Etat et pourrait porter atteinte aux intérêts des parties en présence. Je vous demande de bien vouloir coopérer avec moi de façon que rien de semblable ne se produise. L'audience est remise à demain matin 10 heures.

Mason quitta son siège au banc des avocats et se dirigea rapidement vers le bureau du greffier :

– Puis-je jeter un coup d'œil sur l'éventail?

Soigneusement il examina l'éventail qui avait été versé au dossier des pièces à conviction, puis il se tourna vers Loïs Fenton, qui se trouvait toujours près du substitut.

– Un instant, fit-il, je voudrais dire un mot à ma cliente, si vous le permettez.

Il prit le bras de Loïs Fenton et ils s'éloignèrent de quelques mètres, car l'avocat ne voulait pas courir le risque d'être entendu. Il lui demanda donc, à voix basse :

– J'ai remarqué que cet éventail a été fabriqué par une maison de Saint-Louis. Est-ce que tous les éventails utilisés par les danseuses sont fabriqués dans cette ville?

– Non, je ne le crois pas. Pourquoi?

– Parce que, fit Mason, j'avais trouvé deux éventails dans une automobile. Suite à l'annonce que j'avais fait paraître dans un journal, c'est Chérie Chi-Chi qui les a réclamés. La description qu'elle en avait faite était si juste que je les lui avais rendus. Elle...

Loïs Fenton parut soudain très intéressée :

– Donc, cet éventail serait l'un des deux miens?

– J'en suis sûr.

– Oui, c'est l'un de mes éventails. J'y tiens beaucoup. Mes initiales sont incrustées en or sur le manche.

– C'est bien ce que j'ai remarqué, fit Mason. Je suis absolument certain que c'est l'un des éventails que j'ai rendus à Chérie Chi-Chi quelques heures avant le crime. Comment l'avez-vous perdu?

– Je ne l'ai pas perdu. Mes éventails étaient au ranch. John les avait mis dans le coffre. Au moment de mon départ, j'ai essayé de les récupérer, mais il n'a pas voulu me les rendre. Donc, par la suite, j'ai été obligée d'acheter d'autres éventails. Ils ne répondaient pas à ce que je voulais et j'avais toujours eu l'impression que ces éventails m'avaient porté chance. C'est pourquoi John les a donnés à Irène.

– Cette chose est de la plus haute importance, Loïs, fit Mason. Si nous pouvons prouver qu'il s'agit d'un des deux éventails qui ont été donnés à Irène et que vous ne les aviez pas revus jusqu'à...

Mason traîna sur les mots avant de se taire.

– Oui, eh bien?

Mason secoua la tête.

– Ce que vous racontez au sujet de la façon dont vous avez récupéré l'éventail est vraiment par trop fantastique. Cela sonne faux.

– Mais c'est la vérité, Mr Mason.

– Qu'il s'agisse ou non de la vérité, répliqua-t-il, une chose est certaine. Il est extrêmement important de démontrer que l'éventail n'était pas en votre possession lorsque le crime a été commis. Vous ne l'avez pas revu depuis le moment où vous avez quitté votre mari jusqu'à... Bon Dieu, je voudrais trouver quelque chose de logique pour expliquer la façon dont vous êtes rentrée en possession de cet éventail... pour l'enterrer. La preuve qui vient d'être établie de cette tentative d'escamotage vous condamne. Quant à cette histoire de chambre des ombres, qu'est-ce que cela signifie? Est-ce que vous y avez été conduite deux fois?

– Oui, c'est exact.

– Et à une demi-heure d'intervalle?

– Oui, environ une demi-heure, mais quand ils disent que je boudais, c'est faux.

– La chose importante est de trouver pourquoi ils vous ont fait revenir dans la chambre des ombres, fit Mason, et aussi, de quoi discutait la police... Naturellement, vous ne pouviez rien voir de l'autre côté du rideau?

– Non. La lumière tombe sur le rideau, de sorte qu'on est complètement aveuglé. Il est absolument impossible de voir ce qui se passe derrière. On a une vague impression de mouvement dans l'ombre. On sait que des gens s'y trouvent, mais on ne les voit pas.

– Quand vous a-t-on fait passer dans la chambre des ombres, Loïs?

– La première fois, c'était immédiatement après mon arrestation. Ils m'avaient cueillie – oh! vous le savez bien – dans votre voiture.

Mason acquiesça.

– A toute vitesse ils m'ont conduite à la prison et avant toute autre chose, avant même de me faire remplir les formalités d'écrou, ils m'ont menée à la chambre des ombres. Quand j'en suis ressortie, on a pris mes empreintes, etc. Je suppose que c'est ça qu'ils appellent « remplir les formalités d'écrou ».

De nouveau Mason acquiesça.

– C'est après ça que j'ai été conduite une seconde fois à la chambre des ombres.

– Peut-être quelqu'un s'est-il souvenu qu'on n'avait pas le droit de vous y mener avant de vous faire remplir les formalités d'écrou, fit Mason.

– Je ne comprends pas très bien. Cependant c'est un fait, cette chose s'est produite. Je voudrais bien savoir pourquoi. Vous ne pensez pas que c'est pour la raison donnée par le sergent Dorset?

– Je ne sais pas, fit Mason. La seule chose dont je

sois sûr, c'est que le fait d'avoir enterré cet éventail vous accable. Il faut que vous vous expliquiez à ce sujet, ou bien vous êtes une fichue idiote.

– Je suis probablement une fichue idiote, fit-elle avec un pauvre sourire. Tout ce que je vous ai dit au sujet de l'éventail est vrai. C'est Arthur qui me l'a donné.

– Jamais vous ne ferez avaler cette histoire à un jury, Loïs.

– Pourquoi pas?

– Parce que moi-même je n'y crois pas et je suis votre avocat-conseil.

Sans rien dire, elle lui tourna le dos et, s'adressant à l'huissier :

– Je suis prête, fit-elle.

19

Mason arpentait son bureau. Les phrases qu'il prononçait par saccades alternaient avec des silences, tandis que Paul Drake et Della Street l'observaient, muets.

– Nous devons absolument retrouver cette danseuse. Il y a quelque chose de louche dans toute cette histoire. L'éventail est l'un des deux que j'ai rendus à Chérie Chi-Chi.

– Ce n'est pas la peine de vous cogner la tête contre les murs, Perry, conseilla Drake, l'éventail l'accable. Elle est coincée.

– Je le sais bien qu'elle est coincée, vu la façon dont les choses se présentent à l'heure actuelle.

Il y eut de nouveau un instant de silence. Mason allait et venait à pas lents dans son bureau et réfléchissait. Soudain, il s'écria :

– Sapristi, Paul! nous devons absolument retrouver Chérie Chi-Chi.

– Nous faisons tout ce que nous pouvons. Il semble qu'elle ait totalement disparu, répondit Drake. Mes hommes se sont démenés jusqu'à tomber de fatigue, mais sans aucun succès. Cette femme a tout simplement disparu.

– Quand?

– Environ vingt-quatre heures après son arrestation et son interrogatoire par le sergent Dorset. Elle est retournée à son appartement, tard dans l'après-midi du 18. Un de mes hommes était là, qui surveillait les lieux. Elle en est ressortie une demi-heure plus tard avec une valise, pour prendre un taxi. Mon homme se met à la suivre, mais voilà qu'il se fait arrêter par un flic, pour s'être inséré dans la file des voitures sans attendre que la voie soit libre. Le temps de s'expliquer avec le flic, et le taxi avait filé. Mon homme a perdu un temps fou pour essayer de la retrouver. Je n'ai eu son rapport que très tard.

Mason fronça les sourcils :

– Etes-vous sûr qu'il s'agissait d'un arrêt malencontreux, Paul?

– Vous croyez que le flic était là exprès pour laisser à la danseuse le temps de disparaître?

Mason fit un signe de tête affirmatif.

– C'est une idée, reconnut Drake au bout d'un instant. Je ne vois pas très bien comment la chose aurait pu être goupillée, mais cela vaut la peine qu'on y réfléchisse.

– Que s'est-il passé dans le bureau de Barlow, Paul? Avez-vous des tuyaux là-dessus?

– Le piège que vous leur aviez tendu a fonctionné à merveille, Perry. Sitôt après votre départ, ils se sont empressés de détruire les photos de Loïs Fenton, bien décidés à jurer qu'ils ne connaissaient qu'une danseuse à l'éventail et que c'était Irène. Quand Dorset s'est présenté, ils ont cru qu'il venait se renseigner sur l'aspect frauduleux de l'affaire. Ils lui ont déclaré que Chérie Chi-Chi et Loïs Fenton n'étaient qu'une seule et même personne. Enfin ils lui ont montré des photos et ils ont fait venir Chérie Chi-Chi.

» Dorset l'a emmenée pour la questionner. Evidemment il a cru à son histoire puisque, au lieu de l'incarcérer, il s'est lancé à la recherche de Loïs. Depuis, Irène a complètement disparu.

Mason, qui s'était immobilisé un instant, recommença à arpenter le bureau.

– Il faut que nous retrouvions cette femme à tout prix.

– Que feriez-vous d'elle si nous la retrouvions? demanda Drake. Elle nous est hostile.

– Cela n'a aucune importance, répliqua Mason, je la ferais venir à la barre des témoins pour lui poser quelques questions.

– D'ici que vous la trouviez et que vous l'ameniez à la barre, fit Drake d'un ton sinistre, elle ne ressemblera pas plus à Loïs Fenton que Della ne lui ressemble. Modestement, elle portera une jupe longue et elle parlera comme une sainte nitouche.

– Ça fera tout à fait mon affaire, Paul. Je lui demanderai où se trouvent les vêtements qu'elle portait le jour du crime. Je la prierai de les décrire et je l'inviterai à me préciser s'ils n'avaient rien de commun avec ceux que porte l'accusée. Je la retournerai sur le gril en lui posant des questions de ce genre et, finalement, j'exigerai qu'elle mette les vêtements qu'elle portait le jour du crime.

– Oui, j'imagine que ce sera un excellent moyen de faire sensation, mais ça n'ira pas plus loin. Les témoins ont tous reconnu Loïs Fenton et je veux bien être pendu si l'un d'eux se rétracte maintenant.

Quelqu'un frappa discrètement à la porte du bureau privé de Mason et, comme cette tentative ne suscitait aucune réponse, les coups redoublèrent, plus impérieux.

Mason jeta un coup d'œil à Della Street et fit un signe d'assentiment.

Della ouvrit la porte.

– Bonjour, miss Street! s'écria une voix masculine.

– Comment... Mr Faulkner!

Drake se leva brusquement de son fauteuil et vint à sa rencontre.

– Diable, Frank, que se passe-t-il?

– Excusez-moi de vous déranger, répondit Faulkner, mais je voudrais vous parler.

– Entrez, fit Mason d'un ton cordial.

Faulkner entra. La porte se referma derrière lui avec un déclic.

D'un air quelque peu timide, Faulkner sourit à Mason.

– Vous pensez sans doute que je vous ai vendu?

– Je comprends votre situation, Faulkner.

– Il sait parfaitement bien à quoi s'en tenir, ajouta vivement Paul Drake. Personne d'entre nous ne s'est précipité à la police pour bavarder. C'est la police qui s'est précipitée vers nous.

– J'ai pensé que je pourrais peut-être réparer ça, dans une certaine mesure.

– Comment? demanda Mason.

Faulkner se dirigea vers une chaise. Il s'y installa calmement et croisa les jambes.

– Maintenant, fit-il, comprenez-moi bien. Il n'y a rien de répréhensible dans ce que je vais vous dire, mais j'aimerais autant qu'on ne sache pas d'où vient le renseignement que je vais vous donner. La police a le droit d'inviter un détective à ne rien dire de superflu quand il s'agit d'un meurtre et que ce détective sert de témoin, mais, d'autre part, la police n'a pas le droit d'insister pour qu'il escamote certains renseignements.

Mason approuva d'un signe de tête.

– Eh bien! continua Faulkner, j'ai pensé que cela vous intéresserait de savoir où se trouve Chérie Chi-Chi. C'est la police qui la détient.

– Quoi? fit Mason d'un air incrédule.

– Oui, c'est la police qui la détient.

– Elle est inculpée de quoi?

– Je veux bien être pendu si je le sais, mais je crois qu'il s'agit d'une sorte d'accord.

– Vous voulez dire qu'elle resterait en prison de son plein gré?

– C'est mon idée.

– Comment le savez-vous?

– C'est que, figurez-vous, répondit Faulkner, je l'ai vue et je lui ai parlé.

– Quand?

– Deux ou trois fois.

– Savez-vous si quelqu'un d'autre l'a rencontrée et lui a parlé?

– Sam Meeker.

– Qu'est-ce que ça signifie? demanda Drake.

– C'est assez clair, fit Mason avec amertume, et c'est tellement clair que j'aurais dû y penser. C'est un des bons tours du sergent Dorset. Je doute fort que le lieutenant Tragg puisse jamais faire un truc de ce genre.

– Dorset est en effet celui qui a goupillé tout ça, fit Faulkner.

– Je ne comprends toujours pas! s'écria Drake.

– C'est pourtant très simple, répondit Mason. Ils se sont imaginé qu'à un moment ou à un autre je convoquerais Chérie Chi-Chi au tribunal et que son apparition sensationnelle aurait pour effet de troubler les témoins. Ils ont donc pris la précaution de la leur présenter pour qu'ils aient le temps de l'examiner à loisir et qu'ils ne puissent plus se tromper. Non seulement ils ont vu Loïs Fenton, mais ils ont eu l'occasion de voir Chérie Chi-Chi. Les deux filles se ressemblent comme deux gouttes d'eau. Elles ont à peu près le même corps et le même teint, mais leurs traits sont différents, ils n'offrent même aucune ressemblance.

– Donc, j'ai pensé qu'il fallait que vous sachiez ça, reprit Faulkner, et que ces renseignements pourraient vous être utiles. La police n'a pas le droit de demander à un homme de passer certaines choses sous silence.

– Comment Chérie Chi-Chi était-elle habillée lorsque vous l'avez vue? De la même façon que Loïs Fenton?

– Pas les deux premières fois, répondit Faulkner, mais elle était habillée comme Loïs à notre troisième rencontre.

– Pouvez-vous nous donner d'autres précisions à ce sujet? demanda Mason.

– Eh bien voilà! reprit Faulkner. Après que nous avons vu cette fille et que nous lui avons parlé deux fois, le sergent Dorset est venu nous voir et nous a demandé si, dans l'éventualité d'une confrontation avec cette personne, celle-ci portant exactement les mêmes vêtements que ceux de Loïs Fenton, nous serions susceptibles d'être pris de doute.

– Que lui avez-vous dit?

– Nous lui avons répondu l'un et l'autre que c'était la chose la moins probable au monde.

» Le sergent Dorset nous a fait remarquer que cette fille avait la même allure générale que Loïs

Fenton et qu'elle était bâtie comme elle, en conséquence, qu'un témoin la voyant vêtue des mêmes vêtements que ceux de miss Fenton pourrait peut-être s'y tromper.

– Ensuite, qu'est-il arrivé?

– Il nous a conduits dans une salle où il a fait marcher cette Chérie Chi-Chi devant nous. Il lui a demandé d'imiter la démarche de Loïs Fenton, ce qu'elle réussit diablement bien, mais naturellement ce n'était pas Loïs.

– Maintenant, dites-moi, fit Mason, est-ce possible que ce soit précisément cette Chérie Chi-Chi que vous ayez vue dans le couloir?

Faulkner alluma une cigarette.

– J'y ai déjà pensé, remarqua-t-il.

– Réfléchissez-y encore, fit Mason.

– Au début, j'aurais dit à tous les coups non, reprit Faulkner, leurs visages sont très différents, mais elles ont à peu près le même corps et le même teint. A vrai dire, Mr Mason, je... eh bien! je dirais que la fille que j'ai vue dans le couloir était Loïs Fenton...

– Je sais, interrompit Mason. Etant donné la façon dont les choses ont été arrangées, il est normal que vous pensiez cela. Vous vous êtes familiarisé avec l'aspect de Chérie Chi-Chi quand elle était habillée d'une façon totalement différente de celle de miss Fenton, si bien que, lorsque vous l'avez vue avec des vêtements semblables à ceux de Loïs, il vous a été impossible d'avoir le moindre doute.

– Sam Meeker a exactement la même impression que moi, reconnut Faulkner. Mais je ne fais que penser à cette histoire, ajouta-t-il. Si cette Chérie Chi-Chi était apparue au tribunal... eh bien! sapristi, je crois que j'aurais pu me tromper – je ne pense pas que ça me serait arrivé, mais j'aurais pu le faire.

– Quand l'avez-vous vue habillée de cette façon?

– Environ une demi-heure après la suspension de l'audience. Le sergent Dorset a dit qu'il craignait que la défense ne nous tende un piège, que vous êtes considéré comme un renard quand il s'agit de prendre un témoin au dépourvu. Non pas tellement lors de l'interrogatoire, mais parce que vous réussissez à le démonter par quelque coup de théâtre.

– Donc, vous êtes monté voir Chérie Chi-Chi vêtue de vêtements identiques à ceux que porte Loïs Fenton?

– Oui.

– Qu'avez-vous dit?

– A ce moment-là, j'ai dit à Dorset qu'il n'y avait aucune chance que je me sois trompé. Meeker a dit la même chose, mais... eh bien! cela demande tout de même réflexion.

– Quelqu'un vous a-t-il vu venir ici? demanda Mason.

– Heureusement que non, répondit Faulkner. J'ai eu l'idée que je pouvais être suivi et j'ai pris mes précautions pour ne pas me faire repérer.

– O.K.! fit Mason, vous feriez bien de filer pendant que le champ est encore libre. Je vous demande de réfléchir à tout ça.

– Je file, répondit Faulkner. Vous me couvrirez dans cette histoire, Mason?

– Naturellement.

Faulkner lui serra la main.

A peine était-il parti que Mason se tourna vers Drake.

– Vous parlez d'une nouvelle! Je vais faire citer Chérie Chi-Chi comme témoin.

– Quand? demanda Drake.

– La cour se réunit à 10 heures demain, fit

Mason. Dès 10 heures, vous assisterez au plus sensationnel feu d'artifice judiciaire qu'il vous ait été donné de voir.

20

L'huissier annonça la cour. Le juge Donahue prononça la formule sacramentelle :

– Messieurs les jurés sont tous ici présents et l'accusée est dans la salle. La séance est ouverte.

Mason se leva.

– Votre Honneur, avant que nous ne poursuivions les débats, je désire signaler à la cour qu'il existe une personne dont le témoignage serait d'une importance capitale pour la défense. Jusqu'à présent, bien que nous ayons mis tout en œuvre pour la retrouver, nos recherches ont été infructueuses et...

– Quel est le nom de ce témoin? interrompit Burger. Dites-moi ce que vous entendez prouver en le faisant comparaître, et peut-être votre demande pourra-t-elle être satisfaite.

– Le témoin s'appelle Irène Kilby. Elle est également connue sous son nom d'artiste : Chérie Chi-Chi. Récemment elle s'est fait passer pour Loïs Fenton en portant des vêtements identiques à ceux de ma cliente. Elle s'est produite en public sous le nom de Loïs Fenton et n'a rien négligé pour essayer de lui ressembler en tout point. Nous nous proposons de prouver que ce témoin était à l'hôtel Richmell la nuit du crime, à environ 2 h 20 du matin.

– Et comment vous proposez-vous de prouver cela?

– En produisant le témoin.

– Ce sera très intéressant d'assister à votre tentative, remarqua Burger.

Le juge Donahue fronça les sourcils :

– Je ne vois vraiment pas la nécessité de faire une pareille déclaration en début de séance et devant le jury, Mr Mason.

– Voici la raison pour laquelle je fais cette déclaration, Votre Honneur : s'il nous a été impossible de découvrir ce témoin, malgré de nombreuses recherches, je viens juste de découvrir que c'est parce que la police le détenait.

– Voulez-vous insinuer que la police le cachait? demanda Burger d'un ton indigné.

– Oui, elle l'a caché pour nous le dérober.

– Votre Honneur, ceci m'offense. Le ministère public est expressément autorisé par la loi à disposer des témoins à charge; or, cette femme est un témoin de l'accusation.

– Je mets cette affirmation en doute, fit Mason.

– Une fois encore, je répète que cette femme est un témoin de l'accusation, hurla Burger, rouge de colère.

– Reconnaissez-vous qu'elle a été dissimulée dans des circonstances telles qu'il m'était impossible de la trouver? demanda Mason.

– Nous n'avons pas à vous écrire chaque jour pour vous tenir au courant de ce que nous faisons en vue d'instruire cette affaire, fit Burger. Une fois de plus, Votre Honneur, je prétends que cette femme est un témoin à charge.

– De quoi a-t-elle été témoin? demanda Mason.

– De certaines choses qu'elle divulguera lorsqu'elle viendra témoigner à la barre.

– Mais vous n'avez pas l'intention de l'y faire venir?

– Si.

– Alors, qu'on l'appelle immédiatement! demanda Mason.

– Il n'est pas question que je la fasse venir maintenant, répliqua Burger.

– Pourquoi pas? lança Mason d'un air de défi. Si elle a des révélations à faire, qu'elle vienne et que nous sachions à quoi nous en tenir. Ensuite, lorsque vous en aurez fini avec elle, je pourrai lui parler et la faire citer comme témoin de la défense.

Le juge Donahue se tourna d'un air interrogateur vers Burger.

– Je l'appellerai à la barre quand je jugerai le moment opportun, fit Burger.

– Voulez-vous prendre l'engagement devant la cour que vous êtes fermement décidé à la faire comparaître à la barre des témoins?

– Je n'ai pas à prendre de pareils engagements.

– Vous voyez bien, Votre Honneur, cette femme n'est pas un témoin!

– Après tout, monsieur l'avocat général, fit le juge Donahue, il me semble que si cette femme est vraiment un témoin à charge et que la défense désire l'interroger, il serait peut-être préférable que l'accusation la fasse venir à la barre, qu'elle recueille son témoignage, puis qu'elle la relâche, afin que la défense ait la possibilité de l'interroger à son tour si elle le désire.

– La défense ne souhaite nullement l'interroger, Votre Honneur, ce n'est qu'une démonstration.

– Je désire l'interroger, insista Mason.

– Qu'avez-vous l'intention de prouver en produisant ce témoin? Peut-être pourrais-je vous donner satisfaction?

– En la faisant comparaître, je me propose de prouver que c'est elle que les témoins ont identifiée, et que ce n'était pas l'accusée qui était à l'hôtel à 2 h 20 du matin.

– Cela vous est impossible, fit Burger, car les témoins se rendront immédiatement compte que c'était l'accusée, et non pas elle qu'ils ont vue.

– Qu'elle vienne dans la salle, fit Mason, qu'on l'amène vêtue comme elle l'était au moment de son arrestation, et par là j'entends qu'elle porte des vêtements identiques par la coupe, la couleur et le tissu à ceux de l'accusée.

– Très bien, répliqua Burger d'un ton agressif, vous l'aurez voulu. Je vous aurai donné toutes vos chances. Il nous suffit d'un quart d'heure, Votre Honneur, et je pense accéder au désir de la défense. Irène Kilby se présentera devant la cour. Elle s'exhibera devant les témoins. Peut-être puis-je, entre-temps, afin d'activer les débats, faire appeler l'autre témoin, Jasper Fenton? (Et aussitôt, il ordonna :) Jasper, avancez-vous, et prêtez serment!

Le jeune Fenton, avec ses épaules tombantes et l'air de cynisme désabusé qui émanait de toute sa personne, s'approcha de la barre. D'un ton monotone, il répondit aux questions préliminaires qui lui furent posées, mais, lorsque Burger évoqua la scène du crime, sa voix trahit une légère nervosité.

– Où étiez-vous le matin du 17 septembre de cette année? demanda Burger. Etiez-vous à l'hôtel Richmell?

– Oui, monsieur.

– A quelle heure?

– Je crois qu'il était exactement 2 h 44.

– Où alliez-vous?

– Dans la chambre de John Callender. Je suis entré dans sa chambre à environ 2 h 44.

– Quand l'avez-vous quittée?

– Immédiatement.

– Pourquoi en êtes-vous parti si vite?

– Quand j'ai ouvert la porte et que j'ai vu son cadavre sur le tapis, je me suis sauvé.

– Aviez-vous rendez-vous avec lui?
– Oui, monsieur.
– Quand ce rendez-vous avait-il été fixé?
– Ce n'était pas exactement un rendez-vous. Il m'avait envoyé chercher.
– A quelle heure vous attendait-il?
– A 2 heures du matin.
– Cette heure avait donc été fixée d'avance?
– Oui, et il avait demandé que je sois chez lui à 2 heures précises.
– Mais vous étiez en retard.
– Oui, monsieur.
– Pourquoi?
– J'avais bu quelques verres pour me donner du courage. Je n'avais pas du tout envie de le voir.
– Pourquoi?
– Il essayait de faire chanter ma sœur en m'atteignant, moi.
– Et par votre sœur, vous entendez l'accusée, Loïs Fenton, ici présente?
– Oui, monsieur.
– C'est votre sœur?
– Oui, monsieur.
– Ne nous payons pas de mots, fit Hamilton Burger. John Callender avait barre sur vous?
– Oui.
– De quelle façon?
Fenton s'agita sur sa chaise.
– J'avais été à son service et j'avais imité sa signature pour émettre de faux chèques dans une circonstance où j'avais besoin d'argent. Il avait ces chèques. Il me menaçait de me poursuivre.
– Rien d'autre?
– Quand il s'est mis à traquer ma sœur en me poursuivant, cela m'a rendu fou. J'ai pris le cheval de Loïs et je suis allé au ranch de Callender. J'avais réussi à m'introduire dans la maison, puis dans la

chambre où se trouvaient ses papiers. J'avais même réussi à ouvrir le coffre, lorsqu'un gardien de nuit s'est avancé sous la véranda. Quand il a vu ma torche électrique, il s'est immédiatement servi de la sienne pour inspecter la pièce où je me trouvais en regardant à travers la vitre. Il n'a pas été long à me repérer près du coffre et aussitôt il a crié à l'aide. Je me suis sauvé de la maison. J'ai couru le long de la véranda. Ensuite j'ai enfourché mon cheval et je me suis éloigné au galop. C'est à ce moment-là que le gardien a tiré sur moi.

– Et la balle, qu'est-elle devenue?

– Après avoir effleuré le cheval, elle s'est logée dans la selle.

– Avez-vous senti le choc de cette balle? L'avez-vous sentie frapper?

– Oui, monsieur, j'ai senti la secousse du choc contre la selle. Je savais que c'était là qu'elle était allée se loger.

– Etes-vous descendu de cheval pour vous en assurer?

– Oui, monsieur.

– Ensuite, qu'avez-vous fait?

– J'ai été pris de panique. Je me suis mis à frapper le cheval jusqu'à ce qu'il se sauve. Puis je suis rentré à pied chez moi.

– Dites-moi, n'êtes-vous pas en train de dissimuler quelque chose? fit Hamilton Burger avec onction. N'essayez-vous pas de minimiser vos propres fautes? Bien que ce soit fort désagréable, admettez-vous à la barre des témoins que vous avez émis de faux chèques, et que vous avez pénétré chez John Callender pour essayer de dévaliser son coffre-fort?

– Oui, monsieur.

– Callender le savait-il?

– Oui, monsieur.

– Et qu'avait-il l'intention de faire?
– Pour obliger ma sœur à reprendre la vie commune avec lui, il la menaçait de me poursuivre.
– C'est pour discuter de cela qu'il vous avait convoqué?
– Il n'avait nullement l'intention de discuter avec moi. C'était uniquement pour me faire part de sa décision.
– Et lorsque vous avez trouvé John Callender étendu raide mort dans sa chambre, avec un sabre japonais dans la poitrine, vous n'avez songé qu'à vous sauver, sans penser une seconde à prévenir qui que ce soit de votre découverte. Est-ce exact?
– Oui, monsieur, c'est en partie exact.
– En quoi ne l'est-ce pas tout à fait?
– Après coup, je me suis mis à réfléchir. Après... Eh bien! le lendemain... je suis allé trouver la police.
– De votre plein gré?
– Oui, monsieur.
– Vous leur avez remis une déclaration écrite?
– Oui, monsieur.
– A ce moment-là, continua Burger d'une voix suave, vous ne saviez pas que votre sœur avait été mise en cause? Vous ne saviez pas qu'elle était accusée du crime? Le saviez-vous?
– Une seconde, intervint Mason, cette question est perfidement tendancieuse et suggestive. Elle est injustifiée, inutile et inopportune. Cette déclaration est faite dans un but intéressé.
– Que la cour veuille bien admettre, fit Burger, que cette question pourra se justifier dans l'intérêt du témoin.
– Telle qu'elle est formulée, c'est une question qui ne pourra être posée qu'au cours du contre-interrogatoire et non par la partie adverse, déclara Mason.

– La question est tendancieuse, fit le juge Donahue, mais je ne tiendrai pas compte de l'objection, car le jury a le droit de connaître tous les faits ayant trait à cette affaire.

– Non. A ce moment-là je ne savais pas que ma sœur avait été mise en cause, reprit le témoin.

– Et vous avez donné cette déclaration écrite à la police?

– Oui, monsieur.

– De sorte que non seulement vous ne témoignez pas de votre plein gré, mais vous le faites avec répugnance.

– Que la cour daigne admettre, intervint Mason, que le témoin ne donne pas son témoignage, l'avocat général s'en charge pour lui. Votre Honneur, je m'insurge contre le fait que ce soit le district attorney qui prononce les paroles qui sont consignées dans le procès-verbal, alors que le témoin se borne à dire oui.

– Ces questions sont en effet insidieusement suggestives, admit le juge Donahue. Le procès-verbal montrera, je le crains, que le district attorney s'est très souvent rendu coupable de guider les témoins. L'objection est accordée. Nous ne tolérerons plus de questions tendancieuses.

– Vous avez la parole, fit Burger d'un ton aigre.

Mason venait juste de se lever lorsqu'il y eut un remous dans la salle. Un des huissiers fit un signe à Burger qui annonça :

– Avec la permission de la cour, le témoin Irène Kilby se présente ici à l'audience, comme l'a suggéré, en fait comme l'a demandé Perry Mason. Donc, si Mr Mason souhaite adresser la parole à ce témoin, qu'il le fasse. Bien que, comme je le présume, cette présence risque fort de jeter le trouble dans l'esprit des témoins qui ont déjà fait leur déposition, je ne m'oppose pas à ce qu'il se livre à l'expérience qu'il désire faire. Approchez, miss Kilby, en sorte que les témoins et le jury puissent vous voir.

Irène Kilby s'avança. Sa démarche ne ressemblait plus en rien à celle de Loïs Fenton. Ses hanches étaient raides. Elle relevait la tête et le menton.

Tout d'abord, le juge Donahue ne parut que médiocrement intéressé par la nouvelle venue; mais son regard soudain perplexe se détourna d'elle pour se poser sur Loïs Fenton.

– L'accusée veut-elle se lever? fit-il. Approchez-vous maintenant et restez l'une à côté de l'autre. Vous ne voyez aucun inconvénient à cela, Mr Mason?

– Aucun, Votre Honneur.

Le juge Donahue regardait les deux femmes.

– Voici, en vérité, une situation étrange. Les traits de leurs visages n'offrent pas de ressemblance frappante; mais, pour ce qui est de leurs corps, c'est tout autre chose. Voici deux femmes dont la taille et les formes sont apparemment identiques, qui, au surplus, sont vêtues exactement de la même façon. Avez-vous quelque chose à dire, Mr Burger?

– Votre Honneur, répondit Hamilton Burger, j'aurais dû prévoir que Perry Mason se livrerait à quelque démonstration spectaculaire...

– Peu importe, interrompit le juge Donahue, je voudrais simplement savoir dans quel but l'une de ces deux jeunes femmes se livre à cette indéniable supercherie. L'accusée peut regagner sa place. Que le témoin Irène Kilby reste là pour le moment. Ne vous asseyez pas, s'il vous plaît, miss Kilby. Et maintenant, Mr Burger?

– Maintenant, Votre Honneur, je me propose d'énoncer des faits que Mr Mason tient pour exacts, c'est-à-dire que le témoin s'est servi du nom de Loïs

Fenton et a copié ses vêtements pour des raisons qui paraissent évidentes à partir du moment où la situation est admise.

– Eh bien! j'aimerais connaître ces raisons.

– Cette jeune femme voulait être danseuse à l'éventail. Loïs Fenton y était parvenue avec beaucoup de succès. En se mariant, Loïs Fenton mettait un terme à sa carrière de danseuse. Or, à l'époque de son mariage, plusieurs de ses engagements n'avaient pas été remplis. Puis-je continuer?

– Je suis désireux d'entendre tout ce que le district attorney peut avoir à dire, fit le juge Donahue, à condition, bien entendu, que la défense ne s'y oppose pas. Avez-vous quelque objection à faire, Mr Mason?

– Je n'ai pas à m'opposer à ce que Hamilton Burger donne son témoignage s'il a prêté serment, répondit Mason. Dans ce cas, je me réserve le droit de lui faire subir un contre-interrogatoire comme à n'importe quel témoin. Je ne vois pas d'inconvénient à ce qu'il donne des explications préliminaires à Votre Honneur, mais, en ce qui concerne les faits eux-mêmes et ce qui a motivé les actes du témoin, il est bien entendu qu'à cet égard lui seul a droit à la parole.

– Mais cela n'a rien à voir avec l'affaire! riposta Hamilton Burger, dont les gestes et la voix trahissaient un paroxysme de fureur. Je me borne à expliquer la situation dans ses grandes lignes à Votre Honneur – et ceci à la requête de la cour.

– Si cela n'a rien à voir avec l'affaire, demanda Mason, pourquoi donc avez-vous détenu cette femme comme témoin à charge? Sur quoi doit-elle donner son témoignage?

– J'ai disposé de cette femme pour éviter que vous ne...

– Oui, oui, continuez, fit Mason insidieusement,

comme Burger s'arrêtait soudain de parler. Vous étiez sur le point de dévoiler le véritable motif de sa détention.

– Cela suffit, messieurs, intervint le juge Donahue. Les circonstances n'impliquent nullement que les avocats s'apostrophent. La cour se borne à demander quelques éclaircissements et, si la défense s'y oppose, il sera bien entendu indispensable de faire venir cette jeune femme à la barre des témoins.

– Cette tentative risque d'être vaine, fit Hamilton Burger. Elle n'aurait son importance que si la défense prétendait que cette supercherie a trompé quelqu'un, c'est-à-dire qu'elle aurait eu pour effet d'induire les témoins en erreur.

– Je prétends que c'est précisément ce qui s'est produit, fit Mason.

– Allez-y. Prouvez-le donc! lança Burger d'un ton de défi.

– Une chose à la fois, messieurs, intervint le juge Donahue. Dois-je comprendre, Mr Mason, reprit le juge, que vous vous opposez à ce que Hamilton Burger expose la situation?

– Non, si cela ne doit être qu'un exposé. Mais si Hamilton Burger essaie par cette déclaration d'obvier à la nécessité d'appeler cette femme à la barre des témoins, je m'y oppose. De plus, j'ajouterai qu'en ce qui me concerne, il faudra que ce témoin vienne à la barre et subisse mon interrogatoire.

– Bien, fit le juge Donahue, peut-être serait-il préférable de poursuivre d'une façon régulière; mais, la situation ayant évolué d'une curieuse façon, la cour jugeait qu'il était préférable qu'elle lui fût expliquée.

– Puisque cette jeune femme est ici, fit Mason, je demande comme un privilège de rappeler Sam Meeker pour l'interroger.

– Je ne m'y oppose pas le moins du monde, fit Burger en inclinant la tête d'un air sarcastique en direction de Perry Mason. Allez-y.

– Cela suffit, Mr Burger, fit le juge Donahue. Ne pourrons-nous pas juger cette affaire sans que les avocats échangent constamment des invectives? Maintenant, où en sommes-nous?... Oh! oui... Sam Meeker doit revenir à la barre. Approchez, Mr Meeker. Non, non, vous avez déjà prêté serment. Asseyez-vous. Vous désirez l'interroger de nouveau, je crois, Mr Mason?

– Oui... Miss Kilby, voudriez-vous avoir l'obligeance d'aller et venir dans la salle devant la table du conseil, de façon que le témoin puisse vous voir?

Docile, Irène Kilby se mit à marcher puis elle revint sur ses pas.

– Mais non, pas de cette façon! s'écria Mason. Marchez comme vous le faites d'habitude.

Elle ouvrit de grands yeux.

– Que voulez-vous dire, Mr Mason? demanda-t-elle en le regardant.

– Ne pouvez-vous marcher en ondulant des hanches d'une certaine manière voluptueuse et provocante? Vous avez certainement toujours marché de cette façon-là auparavant...

– Votre Honneur, je m'oppose à cela, intervint Hamilton Burger. La défense a demandé au témoin de marcher. Il a marché. Si Perry Mason veut jurer qu'il a vu le témoin marcher en ondulant des hanches et d'une façon voluptueuse, il doit lui-même prêter serment et comparaître à la barre. A mon tour, je l'interrogerai.

– La défense a demandé au témoin de marcher d'une façon particulière, fit le juge Donahue, mais je ne suis pas sûr que le conseil ait le droit d'exiger cela au cours d'une démonstration de cette nature.

Il a demandé à miss Kilby de marcher, et elle a marché. Je crois que la cour ne peut pas permettre que l'expérience se poursuive plus avant, si la preuve n'est pas établie qu'à tout autre moment cette jeune femme a marché d'une façon différente.

– Très bien, fit Mason. Maintenant, Mr Meeker, est-il possible que cette jeune femme ici présente, c'est-à-dire Irène Kilby, soit la personne qui se trouvait à l'hôtel Richmell à environ 2 h 20 du matin et...

– Absolument pas.

– Vous ne m'avez pas laissé finir ma question... et que vous avez arrêtée à proximité de l'ascenseur, puis conduite au téléphone d'où vous avez appelé la chambre de John Callender?

– Ce n'est absolument pas possible.

– Vous en êtes certain?

– Certain.

– Vous admettez qu'elle offre une certaine ressemblance avec l'accusée?

– Il y a une indiscutable ressemblance en ce qui concerne les vêtements et la forme du corps, mais voici Irène Kilby et je la reconnaîtrais n'importe où. L'accusée est la femme que j'ai vue à l'hôtel, et je la reconnaîtrais n'importe où.

– Quand avez-vous vu Irène Kilby pour la dernière fois? demanda Mason.

– Hier après-midi.

– Et avant cela?

– Je ne sais pas. Hier matin, je pense.

– Vous l'avez vue à plusieurs reprises, immédiatement avant l'ouverture de ce procès?

– Oui.

– Quelle raison aviez-vous de la voir?

– Eh bien! le sergent Dorset voulait s'assurer que ce n'était pas la femme que j'avais vue. Il me l'a montrée un bon moment et m'a demandé si j'étais bien sûr de ne pas commettre une erreur.

– Oh! je vois, fit Mason. En d'autres termes, la police a mis tout en œuvre pour que les traits d'Irène Kilby vous deviennent familiers, de façon que vous ne couriez aucun risque de ne pas la reconnaître s'il vous arrivait d'être subitement mis en sa présence au tribunal. Est-ce exact?

– Objection, fit Burger d'un ton hargneux. Cette conclusion est purement subjective.

– Accordé.

– Et, avant que le sergent Dorset ne vous montre Irène Kilby, il a bien pris la peine de vous convaincre qu'il s'agissait d'Irène Kilby et non de Loïs Fenton que vous aviez déjà identifiée. Est-ce exact? demanda Mason.

– En effet, c'est ce qu'il m'a dit.

– C'est tout, fit Mason.

– Je n'ai rien à dire, déclara Burger.

– Dans ce cas, poursuivez les débats, lui intima le juge Donahue.

– Jasper Fenton était à la barre. Mr Mason était sur le point de l'interroger, remarqua Burger.

– Avec la permission de la cour, intervint Mason, le district attorney va, si j'ai bien compris, faire comparaître cette jeune femme à la barre.

– Vous l'avez déjà interrogée sur ce que je voulais savoir, riposta Burger.

– Mais vous l'avez détenue comme témoin à charge, remarqua Mason.

– Et après?

– En la dissimulant de telle sorte que je ne puisse pas la trouver et de façon que mes hommes ne puissent pas l'interroger, vous avez abusé des prérogatives que vous confère le tribunal.

– C'est une chose que vous avez déjà dite, fit Burger.

– Je tiens à la redire, répliqua Mason. Il ne faut pas qu'il y ait de malentendu sur ce point. Ou bien vous faites comparaître le témoin à la barre, ou bien vous expliquez pourquoi vous l'avez détenu dans un endroit où je ne pouvais pas le joindre, sous le prétexte qu'il était considéré comme un témoin à charge.

Burger réfléchit un instant et soudain capitula.

– Irène Kilby, venez à la barre, fit-il, le visage tout rouge et sur le ton de la colère.

» Votre nom véritable est-il Irène Kilby? demanda-t-il, lorsque le témoin eut prêté serment.

– Oui, monsieur.

– Vous êtes-vous jamais servie d'un autre nom?

– Si, monsieur.

– Lequel?

– J'ai utilisé deux autres noms. Celui de Chérie Chi-Chi, qui est un nom d'artiste, et celui de Loïs Fenton.

– Comment se fait-il que vous ayez pris le nom de Loïs Fenton?

– Loïs Fenton m'y avait autorisée.

– Vous prétendez que l'accusée, c'est-à-dire la jeune femme qui est assise à la droite de Mr Mason, vous a permis de vous servir de son nom?

– Oui, monsieur.

– Comment vous a-t-elle dit cela? Rapportez votre conversation.

– Elle m'a dit...

– Un instant, interrompit Mason. Aviez-vous fait un accord par écrit?

– Oui, monsieur.

– Donc, cet accord constitue la meilleure des preuves, fit Mason.

Burger fronça les sourcils.

– Où est ce document, miss Kilby?

– Je ne sais pas.
– Comment se fait-il que vous ne le sachiez pas?
– Je l'ai remis à John Callender, et je ne l'ai jamais revu depuis.
– Quand le lui avez-vous remis?
– Quelques jours avant sa mort.
– Sans doute l'avez-vous cherché, mais sans pouvoir le trouver?
– Oui.
– Très bien. Alors, dites-nous ce qu'il y avait dans cet écrit.
– Voilà. J'essayais de faire une carrière de danseuse à l'éventail, mais je manquais d'engagements. Loïs en avait plus qu'elle n'en voulait. Au moment de son mariage, comme elle n'avait plus l'intention de danser, je lui ai demandé de me laisser remplir ses engagements. Elle a accepté. Je lui ai fait remarquer que j'aurais à me servir de son nom, mais elle m'a dit qu'elle m'y autorisait.
– Très bien. Maintenant dites-nous si vous êtes allée à l'hôtel Richmell à un moment quelconque de la matinée du 17 septembre.
– Oui, monsieur, je m'y trouvais un peu avant 2 heures du matin. C'est la seule fois que j'y sois jamais allée.
– Avez-vous vu John Callender à ce moment-là?
– Oui.
– Lui avez-vous parlé?
– Oui.
– A quel sujet?
– Je lui ai demandé le contrat. Il m'a dit qu'il l'avait donné à Loïs. J'ai quitté la chambre à 2 heures. Une bonne m'a vue partir. Je ne suis pas revenue.
– Avez-vous rencontré le détective de l'hôtel, Samuel Meeker, et vous a-t-il parlé?

– Non, monsieur.

Burger se tourna vers Mason et lui lança, d'un ton désagréable :

– Interrogez votre témoin.

Mason se leva pour diriger le contre-interrogatoire.

– Afin d'exploiter au maximum le bon vouloir dont Loïs Fenton, danseuse à l'éventail, avait fait preuve à votre égard, vous avez poussé la supercherie jusqu'à copier ses vêtements. Est-ce exact? demanda Mason.

– Eh bien! quel mal y a-t-il à cela?

– L'avez-vous fait?

– Bien sûr que je l'ai fait!

– Dans quel but exactement?

– Parce que les engagements étaient contractés par l'intermédiaire de son agent, Mr Barlow, et Mr Barlow avait des photographies.

– Vous voulez parler de Sidney Jackson Barlow?

– Oui, monsieur.

– Et vous ne vouliez pas que Mr Barlow s'aperçoive que l'une de ses clientes avait une doublure?

– Naturellement non.

– Donc, vous vous êtes habillée comme Loïs Fenton et vous avez fait de votre mieux pour lui ressembler, n'est-ce pas?

– Qu'auriez-vous fait dans de pareilles circonstances?

– C'est vous qui êtes interrogée sur vos propres agissements. Donc, c'est bien ce que vous avez fait?

– Oui, c'est évident, puisque je porte ces vêtements sur moi en ce moment.

– Mr Barlow ne s'est jamais aperçu que vous n'étiez pas la vraie Loïs Fenton?

– Non, jusqu'à ce que vous alliez chez lui pour essayer de faire des tas d'histoires.

– Maintenant, reprit Mason, j'attire votre attention sur le fait que dans la soirée du 17 septembre vous êtes allée dans le bureau de Sidney Jackson Barlow, l'agent théâtral. Est-ce exact?

– Oui.

– Là, qu'est-il arrivé?

– Cette question est injustifiée, sans utilité et inopportune, intervint Hamilton Burger. Votre Honneur, ce contre-interrogatoire n'est pas conduit comme il devrait l'être. Nous nous écartons de l'affaire. Cette question n'a pas été soulevée lors de l'interrogatoire direct et n'a rien à faire dans les débats.

– Il semble, en effet, que cette question soit injustifiée, maître, fit le juge Donahue, jetant un coup d'œil à Perry Mason.

– Que la cour veuille bien me permettre de lui faire remarquer, répliqua Mason, qu'au moment où cette jeune femme fut arrêtée, la police croyait être en présence de Loïs Fenton. Elle était à ce moment-là suspectée d'avoir assassiné John Callender – c'est du moins ce qu'on lui a dit lors de son arrestation.

– Mais en quoi tout ceci a-t-il trait à l'affaire? demanda le juge Donahue. Je m'efforce de tenir compte des particularités étranges de ce cas. Je tiens à vous laisser toute latitude dans la façon de mener votre contre-interrogatoire pour élucider cette supercherie, mais je ne vois pas très bien en quoi la question que vous venez de poser peut vous éclairer. Etant donné que le signalement de Loïs Fenton avait été radiodiffusé et que cette jeune femme y répondait en tout point, étant donné, en outre, que les inspecteurs qui l'ont conduite en prison croyaient de bonne foi être en présence de

Loïs Fenton, je ne vois dans tout cela aucune irrégularité.

– Je me propose tout simplement, reprit Mason, de montrer qu'après avoir été emmenée en prison, cette jeune femme fut conduite le jour suivant dans un local désigné sous le nom de chambre des ombres et dont la disposition est telle que les prisonniers peuvent être examinés sans qu'eux-mêmes puissent voir ceux qui les examinent. De plus, Votre Honneur, poursuivit Mason sur un ton dramatique, je me propose de démontrer que, *pendant qu'elle était dans la chambre des ombres, cette jeune femme a été formellement reconnue par les témoins Sam Meeker et Frank Faulkner comme étant la personne qu'ils avaient vue à l'hôtel Richmell, aux environs de 2 h 20, le matin du 17 septembre.*

– C'est faux, hurla Hamilton Burger, vous ne pouvez pas le prouver. Vous ne pouvez pas...

– Donnez-moi ma chance et je le prouverai, déclara Mason d'un ton sinistre.

– Mais je ne comprends pas! fit le juge Donahue en fronçant les sourcils.

– Moi non plus, Votre Honneur, je ne comprenais pas il y a un instant, rétorqua Mason, mais maintenant j'ai compris. La police arrête cette femme en croyant qu'il s'agit de Loïs Fenton. Puis, quelques minutes après que l'identification a été faite, la police arrête la vraie Loïs Fenton. Le sergent Dorset décide alors qu'il y aura une seconde séance d'identification, mais au préalable il dit aux témoins qu'ils vont examiner la fille dans des conditions plus favorables, si bien que les deux témoins sont persuadés qu'ils vont revoir la même fille. Pour que les témoins ne se doutent de rien, les deux officiers feignent de se quereller et, lorsque les deux hommes pénètrent dans la chambre des ombres pour la seconde fois, ils sont tellement persuadés d'avoir devant eux la femme qu'ils ont déjà vue, qu'ils font à peine attention à elle. Enfin, pour m'empêcher de découvrir ultérieurement ce qui s'est passé, quelques instants plus tard, la police fait revenir l'accusée Loïs Fenton dans la chambre des ombres, mais cette seconde fois *il n'y a personne de l'autre côté du rideau.* Tout ceci n'a été qu'un coup monté par la police pour m'empêcher de découvrir...

– C'est faux! hurla Hamilton Burger.

– Vous feriez mieux de faire une enquête avant de lancer vos dénégations à travers la salle, fit Mason. Interrogez le sergent qui était de service dans la chambre des ombres. Je ne pense pas que le lieutenant Tragg ait trempé dans tout ceci, mais interrogez donc le sergent Dorset et vous verrez ce qu'il dira. Incidemment, Votre Honneur, je vois que le sergent Dorset est dans la salle. Donc, je demande qu'il se présente à la barre comme témoin de la défense, en attendant que je sois en mesure de l'assigner à comparaître sous peine d'amende.

Le juge Donahue frappa son pupitre de son marteau, mais toutes ses tentatives pour rétablir l'ordre furent vaines. Le sergent Dorset se leva, commença de dire quelque chose puis, faisant demi-tour, il se dirigea vers la porte. Mais arrivé là, il dut s'arrêter.

– Dorset, venez ici, hurla Hamilton Burger, je veux vous parler!

Mason se réinstalla sur son siège et sourit d'une manière encourageante à l'accusée.

– Comment avez-vous pu découvrir tout cela? murmura Loïs Fenton.

– Si je suis rouge, c'est qu'il n'y a pas longtemps que je le sais, répondit Mason. La chose est évidente. Ils vous ont présentée dans la chambre des ombres à deux reprises. Vous ne baissiez pas la tête et vous ne boudiez pas la première fois. Alors qu'ils vous voyaient pour la première fois, les témoins étaient persuadés que c'était la seconde.

– Cela vous aidera-t-il à prouver que c'était Irène Kilby qui était à l'hôtel?

– Oui, cela m'aidera considérablement, répondit Mason. Je prouverai que la première personne que les témoins ont identifiée comme étant celle qu'ils avaient vue à l'hôtel était Irène Kilby et, à moins que je ne me trompe, cela va faire un bruit du tonnerre.

Finalement le juge réussit à rétablir l'ordre dans la salle.

– Votre Honneur, la défense vient de faire une déclaration des plus étonnantes, s'écria Hamilton Burger. Je ne peux pas croire à la véracité de ces dires. Même en supposant qu'ils soient exacts, ils ne peuvent que jeter un léger doute sur la valeur de l'identification, mais cela ne peut pas...

– La cour voudrait savoir, interrompit le juge Donahue, si oui ou non le témoin Irène Kilby a été présenté dans la chambre des ombres lorsque les témoins Sam Meeker et Frank Faulkner s'y trouvaient eux-mêmes pour l'identifier.

– Comment pourrait-elle le savoir, Votre Honneur? Elle ignore qui se trouvait de l'autre côté du rideau.

– Mais la police le sait, elle, répliqua le juge d'un ton irrité.

– Oui, Votre Honneur, et si vous m'accordez que la séance soit suspendue, je m'efforcerai de découvrir la vérité.

– Pendant combien de temps voulez-vous qu'on suspende la séance?

– Pendant une heure, si la cour n'y voit pas d'inconvénient.

– Disons que la séance sera suspendue jusqu'à 2 heures cet après-midi, concéda le juge Donahue.

Mais, à ce moment-là, j'exigerai de savoir exactement ce qui s'est passé. Après tout, l'accusée ne peut pas prendre connaissance des rapports de police, et ce témoin, Irène Kilby, a certainement été détenu dans un endroit où la défense ne pouvait pas l'atteindre.

– C'est comme témoin à charge qu'elle a été détenue, répliqua Burger, et de son plein gré, Votre Honneur.

– Je n'ai aucune intention de faire la moindre critique tant que je n'aurai pas quelques éléments d'information, déclara le juge Donahue, mais je les veux exacts. Vous opposez-vous à ce que la séance soit suspendue jusqu'à 2 heures cet après-midi, Mr Mason ?

– Oui, Votre Honneur.

Le juge Donahue fronça les sourcils :

– Il est bien évident, Mr Mason, que le district attorney doit faire une enquête pour découvrir ce qui s'est passé. Il a besoin de consulter certains rapports. La cour désire savoir exactement ce qui s'est passé au cours de l'identification dans la chambre des ombres. Il semblerait normal que la défense manifeste également le désir d'avoir des faits précis. Par conséquent, la requête de suspendre l'audience paraît justifiée.

– En principe, je suis d'accord avec Votre Honneur, fit Mason. Mais le district attorney dispose de collaborateurs qui peuvent s'acquitter de cette besogne routinière. J'ai le droit de poursuivre mon contre-interrogatoire du témoin avant qu'il n'ait la possibilité de prendre conseil auprès de ses amis pour inventer une nouvelle histoire. Une suspension d'audience de dix minutes laissera au district attorney tout le temps qui lui est nécessaire pour qu'il puisse charger ses collaborateurs d'obtenir les rapports de police et pour conférer avec le sergent Dorset.

– Très bien, fit le juge Donahue. Si la défense désire terminer son contre-interrogatoire des témoins, c'est son droit. La séance ne sera suspendue que pendant dix minutes.

Paul Drake, se frayant un chemin dans la foule des spectateurs, parvint aux côtés de Mason.

– Bon sang de bon sang, qu'est-ce que vous leur avez sorti! s'écria-t-il. Mais faites attention, Perry : Arthur Sheldon a été retrouvé. Ils pourraient bien le citer comme témoin.

– Où est-il? demanda Mason.

– En prison. Ils ont obtenu que les autorités renoncent aux formalités d'extradition et ils l'ont ramené. L'affaire a été menée dans le plus grand secret. La nouvelle vient d'être communiquée aux journaux.

– Je voudrais bien qu'il vienne déposer, fit Mason. Enfin, nous gagnons du terrain, maintenant.

– Et comment! fit Drake d'un air de triomphe. Bon Dieu, quelle raclée, Perry! Vous les avez mis knock-out.

21

A la reprise de la séance, ce fut une Irène Kilby nerveuse et craintive qui parut à la barre des témoins, tandis que le district attorney, furieux, se tenait visiblement sur la défensive. D'après son attitude, il était facile de se rendre compte qu'il était ulcéré des agissements de la police, que le sergent Dorset, selon toute vraisemblance, venait d'avouer.

– Maintenant, miss Kilby, commença Mason, vous vous êtes servie de l'identité de Loïs Fenton, vous avez rempli ses engagements professionnels et vous vous êtes habillée comme elle, est-ce exact?

– Oui, monsieur.

– L'accord que vous avez passé avec elle, vous l'avez remis à John Callender, est-ce exact?

– Oui, monsieur.

– Et, pour autant que vous le sachiez, il n'existait qu'un exemplaire de ce contrat?

– Oui, monsieur.

– Vous désiriez rentrer en possession de ce document, n'est-ce pas?

– C'est une chose que j'ai déjà dite. Oui.

– Vous l'avez donc cherché?

– Oui.

– La raison pour laquelle vous désiriez tellement mettre la main sur cet accord n'est-elle point qu'il comportait une clause stipulant qu'au cas où le mariage de Loïs Fenton serait un échec, ou bien au cas où elle reprendrait son métier, vous auriez à vous effacer?

– Non, monsieur.

– Réfléchissez, fit Mason, vous avez prêté serment. Et souvenez-vous que, si John Callender avait le contrat, tôt ou tard on le retrouvera dans ses papiers. C'est un accord écrit que vous avez signé, vous et Loïs Fenton. Je vous rappelle que vous avez prêté serment et que ceci a infiniment plus d'importance que votre carrière de danseuse à l'éventail.

Elle ne put s'empêcher de se mordre les lèvres.

– Allez-y, dit Mason. Essayez de répondre à ma question. N'est-ce pas vraiment la raison pour laquelle vous désiriez rentrer en possession du contrat?

Irène Kilby changea de position, jeta un regard d'impuissance au district attorney, puis rencontra les yeux sévères du juge.

– Eh bien! insista Mason, est-ce exact?

– Oui, répondit-elle à voix basse.

– Maintenant, reprit Mason, nous commençons à y voir plus clair. Cela était d'une importance capitale pour votre avenir que vous récupériez cet accord. C'est bien cela?

– Oui.

– Vous auriez été à la merci de John Callender, tant qu'il l'aurait eu en sa possession. Est-ce exact?

– Oui.

– Maintenant, continua Mason, essayons d'aller un peu plus loin. Veuillez examiner attentivement l'éventail que je vais vous montrer, c'est-à-dire celui qui figure sous le numéro deux au dossier des pièces à conviction. Vous remarquerez qu'il porte les initiales L.F. Vous vous rendrez également compte qu'il a été fabriqué à Saint-Louis. Avez-vous déjà vu cet éventail?

– Oui.

– Il vous a été remis par moi, n'est-ce pas?

– Oui.

– Quand?

– La nuit du crime, c'est-à-dire dans la soirée du 16. Mais, John Callender ayant été assassiné après minuit, l'événement se situe le 17.

– Exactement, fit Mason. Qu'avez-vous fait de cet éventail après que je vous l'ai rendu? Il y en avait deux, n'est-ce pas?

– Oui.

– Qu'en avez-vous fait?

– Je... je les ai donnés...

– Oui, oui, continuez! fit Mason.

– Je les ai remis à John Callender.

– Les avez-vous remis à John Callender lui-même, ou avez-vous chargé Harry Cogswell de les lui porter?

– Harry devait les lui remettre.

– Dès que vous avez été en possession de ces éventails à Palomino, vous avez, en compagnie de Harry Cogswell, sauté dans une voiture et filé aussi vite que vous le pouviez chez Callender pour l'informer que je n'avais pas trouvé son cheval, mais deux éventails. Afin que votre histoire paraisse vraisemblable, vous avez remis ces deux éventails à Cogswell. Est-ce exact?

– Oui.

– Donc, vous aviez chargé Cogswell de porter ces éventails à Callender?

– Oui.

– Cogswell est arrivé à l'hôtel à environ 1 h 20. Il a vu Callender et il lui a laissé les éventails.

– Il n'en a laissé qu'un. J'avais l'autre.

– Je tiens à vous informer, miss Kilby, pour ne pas tirer avantage sur vous de ce que je sais, que, personnellement, j'ai vu Harry Cogswell entrer chez Callender à environ 1 h 20 le matin du 17. Savez-vous l'heure à laquelle il y est allé?

– Oui, c'était environ à cette heure-là.

– Où étiez-vous?

– Dehors, dans la voiture. Harry n'avait pas réussi à se garer près de l'hôtel, je me suis mise à tourner autour du bloc d'immeubles pendant qu'il montait chez Callender. En cherchant, nous aurions réussi à trouver un endroit, mais nous aurions peut-être dû aller assez loin, et Callender était pressé d'avoir l'éventail. Il le voulait le plus vite possible et avant 2 heures.

– Vous aviez donc téléphoné à Callender?

– Oui.

– Immédiatement après que je vous eus remis les éventails?

– Oui.

– Maintenant, fit Mason, je vais vous parler en toute franchise, miss Kilby. Vous avez essayé de protéger vos intérêts, mais je crois que vos précautions n'étaient pas nécessaires. Admettons que je puisse prouver que, lorsque vous vous êtes présentée chez John Callender, à 2 h 23 le matin du 17 septembre, il était déjà mort et que, lorsque vous avez ouvert la porte de sa chambre, son cadavre était déjà sur le parquet. Dans ce cas, persisteriez-vous à nier que vous étiez la personne qui se trouvait à l'hôtel à cet instant précis?

Irène Kilby, dont le visage exprimait le plus vif étonnement, se mit à regarder l'avocat avec des yeux ronds.

– De quoi s'agit-il? fit le juge Donahue en se penchant vers le rapporteur. Lisez-moi la question, je ne l'ai pas très bien comprise.

Le rapporteur répéta la question au juge Donahue d'une voix monotone.

Le juge fronça les sourcils, regarda le témoin, puis Perry Mason et, s'adressant au témoin :

– Avez-vous compris cette question, miss Kilby? demanda-t-il.

– Oui, répondit-elle d'un ton hésitant.

– Pouvez-vous y répondre?

– Je... non.

– Est-ce votre réponse? demanda Mason.

– Oui.

– Très bien, fit Mason. Maintenant, essayons de préciser les choses. Vous n'êtes pas allée chez John Callender aux environs de 2 heures, n'est-ce pas?

– Non.

– Mais vous aviez appris soit par la police, soit par quelqu'un touchant de près la police, qu'une bonne avait vu Loïs Fenton sortir de la chambre de Callender à 2 heures. Vous aviez la certitude que, tôt ou tard, on trouverait quelque témoin pour affirmer que vous vous étiez rendue chez John Callender, alors, vous avez décidé de miser sur votre ressemblance avec Loïs Fenton pour prétendre que vous étiez bien la femme qu'on avait vue quitter la chambre de Callender à 2 heures du matin. Est-ce exact?

– Oui.

– Si la cour le permet, fit Mason, afin d'alléger le procès-verbal et d'être beau joueur à l'égard d'Irène Kilby, j'attirerai l'attention de la cour sur le fait que, suivant la déposition du témoin Faulkner, Arthur Sheldon sort en trombe de la chambre 511 pour se précipiter vers la chambre 510 située en face presque immédiatement après que Faulkner a commencé d'exercer sa surveillance. A ce moment-là, il est approximativement 2 h 21. A 2 h 23, Irène Kilby se dirige vers la chambre de John Callender, mais, si la cour veut bien ne pas perdre de vue qu'Irène avait rencontré le détective de la maison et que ce dernier l'avait obligée à demander Callender au téléphone, la réponse s'impose immédiatement. Arthur Sheldon devait être dans la chambre de Callender quand le téléphone s'est mis à sonner. Remarquez que, lorsque Arthur Sheldon sort de la chambre, il n'a pas le comportement d'un homme qui vient de faire une visite. Il fuit comme quelqu'un qui veut échapper à quelque chose. Vous vous rappelez ce que précise Faulkner dans sa déposition : Sheldon se précipite dans le couloir, il laisse se refermer la porte du 511 derrière lui et pousse violemment celle de la chambre 510, où il disparaît. Il est par conséquent indiscutable qu'il devait y avoir quelque chose d'insolite dans la chambre qu'il venait de quitter. Selon toute vraisemblance, Callender était déjà mort à ce moment-là. Il est parfaitement clair qu'Arthur Sheldon se trouvait dans cette chambre lorsque, du hall, le détective de la maison a appelé Callender. Je crois pouvoir déduire que, pour des raisons personnelles, Arthur Sheldon a décroché l'appareil dès que la sonnerie du téléphone a retenti et que c'est sa voix que le détective de la maison a entendue au bout du fil. C'est donc à Sheldon qu'Irène Kilby annonçait qu'elle était dans le hall et qu'elle allait monter immédiatement.

» Tant que le témoin a eu l'impression qu'il était généralement admis que John Callender vivait encore aux environs de 2 h 20, c'est-à-dire au moment du coup de téléphone, elle n'a pas osé avouer que c'était elle qui avait pénétré dans la chambre 511 à 2 h 23. Je pense que maintenant la situation se précise.

– Prétendriez-vous par hasard, intervint Hamilton Burger, que c'est Arthur Sheldon qui a commis le crime?

– Je ne prétends rien du tout, répondit Mason avec impatience. J'essaie tout simplement de prouver l'innocence de ma cliente. Libre à vous de trouver le coupable. Je n'ai plus aucune question à poser au témoin.

– Désirez-vous l'interroger de nouveau? demanda le juge Donahue en s'adressant à Burger.

– Non, Votre Honneur, répondit l'avocat général quelque peu interloqué.

– Très bien, reprit le juge Donahue, je voudrais poser quelques questions au témoin mais, étant donné la tournure étrange que cette affaire a prise, je crois que ce serait manquer d'équité à l'égard des parties en présence que de poser ces questions devant le jury. Néanmoins, le témoin ayant reconnu qu'elle a porté un faux témoignage, j'ordonne qu'elle soit mise à la disposition du sheriff en attendant qu'une action soit intentée contre elle.

Mason se leva et, tout en rangeant ses papiers dans sa serviette, il gratifia sa cliente d'un sourire encourageant.

– Je pense que la cause est entendue, Votre Honneur, remarqua-t-il d'un ton calme et assuré. L'avocat général peut ou bien rendre une ordonnance de non-lieu dès à présent, ou bien suspendre la séance jusqu'à 2 heures.

Le juge Donahue jeta un coup d'œil sur le visage de Hamilton Burger et annonça d'un ton sec :

– Les débats reprendront à 2 heures, cet après-midi.

22

Lorsque Paul Drake fut de retour au bureau de Mason, il dit à l'avocat :

– Franchement, Perry, je n'y comprends rien du tout !

– L'ennui, avec les avocats, répondit Mason, c'est qu'ils deviennent trop cyniques, trop sceptiques.

» Loïs Fenton me disait absolument la vérité. Pendant longtemps je ne l'ai pas crue. La raison pour laquelle je ne la croyais pas, c'est que son histoire paraissait trop invraisemblable, mais elle ne l'était pas. C'était l'histoire la plus logique du monde. Elle m'avait dit exactement ce qui s'était passé. Dès l'instant où j'ai admis qu'elle me disait la vérité, j'ai immédiatement su qui avait tué John Callender. Cela ne pouvait être qu'une seule personne.

– Dites-le ! fit Drake.

– J'avais rencontré Harry Cogswell dans le couloir, continua Mason. Par conséquent, je savais qu'il était venu voir Callender à environ 1 h 20. Loïs Fenton prétendait avoir quitté Callender à 2 heures.

Une bonne l'avait vue dans le couloir et avait également vu Callender sur le pas de sa porte.

» En sortant de la chambre de Callender, Arthur Sheldon s'était conduit comme s'il fuyait quelque chose. Avant de quitter l'hôtel, il avait mis l'écriteau : NE PAS DÉRANGER sur la porte de Callender. Donc, il devait savoir à ce moment-là que Callender avait été assassiné. Il désirait que le crime fût découvert le plus tard possible. C'était parfaitement naturel. Il avait occupé une chambre juste en face de celle de Callender, il lui fallait donc un certain temps pour tirer son épingle du jeu.

– Entendez-vous par là que c'est Sheldon qui a commis le crime?

– Ce que je veux dire, c'est que si Sheldon savait que Callender était mort au moment où il a mis l'écriteau : NE PAS DÉRANGER sur la porte, il devait le savoir également lorsqu'il a quitté sa chambre, puisque nous avons la preuve qu'ensuite il n'a vu personne. Il n'a reçu aucun coup de téléphone dans sa chambre et aucune visite.

Drake l'approuva lentement d'un signe de tête.

– Donc, il est évident que c'est Sheldon qui a répondu à l'appel téléphonique lancé par le détective de l'hôtel dans la chambre de Callender. Evidemment Sheldon a dû penser que c'était Loïs qui appelait puisqu'il savait que Callender voulait la voir. Alors il s'est décidé à répondre pour la prévenir de ne pas monter. Quand il s'est rendu compte que c'était une inconnue qui parlait, il a répondu comme s'il était Callender. Rappelez-vous qu'il n'avait pas besoin de dire autre chose que : « Allô », puisque c'est la femme qui parlait. Elle lui racontait qu'elle était dans le hall, que le détective de la maison l'avait obligée à l'appeler, enfin qu'elle montait. Sheldon a donc raccroché l'appareil, puis il s'est précipité dans le couloir vers sa chambre, où il n'avait plus qu'à attendre que l'alarme soit donnée. A ce moment précis, il devait être malade de terreur.

– Continuez! demanda Drake.

– Il n'y a pas grand-chose d'autre à dire, fit Mason.

» Comme il n'entendait aucun remue-ménage, Sheldon comprit qu'il pouvait jouer sa chance. N'apercevant rien à l'horizon, il se prépare à quitter l'hôtel, et c'est à ce moment-là qu'il a la satisfaction d'apprendre qu'une femme s'est présentée chez Callender, mais qu'elle n'a pas signalé le crime. C'est alors qu'il songe à mettre l'écriteau : NE PAS DÉRANGER sur la porte de Callender, puis il s'en va. Il devait penser que, de ce fait, le crime serait découvert assez tard et qu'entre-temps il pourrait brouiller les pistes. Mais Callender avait laissé des instructions pour qu'on lui apporte son petit déjeuner dans sa chambre. Il était habitué à le prendre dès son réveil.

– C'est bougrement bien raisonné, Perry, fit Drake, mais comment les choses se sont-elles passées plus précisément?

– Je savais que Cogswell était allé voir Callender, reprit Mason. Il avait quitté Palomino en toute hâte aussitôt après qu'Irène Kilby eut récupéré les éventails. Par conséquent, il était logique de supposer que, si Cogswell et Irène partaient avec tant de précipitation, c'était pour aller remettre ces éventails à Callender. En ce qui concerne la façon dont le crime a été perpétré, la théorie du médecin est tout à fait correcte. Callender tenait l'éventail devant lui lorsque, l'assassin s'étant rendu compte que Callender ne pouvait pas voir ses gestes derrière cet écran, il en a profité pour lui plonger la lame du sabre japonais dans la poitrine, à travers l'éventail.

Drake fit un signe de tête approbateur.

– Maintenant, pourquoi Callender a-t-il ouvert l'éventail? Pourquoi voulait-il le montrer à son interlocuteur?

– Parce qu'il voulait lui faire voir quelque chose sur l'éventail qui prouvait que c'était une certaine personne qui en était propriétaire.

» Loïs Fenton m'avait expliqué que, si Sheldon avait déjà loué une chambre dans un garni de Lagmore Street, c'est qu'elle lui avait demandé de le faire pour Jasper Fenton. Cette chambre lui était destinée.

» Vous pouvez imaginer ce qui s'est passé. Jasper se rend à l'hôtel, au rendez-vous que lui avait donné John Callender à 2 heures. Ce dernier lui demande froidement de prévenir sa sœur que, si elle refuse de reprendre la vie commune, lui, Jasper Fenton, ira en prison. Callender venait juste de recevoir un des éventails des mains de Cogswell. Il le déploie devant Jasper pour lui prouver que je n'avais pas trouvé le cheval, mais simplement un éventail. Soudain, Jasper Fenton comprend qu'il a sa chance.

» Jasper savait que Loïs ne retournerait pas avec Callender, quoi qu'il fît. Cela signifiait la prison pour Fenton. Les plumes de l'éventail formaient un écran devant les yeux de Callender. Le sabre japonais était sur la table. Avant que Callender ait le temps de se rendre compte de quoi que ce soit, sa poitrine est transpercée de part en part. Bien que la mort ait été presque instantanée, il a eu le temps, après avoir lâché l'éventail, de saisir la lame à pleines mains et de s'entailler les doigts jusqu'à l'os.

– Mais pourquoi Jasper Fenton est-il retourné dans la chambre à 2 h 44? demanda Drake.

– C'est la seule chose décente que Jasper ait jamais faite, répondit Mason. Après avoir quitté l'hôtel, il s'est rappelé que l'éventail baignait dans une mare de sang. Il savait que c'était l'éventail de sa sœur et que, de ce fait, elle serait inquiétée quand on découvrirait le crime. Il est donc retourné à l'hôtel jusqu'à la chambre de Callender. A peine y est-il entré qu'il s'empare de l'éventail. Il le frappe contre le mur pour faire égoutter le sang. Il le cache sous son manteau, puis il s'en va.

» Remarquez que nous avons un faisceau de preuves, Paul. L'homme portait un manteau en venant à l'hôtel. Arrivé là, il pousse la porte de la chambre de Callender, où il entre sans frapper. Pourquoi? Parce qu'il savait que c'était inutile. Il savait aussi que la porte n'était pas fermée. S'il n'avait pas su que Callender était mort, il aurait frappé à la porte.

Drake fit de nouveau un signe d'approbation.

– Fenton a donc récupéré l'éventail, continua Mason. Il se rend à sa chambre de l'hôtel meublé, celle qu'Arthur Sheldon avait retenue pour lui. Là, il est pris de panique. Il a cet éventail imprégné de sang dont il ne sait que faire. Il sort pour aller boire. Il continue à boire. Entre-temps, Sheldon a quitté le Richmell. Il ne sait pas où aller. Il se souvient qu'il a loué une chambre pour Jasper Fenton. Il décide donc de s'y rendre et de la partager avec lui. La clef se trouve sur le tableau. Il entre dans la chambre, où il voit l'éventail maculé de sang. Aussitôt, il appelle Loïs. Loïs croit que Sheldon a tué Callender, tandis que, de son côté, Sheldon la croit coupable. Pour la sauver, il accepte le martyre et décide de prendre la fuite afin que la police l'accuse d'être l'assassin. Voilà toute l'histoire en raccourci, Paul. J'en aurais trouvé le fin mot depuis longtemps si j'avais cru Loïs, quand elle me racontait cette invraisemblable histoire au sujet de l'éventail.

– Que feront-ils de Fenton? demanda Drake.

Mason se mit à rire.

– Ce sera le casse-tête de Burger. Callender faisait chanter Fenton. Il se rendait odieux à sa sœur. Aucun jury au monde ne le condamnera pour crime avec préméditation. S'il trouve un bon avocat, il peut s'en tirer avec un verdict d'homicide.

– Mais qu'a bien pu faire Irène Kilby pendant les dix minutes qu'elle a passées dans cette chambre?

– Elle cherchait le contrat. Quand elle a découvert que Callender était mort, elle a été assez maîtresse d'elle-même et assez égoïste pour fouiller la chambre et chercher le document. Elle a regardé partout, sauf à l'endroit où il se trouvait.

Mason se mit à rire.

– Je n'ai aucune certitude, Paul, mais tâchons d'y voir clair. Callender avait une chambre à l'hôtel. Il avait quitté la Vallée pour fuir la chaleur et il avait apporté ce sabre japonais avec lui. Pour quelle raison? Parce que la poignée de ce sabre était l'endroit qu'il avait choisi pour y cacher certains documents : le contrat de Loïs et les faux chèques.

– Mon Dieu, Perry, ça paraît logique!

– Bien sûr que c'est logique, assura Mason. Et c'est là qu'étaient les documents.

– Comment le savez-vous?

– Le sabre était exposé au tribunal, répondit Mason avec un sourire. Après la suspension de l'audience, et profitant de ce que tout le monde était surexcité, j'ai tiré sur une aiguille et séparé la lame de la poignée. Les documents étaient à l'intérieur.

Mason ouvrit son portefeuille, duquel il tira l'accord signé par Irène Kilby et Loïs Fenton, puis il ajouta, en riant :

– Après tout, un avocat se doit de faire quelque chose pour une cliente! J'ai laissé les faux chèques là où ils étaient pour que ce soit Hamilton Burger qui les découvre.

Achevé d'imprimer sur les presses de l'imprimerie Brodard et Taupin
58, rue Jean Bleuzen, Vanves. Usine de La Flèche,
le 10 août 1984
6660-5 Dépôt Légal août 1984. ISBN : 2 - 277 - 21688 - 7
Imprimé en France

1688
★★★

Editions J'ai Lu
27, rue Cassette, 75006 Paris
diffusion France et étranger : Flammarion